Sten Johansson

Neŭtrale

SERIO ORIGINALA LITERATURO

STEN JOHANSSON

Neŭtrale

Romano

MONDIAL

Mondial
Novjorko

Sten Johansson:
Neŭtrale

Originala romano en Esperanto

Kovrilo: Mondial
Foto: La stacio Krylbo post eksplodo, 1941
(Fonto: digitalmuseum.se)

ISBN 9781595694874

www.esperantoliteraturo.com

Enhavo

Unua ĉapitro. La rusoj bombas!

Ture, Luleå 1940

Li vekiĝas pro terura krako ie eksterdome. Dum kelkaj sekundoj li kuŝas senmove en la absoluta mallumo, klopodante kompreni, kio okazis kaj kie li estas. Ĉu ree en Hispanio, kie la faŝistoj atakas? Apud li en la lito iu eksidas. Ĉu Sigrid? Ne, tio ja delonge ne plu okazas. Tamen ŝi time ĝemas:

"Jen bombo! La rusoj bombas!"

Estas Saara, kompreneble. Tion klare montras ŝia finna akĉento. Li ja estis kun ŝi hieraŭ vespere, sabate, kaj nun ili dividas ŝian mallarĝan liton en la ĉambro ĉe Magasinsgatan en Luleå.

"Stultaĵo!" li diras kaj deskuas ŝian manon de lia nuda brusto. "Kial ili bombus ĉi tie?"

Fakte ili ja bombis en Pajala antaŭ du semajnoj, 230 kilometrojn pli norde. Pro misorientiĝo, laŭdire. La sovetia aviadisto kredis ke tio estas Rovaniemi. Iom strange. Ŝajnas al li neeble preni la vilaĝon Pajala en Svedio por la ege pli granda finnlanda urbo 150 kilometrojn pli sudoriente. Iel mirakle tamen mortis neniu pro tiu misbombado.

Dum momento li ekpensas pri la haveno kaj la ŝipoj, kiuj transportas svedan feron al la germana militindustrio. Sed kial do Sovetunio bombus la havenon nun, kiam validas la pakto de neagreso kun Germanio? Cetere la ŝiptransportoj el Luleå ĉi-sezone preskaŭ ĉesis pro la amaso da glacio sur la Botnia maro, kaj oni eksportas la feron ĉefe tra la norvega Narvik.

Subite li memoras la sabotan grupon, en kiun li preskaŭ enmiksiĝis antaŭ jaro. Ĉu povas esti ago de tiu grupo? La polico ja malkaŝis ĝin kaj arestis plurajn el la membroj. Eble iu tamen evitis areston kaj nun eksplodigis la restantan dinamiton.

"Ne eklumigu!" diras Saara. "Mi ja ne havas nigrumilojn."

"Ne povas esti bombo", li ripetas, stariĝante el la lito. "Estas silente. Oni aŭdus aviadilmotorojn, se estus bombo."

"Ni devus iri en la kelon, sed..."

Li duone komprenas ŝian heziton. Ŝi ne ŝatus la klaĉadon de najbarinoj, se ili ekvidus ke viro tranoktas ĉe ŝi, kvankam ili devus jam rekoni lin. Li paŝas ĝis la fenestro kaj gvatas, ŝovante la rulkurtenon iomete flanken. Fakte ne estas tute silente. Aŭdiĝas voĉoj de la strato. Sed regas preskaŭ sama mallumo ekstere kiel en la ĉambro. Li videtas nur du-tri ombrojn moviĝi sur la neĝa strato.

"Kioma horo estas?"

"Mi ne scias", ŝi respondas. "Mi ne kuraĝas eklumigi."

Nun ankaŭ ŝi ellitiĝas kaj venas stari tuŝproksime ĉe lia dorso. Li sentas ŝiajn varmajn sed malmolajn mamojn kontraŭ lia dorsa haŭto, kaj samtempe li aŭdas iun surstrate krii: "La Flamo!"

Tuj li komprenas. Io eksplodis en la domo de la Flamo. Li turnas sin al ŝi, prenas ŝiajn mamojn delikate en la manojn kaj sentas ke li denove ekscitiĝas.

"Mi devas eliri. Io okazis al la Flamo."

Ŝiaj cicoj elstaras, tiklante liajn polmojn. Estas malvarme en la ĉambro. Li lasas ŝin kaj ekserĉas siajn vestaĵojn, kiujn li ĵetis surplanken hieraŭ vespere.

"Ĉu la nazioj faris eksplodon?"

Li ne respondas. Tio ja eblas, kvankam jam de duonjaro la Flamo skribas nenion pri Germanio kaj la faŝistoj sed nur pri la britaj imperiistoj, kiuj provokis la militon. Sed li devas eliri por espiori.

Li eklumigas la etan litolampon kaj prenas sian brakhorloĝon. Kvarono post la tria.

"Mi iros rigardi. Eble mi povos iom helpi. Mi ne certas, ĉu mi revenos ĉi tien aŭ iros rekte hejmen per matena trajno. Mi ja laboros ĉi-vespere, kaj eble oni eĉ faros ekstran eldonon, se okazis io terura."

"Restu, Ture! Mi ne volas esti sola."

"Ne timu. Ĉi tie estas nenia danĝero."

"Kiel vi scias?"

Kompreneble li tute ne scias. Li diris tion aŭtomate, kiel viro al virino.

"Nu, do mi revenos ĉi tien, esplorinte kio okazis. Restu trankvila."

"Bone, mi atendos vin. Revenu tuj, kiam vi scios."

Baldaŭ li estas sur la strato. Regas sufiĉe forta malvarmo por la komenco de marto, kaj supre inter la domoj amaso da steloj truas la nigran ĉielon. Apenaŭ eblas distingi la vizaĝojn de tiuj du-tri aliaj homoj, kiuj rapidas antaŭen al la apuda Kungsgatan. Lia malnova vundo iom ĝenas lin, kiam li lamas plu al la trietaĝa ligna domo ĉe numero 27, kie situas la redaktejo kaj presejo de la regiona komunista ĵurnalo Norrskensflamman, la Nordluma Flamo. Jam defore li vidas la flamojn, tamen ne de nordlumo sed de granda fajro. La tuta domo brulas, kaj la fajrobrigado jam ĉeestas. Ĝi tamen ŝprucigas akvon nur sur la najbarajn domojn, el kiuj unu jam ekbrulis, por eviti ke la incendio disvastiĝos. Ankoraŭ ne alvenis la polico, krom se iu el la ĉeestantoj eble estas policisto civile vestita. Iuj homoj sencele alportas vanan sitelon da akvo, sed tio nur ridindas. Estas plena brulego de la fundo ĝis la tegmento dek metrojn super la strato. Li kredas flari odoron de benzino aŭ io simila, kio jam estas malofta odoro pro la militotempaj limigoj.

Mankas ankaŭ ambulanco. Sur la neĝa strato sidas viro evidente vundita. Apude staras virino en noktoĉemizo kaj du junuloj en piĵamoj, nudpiede sur la neĝa strato. La nokto ja estas malvarma, sed ĉi tie disradias varmo el la brulego, tiel ke Ture sentas samtempan varmegon al la vizaĝo kaj froston al la nuko.

"Estas Ruĝa Filip", diras iu nekonato staranta apud li. "La nova redaktoro Filip Forsberg. Li saltis de la tria etaĝo."

"Ne, li ne saltis", kontraŭas alia viro, kiun Ture nebule rekonas kiel sampartianon. "Li kaj la aliaj en la tria etaĝo malhisis sin per littukoj, kiujn ili kunnodis. Sed Filip estas vundita. Eble la littukoj ekbrulis."

"Ĉu estas aliaj en la domo?" demandas Ture.

"Certe. En la dua etaĝo. Ili ne sukcesis eliri, kaj nun tio ŝajnas neebla. Neniu plu povas vivi tie, mi pensas."

Ture iras ĝis Filip Forsberg.

"Saluton, kamarado! Kiel vi?"

"La manoj!" ĝemas la kuŝanto, ŝovante ilin en la neĝon.

"Ĉu bruligitaj?"

Responda ĝemo.

"La ambulanco devos jam alveni. Kiu faris ĉi tion? Estis eksplodo, ĉu ne?"

La redaktoro nur kapjesas, fermante la okulojn pro doloro, kaj Ture forlasas lin. Li interŝanĝas kelkajn vortojn ankaŭ kun la junuloj.

"Ĉu vi fakte savis vin per littukoj?"

"Jes. Filip helpis nin kaj Panjon. Li mem malhisis sin laste, sed li vundiĝis."

Estas nenio por fari ĉi tie. Sed kie estas la polico? Ĉu ĝi tute fajfas pri la eksplodo kaj brulatako?

Finfine alvenas ambulanco, kiu forportas la vunditon, kaj iuj najbaroj ekzorgas pri la senhejmuloj. Dume brulanta ĉevrono falas suben en la trian etaĝon kun siblo kaj krako. Evidente ne eblas savi iun, se plu restas homoj en tiu brulanta infero.

Ture reiras al Saara, lamante la ducent metrojn reen. Ĉe ŝia strato ankoraŭ regas mallumo kaj kvieto. Ĉu oni ne aŭdis la eksplodon? Aŭ ĉu oni elektis kaŝi sin sub la litkovriloj? En du-tri lokoj li tamen vidas lumon en fenestroj. Laŭ loka ordono oni prepariĝu akirante nigrumilojn, sed ĝis nun ne necesas almeti ilin antaŭ la fenestrojn, krom okaze de ekzercoj. Cetere multaj tute fajfis pri la ordono. Ĉi tie ja ne estas milito.

"Finfine!" salutas lin Saara jam plene vestita. "Kio do okazis tie?"

"Eksplodo kaj brulatenco. Verŝajne kelkaj loĝantoj mortis en la incendio. La redaktoro kamarado Forsberg savis sin sed estas vundita. Kaj la polico ŝajne fajfas pri ĉio."

"Ĉu atako de la nazioj?"

"Mi ne scias. Oni eble neniam ekscios. Sed ni povas reenlitiĝi por kelkaj horoj."

"Mi tamen jam ne povos dormi."

"Do, ni ne dormos. Venu, ni senvestiĝu."

Li ekbruligas cigaredon kaj demetas siajn vestaĵojn. Poste li kuŝas apud ŝi, fumante kaj rigardante la ardon de la cigaredo en la mallumo de la ĉambro, dum la terura incendio daŭre restas viva en lia konscio kaj Saara forte brakumas lin sub la litkovrilo.

Malgraŭ ĉio ili ambaŭ fine endormiĝas. Nur je la sepa ili denove ellitiĝas por matenmanĝi, kaj poste li pretigas sin por veturi hejmen.

"Mi revenos venontan sabaton, se eblos. Mi telefonos al la butiko iam dum la semajno."

Li paŝas la kvincent metrojn ĝis la stacidomo kaj restas kelkajn minutojn en la atendejo. Dimanĉe la unua matena trajno al Boden ekiras je la oka kaj dudek. Li jam kutimas je la veturo, kiu daŭras pli-malpli tri kvaronojn de horo, krom se aperas obstakloj en formo de boacoj sur la trako aŭ tro multe da neĝo.

Post kiam la loka trajno alvenis antaŭ la granda vikinga halo, kiu estas la naci-romantika stacidomo de Boden, li iras hejmen por havi iom da dormo aŭ almenaŭ ripozo. Nur tagmeze li iras al sia laborejo por ekscii, ĉu li estas bezonata tie, sed la estro de la kompostejo ankoraŭ ne aperis, do evidente ne estos ekstra eldono. Vespere li eklaboras kiel kutime.

De duonjaro Ture laboras kiel tipografo en la presejo de Norrländska Socialdemokraten, la Nordlanda Socialdemokrato, en Boden, kvardek kilometrojn de Luleå. Ĝis proksimume tiam la komunista Nordluma Flamo havis pli da legantoj ol la socialdemokrata konkuranto en la regiono, sed nun la proporcioj ŝanĝiĝis. Li supozas ke tio komenciĝis jam en septembro, kiam la pakto de Sovetunio kaj Germanio konatiĝis, kaj la Flamo ripetis la germanan aserton ke Pollando atakis Germanion instigite de Britio. Kaj eĉ pli la unuan de decembro, kiam la Flamo skribis: "La finnlanda provoko kontraŭ Rusio kondukis al milito." Ankaŭ poste ĝi fidele disvastigas la sovetian starpunkton pri la milito, dum la socialdemokrata konkuranto subtenas Finnlandon, kiel preskaŭ la tuta sveda socio. Ture trovas tiun ĝeneralan subtenon naiva. Kompreneble Sovetunio rajtas defendi sin kontraŭ agresema najbaro. La problemo estas klarigi tion al politikaj naivuloj.

Ĉi-vespere li devas komposti ne nur asertojn pri heroaj finnoj kaj poltronaj rusoj, kvankam reale ja evidentas ke Sovetunio baldaŭ venkos en la milito, sed krome tion ke la brulatenco en Luleå kredeble estas parto de la batalo inter naziaj kaj komunistaj perfortuloj. Li paŭte skuetas la kapon. Ĉu la verkinto do ne rimarkis ke tiu batalo ĉesis? Aŭ almenaŭ paŭzas? Li eĉ kredas rimarki ian nuancon de kontenteco en la raporto, kvazaŭ oni volus diri "kiu pekis, tiu pagos". Preskaŭ ĉiutage li devas rezisti impulson korekti ian stultaĵon kompostante ĝin. Tamen li devas ja ne riski sian laboron.

En la sekva tago li fluglegas raportojn pri la incendio en aliaj konkurantaj ĵurnaloj, kiuj ĉiam disponeblas en la presejo. Norrbottenskuriren, la ekstreme konservativa ĵurnalo de Luleå, asertas ke nenio indikas atencon. Dekstra gazeto el Stokholmo eĉ akuzas la komunistojn pri ekbruligo de la propra domo.

Entute nun estas terura tempo, sed li estas bonŝanca havi sekuran laboron. La kolegoj tamen ja scias ke li estas komunisto, kaj ĉiutage okazas akraj disputoj. Precipe pri Finnlando kaj la milito. Preskaŭ la tuta Svedio – inkluzive de la socialdemokratoj – indignas pro la sovetia atako kontraŭ Finnlando. Li miras ke neniu atentas la agresan antikomunismon de la finnaj gvidantoj, kiu daŭras de la interna klasmilito en 1918. Neniu krom la Flamo mencias la politikan teroron en Finnlando. Tamen li jam antaŭlonge konstatis ke la artikoloj de la Flamo ne multe helpas kontraŭ la politika psikozo nun reganta. Ili estas tro teoriaj, tro foraj de ordinara pensado. Precipe la subita eksilentado pri faŝismo vekas mokon ĉe liaj kolegoj, kiuj malamas naziojn same intense kiel komunistojn. Ili estas bone informitaj, kiel la plej multaj tipografoj. Kaj ili kutimas legi spegulan tekston kaj turni ĝin ĝuste.

"Kio okazis al la popolfronto kontraŭ la faŝistoj?" mokas Gustav, unu el la kolegoj. "Vi simple papagas, kion ordonas Stalin. Jen socialfaŝistoj, jen popolfronto, kaj nun subite la brita imperiismo. Kio sekvos?"

Ne eblas komprenigi al li ke necesas fideli al la oficiala linio kaj ke la partio estas nur sekcio de Komintern. Kaj ke Stalin sendube scias pli bone ol tipografo en sveda urbeto. Sed ne indas diri tion.

"La angloj ja volis interveni", li tamen memorigas. "Almenaŭ la ministro de la mararmeo, Churchill."

"Klare. Por helpi Finnlandon kontraŭ Stalin."

"Tio estis nura preteksto. Reale li volis okupi la nordajn Norvegion kaj Svedion por kapti nian feron kaj malhelpi eksporti ĝin al Germanio."

"Ĉu tio ĝenus vin? Do vi jam iĝis hitlerano?"

"Stultaĵo. Sed se la angloj invadus ĉi-norde, la germanoj venus de sude, kaj la tuta Norda Botnio fariĝus ĉefa batalkampo. Tiam la sveda neŭtraleco valorus eĉ ne furzon. Tamen la angloj jam havas plenajn manojn pro la germanaj submaraj ŝipoj."

"Vi do ĝojas, kiam ili torpedas la komercajn ŝipojn, ĉu?"

"Jen nova stultaĵo. Sed la britaj imperiistoj tro memfidas, pensante ke ili eterne regos la maron kaj neniam fariĝos sklavoj, ĉiam nur sklavposedantoj."

Marde li eksias ke du infanoj, du virinoj kaj unu viro mortis en la brulatenco kontraŭ la Flamo. Kelkajn tagojn poste oni raportas ke la gvidantoj de Finnlando kaj Sovetunio komencas intertraktadon pri paco, kaj baldaŭ Finnlando devas akcepti la kondiĉojn. Plej draste estas ke oni devas cedi al Sovetunio la Karelian istmon kun la grava urbo Viburgo, la dua plej granda de Finnlando, kaj permesi sovetian militbazon en Hanko, plej sudokcidente en la lando. Pluraj centmiloj da finnlandanoj, kiuj fuĝis de la avancanta Ruĝa armeo, ne povos reveni al siaj hejmoj en Karelio.

"Jen vi vidas", diras Ture al sia tipografa kolego Gustav. "Stalin tute ne volis konkeri la tutan landon sed nur tiun regionon por protekti Leningradon."

"La rusoj ja provis preni la tuton", respondas Gustav. "Se la finnoj ne batalus tiel kuraĝe, ili okupus ĉion kaj eble eĉ venus ĉi tien."

Ne indas komenti tian stultaĵon, opinias Ture.

Baldaŭ li eksias ke la redakcio de la Flamo ekfunkciis en nova loko, kvankam la ĉefredaktoro, Ruĝa Filip, estas grave vundita kaj longe ne povos labori, almenaŭ ne uzante la manojn. Do necesos ankoraŭfoje trovi novan redaktoron. Filip Forsberg estis venigita ĉi tien, kiam oni vokis la ordinaran redaktoron Holmberg al nearmita soldatservo kun aliaj komunistoj en la laborkompanio de Storsien.

Sed en la regiono ne eblas trovi presejon, kiu akceptus presi la ĵurnalon. Provizore oni presas ĝin en Stokholmo, en la presejo de la partia ĉeforgano Ny Dag, Nova Tago. Baldaŭ tio tamen kaŭzas problemegon pro la transporta malpermeso. Okazas tiel ke la sveda koalicia registaro volas neniigi la opozician gazetaron. Ne eblas malpermesi ĝin, ĉar la preslibereco estas parto de la konstitucio, sed oni trovas solvon. Per decido en la parlamento oni malpermesas transporti kaj vendi la presitajn komunistajn gazetojn, same kiel la antifaŝisman Trots allt! – Malgraŭ ĉio! – kiu ĝenas la bonajn rilatojn al Germanio.

Evidentas al Ture ke la partio devas trovi vojon preter tiuj obstakloj. Do oni kreas subteran reton por spiti la transportan malpermeson. Ĉi tie en la plej norda gubernio de Svedio la komunistoj tradicie fortas, sed ĝi estas vastega kaj maldense loĝata regiono, kiu ampleksas pli ol kvinonon de la lando. De sudo al nordo ĝi mezuras kvarcent kilometrojn, de okcidento al oriento same longe, kaj loĝas tie nur ducent mil homoj. Nun jam necesas kaŝe transporti la gazetojn preskaŭ mil kilometrojn norden de Stokholmo, kaj poste pluen al la disaj abonantoj. Ture ofte helpas porti ilin, vojaĝante trajne inter la najbaraj Boden kaj Luleå por viziti sian amikinon, kvankam li timas ke iu denuncos lin al la polico – aŭ al la estro de la kompostejo.

La naŭan de aprilo li terurite aŭskultas la radiajn novaĵojn, kiuj sciigas ke la milito faris grandan paŝon pli proksimen. Germanio okupis Danion kaj atakis Norvegion, kiu tamen defendas sin heroe. Li atendas ke tre baldaŭ sekvos atako ankaŭ kontraŭ Svedio, sed tio ne okazas. Anstataŭe li konstatas ke la sveda registaro komencas eĉ pli ol antaŭe adaptiĝi al la postuloj de Germanio. Dume la simpatio de la sveda popolo al la okcidentaj najbaroj fariĝas same forta kiel ĵus al la orientaj. Neniu tamen varbas volontulojn al la batalanta Norvegio, kiel oni faris al Finnlando. Li supozas ke se iu provus, la registaro tuj malpermesus tion, same kiel oni malpermesis batali por la hispana respubliko antaŭ kvar jaroj.

Li tamen ja en 1937 sukcesis iri al Hispanio por aliĝi al la bataliono Thälmann, kaj li restis tie ĝis oni dissolvis la internaciajn brigadojn en oktobro 1938. Ankoraŭ turmentas lin memoroj pri la bataloj ĉe Guadalajara, Ebro kaj aliloke, kie li perdis kamaradojn: svedojn, danojn, norvegojn kaj aliajn. La timego dum la artileria pafado estis paraliza kaj ankoraŭ de temp' al tempo kaptas lin en sonĝoj, sed plej aĉe estis reveni hejmen kaj devi mensogi, kaŝante siajn spertojn. Fakte oni ne aplikis la leĝon pri sesmonata malliberigo de la volontuloj, sed en multaj laborejoj oni rigardis la batalintojn kiel ĝenulojn, kiuj povus veki malkvieton inter la dungitoj. En aliaj rondoj, precipe inter junuloj, la volontuloj, kiuj transvivis la hispanan militon, tamen rolas kiel herooj. Bonŝance Ture povis eklabori unue en la presejo de la Flamo, kiu nun estas nur nigra kavo en la neĝa tero, kaj poste, jam de duonjaro, en tiu de la konkuranto lokita en la najbara urbo.

Ĉiusabate, kiam tio eblas, li veturas al Luleå kaj pasigas la nokton kun Saara. Ŝi devenas el Kuivakangas ĉe la finnlanda limo konsistanta el la rivero de Tornio, kaj ŝi havas familianojn ankaŭ transrivere en Kaulinranta. Sed delonge ŝi loĝas en la regiona ĉefurbo Luleå kaj laboras en manĝaĵbutiko ĉe Nygatan. Lastatempe ŝi tre maltrankvilas pro siaj parencoj en Finnlando, kaj li ne scias kiel konsoli ŝin. Sabate posttagmeze, se ne tro malvarmas, ili tamen ofte promenas en la urbocentro, rigardante en la montrofenestrojn, kvankam pli kaj pli mankas varoj por admiri tie. Verŝajne ŝi volus edziniĝi kaj havi infanojn, sed li timas tion. Estus malriĉa vivo, kaj li sentus sin enfermita en kaĝo. Se li preferus tian vivon, li jam antaŭ tri jaroj havus la okazon provi ĝin kun Sigrid, sed tiam intervenis lia vojaĝo al Hispanio, kiam ŝi jam estis graveda. Kaj poste ili ne plu povis rekomenci, eble pro la knabeto, aŭ pro ŝiaj gepatroj. Aŭ simple ĉar la disiĝo malfermis inter ili abismon, kiun ne eblas transponti. Ŝajnis al li pli facile komenci novan amrilaton kun Saara en Luleå. Post lia jaro kaj duono en la milito li spertas ian senradikecon. Li scias ke kelkaj eksaj volontuloj komencis drinkegi, reveninte hejmen. Ĝis nun li evitis tion kaj anstataŭe mergiĝis en partian laboron. Tio tamen ne estas garantio; eblus droni en ambaŭ.

Antaŭ jaro Ture havis kontakton kun komunista havenlabor-isto, kiu estis ano de sabota grupo. Li eĉ foje helpis porti valizon kun nekonata enhavo al tiu viro. Li komprenis ke oni kaŝos ian aparaton en la holdo de ferotransporta ŝipo, kaj poste surmare tiu afero eksplodos. Sed antaŭ kelkaj monatoj iu alia en la grupo eksentis skrupulojn kaj avertis la policon. Bonŝance la nomo de Ture ne estis malkaŝita, almenaŭ ĝis nun. Ŝajnas al li ke tio estis eskapo same hazarda, kiel tiu ĉe Ebro antaŭ jaro kaj duono.

Efektive tiu grupo estis parto de vasta internacia reto, kiu alfundigis plurajn ŝipojn kun varoj por la faŝista flanko en Hispanio. Li ekhavis kontakton kun ĝi per sampartiano, kiu aktivis por varbi volontulojn al la internaciaj brigadoj. Post la venko de generalo Franco la grupo komencis plani sabotadon kontraŭ la eksporto de sveda fero al la germana militindustrio, precipe per dinamito ŝtelita en la fer-minoj de Kiruna kaj Malmberget. Do povas esti ke la valizo, kiun li portis al Luleå, estis plena de tia dinamito. Kiam la loka grupo estis malkaŝita al la polico, oni arestis ankaŭ unu el la gvidantoj de la norvega parto de tiu reto. Tiam Ture ne konis lian nomon, sed post la aresto li eksciis ke ĝi estas Martin Hjelmen.

Dum kelkaj sinsekvaj tagoj en aprilo li ekscias konsternajn nov-aĵojn. La ŝtata polico, kiu transprenis la aferon de la urba, arestas plurajn personojn pro la brulatenco kontraŭ la Flamo. Unue temas pri tri subleŭtenantoj ĉe la inĝenieraj trupoj de Boden, el kiuj du estis militvolontuloj en Finnlando. Krome unu simpla soldato kaj unu ĵurnalisto ĉe Norrbottenskuriren, la tre konservativa ĵurnalo de Luleå. Ŝajne la farintoj ne kapablis silenti sed babilis pri sia ago en pli vastaj rondoj. Sed sekvas pli granda surprizo. Post du tagoj oni arestas kapitanon ĉe la kirastrupoj de Boden kaj la urban policestron de Luleå, Ebbe Hallberg.

Tiun lastan Ture konas laŭ lia reputacio. Li estas loke tre konata persono, timata sed krome la celo de ŝercoj kaj mokoj. Li estas alkoholulo, kiu plenumas sian oficon en sufiĉe kaprica maniero. Sed li estas obsedata de la neceso neniigi la influon de la komunista partio en la regiono. Interalie li kreis registron de komunistoj, kiun li disponigis al la garnizona stabo en Boden, kaj kiu ebligis voki centojn da komunistoj kaj aliaj suspektatoj al soldatservado, tamen ne en normala armita trupo sed en aparte fondita laborkompanio en izolita loko, kie oni taskas al ili konstrui vojon en la arbaro. La komunistoj mem nomas tiun kompanion koncentrejo.

Ĉiuj ĵurnaloj raportas pri la juĝproceso tagon post tago, kaj en la kompostejo de Norrländska Socialdemokraten Ture ĉiutage implikiĝas en disputoj kun siaj kolegoj, ĝis la estro ordonas al ili silenti kaj labori. Post kelka tempo li ekscias ke ankaŭ ĵurnalisto de tiu socialdemokrata ĵurnalo en Boden konspiris kun la atenculoj, kaj ke la grupo havis kontakton kaj eble subtenon de la du generaloj Douglas kaj Reuterswärd, la ĉefoj de la militfortoj en la gubernio. Jam de kelka tempo li scias ke generalo Douglas estas ano de unu el pluraj naziaj partioj. Ambaŭ generaloj, same kiel ĉiuj en la konspira rondo, aktivis en la varbado de volontuloj por la milito en Finnlando. Krome ili agitis por ke Svedio oficiale kaj aktive eniru la militon kontraŭ Sovetunio, kion la registaro tamen rifuzis. Do, la artikoloj de la Flamo, subtenantaj la sovetian flankon, estis ruĝa tuko antaŭ iliaj okuloj, kaj laŭ asertoj de la akuzatoj oni diskutis multajn diversajn eblojn silentigi tiun ŝtatperfidan organon, ekzemple ĉesigi la liveradon de papero al ĝia presejo, aŭ rekvizicii tiun por presi gazeton por la volontuloj en la finnlanda milito. Sed ĉio montriĝis ne realigebla, do restis nur la alternativo detrui la presilojn de la Nordluma Flamo.

La juĝproceso daŭras preskaŭ du monatojn. Dum tiu tempo la situacio de Ture en lia laborejo iĝas pli kaj pli streĉita, kaj li timas iam ajn perdi sian laboron. Krome lia rilato al Saara komencas velki. La ĉiusemajna veturado al Luleå jam iom tedas lin.

"Ĉu vi ne povus serĉi laboron en Boden?" li sugestas al ŝi. "Ni povus renkontiĝi pli ofte, kaj mi ne plu devus trajni ĉi tien."

Sed tio ne logas ŝin.

"Mi ne bonfartus en Boden. Tie estas nur soldatoj. Ĉi tie mi havas amikinojn kaj sufiĉe bonan laboron."

"Ja estas butikoj ankaŭ en Boden", li atentigas, tamen vane.

Iufoje li suspektis ke ŝi havas alian ulon en Luleå, kiun ŝi renkontas en labortagoj. Sed li ne plu pensas tiel. Tamen ŝi ja kelkfoje en merkredo – populare nomata "servistina sabato" – eliras kun amikino por danci en hotela restoracio. Ture ne povas malpermesi al ŝi tiun plezuron, ĉar li mem pro sia lamado ne povas danci. Tute eblas ke ŝi tiam lasas sin regali de alia viro, kaj kio poste sekvas, ne eblas scii.

Ĉiuokaze li nun kontaktas la laborperejon de sia sindikato por esplori, ĉu eblas trovi laboron aliloke. Ne en Luleå – post la eksplodo kaj forbrulo de la komunista presejo ekzistas tie nur la konservativa ĵurnalo, kiu estas fifama pro siaj simpatioj al la nazioj. Sed eble ie pli sude. Kaj sendube estos pli bone forlasi la nunan laborejon antaŭ ol li estos maldungita. Ŝajnas al li ke post la packontrakto de Moskvo inter Sovetunio kaj Finnlando la malamo kontraŭ komunistoj ne malkreskis sed eble eĉ intensiĝis, kaj precipe en la garnizona urbo Boden.

Antaŭ ol iri suden li faras viziton en la hejmo de Sigrid en Svartbjörnsbyn apud Boden. Li venas frue posttagmeze, kiam li scias ke ŝia patro, kiu plej multe malamas lin, forestas en sia laborejo. Ture ankoraŭ ne komprenas, kial Sigrid mem ne malamas lin, ĉar li forlasis ŝin, kiam ŝi estis graveda. Li diris ke li revenos, kiam la faŝistoj estos venkitaj, kaj ŝi fakte kredis lin. Eble ŝi ankoraŭ esperas ke li revenos al ŝi.

Ŝi aperas kun taŭzitaj haroj kaj iom pufa vizaĝo. Li scias ke ŝi kutimas dormi kelkajn horojn reveninte el sia frumatena laboro en la bakejo, dum ŝia patrino vartas la knabeton.

"Venu, Jan-Olof", ŝi vokas tiun. "Via paĉjo vizitas nin."

La trijarulo alkuras sed haltas en distanco por gvati la duone fremdan viron. Fakte li ja konas lin, sed nur kiel okazan vizitanton, kiu eĉ ne venas tre ofte.

"Jen vidu", diras Ture kaj etendas sakon da kuketoj al la knabo. "Atendu, mi alportas ankaŭ..."

Jan-Olof tamen ne atendas por vidi la duan donacon, skatoleton da diverskoloraj paŝteloj, sed rekuras al sia avino kun la kuketoj.

"Diru dankon, Jan-Olof", Sigrid krias post li. "Li estas timida", ŝi aldonas al Ture. "Li vidas vin tro malofte."

"Mi scias. Fakte mi venis por rakonti ke mi transloĝiĝos."

Ŝi rigardas lin esplore.

"Ĉu al Luleå?"

Verŝajne ŝi aŭdis ian klaĉadon pri lia rilato kun Saara, li pensas.

"Ne. Suden. Al Stokholmo."

Ŝia mieno ŝanĝiĝas. Evidente tio tre konsternas ŝin.

"Kial do?"

"Mi ricevis pli bonan laboron tie."

Sigrid ne demandas kie, kaj li ne rakontas tion. Li ne volas mencii la disputojn en lia nuna laborejo. Denove li pensas ke ŝi eble plu flegis esperon pri rekomenco kun li.

"Vi devos daŭre pagi por Jan-Olof."

"Komprenelbe. Mi ja laboros, do ne estos problemo. Vi ricevos poŝtmandate."

Li ne diras ke li perlaboros pli multe tie, por ke ŝi ne pensu ke li pagos pli. En Stokholmo ankaŭ la kostoj verŝajne estos pli altaj.

"Kie vi loĝos?"

"Mi luos apartamenton. Tio jam estas aranĝita."

"Ĉu vi mastrumos por vi mem?"

"Certe. Same kiel ĉi tie en Boden."

"Eble vi dungos servistinon", ŝi diras kun moka esprimo ĉe la buŝo kaj okuloj.

Li ridas.

"Bona ideo. Eĉ du. Kuiristinon kaj ĉambristinon."

Ŝi paŭtas.

"Tie sude vi eble trovos iun, kiu mastrumos por vi senpage."

Li ne komentas tion. Fakte ŝi devus jam scii ke li sufiĉe bone mastrumas por si mem. Anstataŭe li iras en la kuirejon por transdoni la paŝtelojn al sia filo. La avino nek salutas nek rigardas lin. Verŝajne ŝi malamas lin same kiel ŝia edzo, sed ŝi silentas. Ŝi ankaŭ ne proponas al li kafon, kion oni normale faras al ĉiu vizitanto.

Ankaŭ Sigrid nenion proponas, eble pro la informo pri lia transloĝiĝo.

"Kion diras viaj gepatroj pri tio ke vi iros suden?" ŝi demandas.

"Mi ankoraŭ ne rakontis tion al ili."

"Ĉu vi ne plu renkontas ilin?"

"Certe, sed ne tre ofte."

"De Stokholmo vi ne povos helpi ilin."

"Miaj fratoj plu restas ĉi tie."

Ŝajne nek Sigrid nek li trovas ion pluan por diri. Do, post nelonge ili preparas sin por disiĝi. Ŝi denove vokas la filon:

"Jan-Olof, venu diri ĝis revido al via paĉjo."

Kaj ĉi-foje li aperas sed restas ĉe la jupo de sia panjo.

"Ĝis revido, Jan-Olof", diras Ture.

"Dis", murmuras la knabeto.

Li forlasas ilin kaj reiras al sia propra loĝejo por paki ĉion, kion indas kunporti suden. Ial li ne sentas rimorsojn pro tio ke li ne restos proksime de sia filo. Li pensas ke Sigrid devus kompreni jam dekomence ke li ne estas familiema persono.

Cetere, li pensas, ŝi ja povus pli akurate averti lin pri siaj danĝeraj tagoj. En tiu tempo kontraŭkoncipiloj ankoraŭ ne estis aĉeteblaj laŭleĝe sed nur kaŝe. Do ne nur li kulpas pri la estiĝo de la filo. Sed eble ŝi eĉ intence malzorgis la tagojn, li kelkfoje imagas. Kaj verŝajne ŝi kredis ke ŝi povus ŝanĝi lin. Tio ŝajnas al li ĉiama ambicio de la virinoj. Li ne scias, ĉu tio iam prosperas al ili.

Fine de junio li legas ke la tribunalo sciigis la verdikton kontraŭ la konspirintoj de la brulatenco. La prokuroro elektis akuzi ilin nur pro ruinigo de la domo, do nek pro la kvin mortoj, nek pro la brulo. Sed la tribunalo preferis la malpli gravan krimon difektado. Du personoj estis absolvitaj, kaj el la cetera kvinopo du ricevis dujaran punlaboron, la ceteraj iom malpli. La milda verdikto vekas miron ĉe iuj, koleron ĉe aliaj. Sed tiam Ture jam transloĝiĝis suden al nova laboro en Stokholmo.

Dua ĉapitro. Hitler, Hitler kaj denove Hitler.

Gullvi, Stokholmo 1940

Finfine komenciĝas ŝia vera vivo! Ŝi ne plu sklavos en familio, loĝante en servistina ĉambreto apud la kuirejo. Ekde nun ŝi estas sendependa libera virino loĝanta en la ĉefurbo. La laboro sendube ja estos peza sed kun fiksa horaro kaj kontanta salajro. Kaj eble ŝi eĉ gajnos trinkmonon, se iu gasto trovos ŝin apetita, kvankam oficiale trinkmono ne ekzistas en la supermodernaj Norma-restoracioj, kie la gastoj mendas ĉion ĉe bufedo kaj pagas ĉe kaso. Ili estas preskaŭ nur kafeterioj, sed oni ĉiam nomas ilin restoracioj aŭ simple Norma.

Fakte, ŝi eĉ ne estas vera kelnerino kiel en tradiciaj restoracioj, sed nur liveranto de pladoj sur la bufedon, forportanto de uzitaj teleroj kaj glasoj, puriganto de tabloj kaj cetere helpanto pri ĉio bezonata. Eble dank' al tio ŝi povis ekhavi la laboron sen antaŭa sperto de kelnerado.

La ĉambro ĉe Roslagsgatan, kiun ŝi dividos kun Astrid, kolegino en la restoracio, ne estas luksa sed absolute miranda kompare kun la ĉambreto ĉe pastoro Carlén en Gävle. Ŝi devis promesi ke ŝi iros promeni, kiam Ville, la koramiko de Astrid, venos vizite dum siaj forpermesoj. Li nun soldatservas "ie en Svedio", kiel oni kantas en la lastatempa furorkanto pri "mia soldato" gardanta la limon de la neŭtrala Svedio.

Ja estas iom hontinde ĝoji pro la ĉirkaŭa milito. Sed estas fakto ke preskaŭ ĉiuj junaj viroj estas mobilizitaj, ĉar jam de duonjaro oni timas ke iam ajn atakos rusoj de oriente aŭ germanoj de sude. Do en multaj laborejoj virinoj devas anstataŭi ilin, kaj apenaŭ plu ekzistas senlaboreco. La mezklasaj familioj plendegas ke ne eblas trovi servistinojn por purigi la vastan domon, kuiri luksajn vespermanĝojn kaj mungi la dorlotitajn burĝidojn. Ŝi ridas pri tio. Do ili mem lernu priservi sin kaj vivi sen sklavinoj! Kaj nun, kiam la ĉirkaŭa milito kaŭzas ĝenojn al la importo, la porciumado de kafo, viando, ovoj, fromaĝo, sukero kaj butero trafos ilin same kiel la malriĉulojn, kio estas laŭmerite. Eble iom post iom ja kreiĝos tia nigra merkato, pri kiu plendis Panjo kaj onklino Milly, memorante la mizeron dum la antaŭa mondmilito, kiam Gullvi estis preskaŭ nur bebo, sed ĝis nun ŝi ne aŭdis pri tio dum ĉi tiu nova milito.

Krome Astrid aludis ke ankaŭ ŝi pretos fari promenon, se Gullvi havos vizitanton. Sed tio eble ne necesos, ĉar ili ne havos la saman deĵor-horaron. Ŝi sentas eksciton, pensante pri tio. Ĉe pastoro Carlén ne facilis kontrabandi noktan vizitanton en la servistinan ĉambreton; la pastoredzino havis aŭdosenson kiel gardohundo.

"Ankaŭ ĉi tie ni ne rajtas akcepti virojn", diras Astrid. "Sed pri tio mi plene fajfas, kaj ĝis nun neniu plendis. Kaj esence Ville kaj mi estas gefianĉoj, kvankam sen ringoj. Li opinias ke ni atendu, ĝis li povos aĉeti orajn."

"Eble vi mem povus pagi ilin", sugestas Gullvi.

"Fi! Tio ja estus hontinda! La ringojn devas aĉeti la viro."

Astrid pensas dum momento kaj poste aldonas iom embarasate:

"Fakte mi kelkfoje devis kaŝdoni al li monbileton, por ke li povu pagi por ni ambaŭ en kinejo. Lia soldo estas tro avara kaj li neniom ŝparis de sia salajro antaŭ la soldatservo. Sed la gefianĉajn ringojn devos pagi li, je kukolo!"

Ĉiuokaze, se Gullvi renkontos iun, ŝi ja povos inviti lin en la stokholman ĉambron. Kaj intertempe, eble malavara gasto en la restoracio ŝatus veni por okaza vizito. Kial ne? Ja ne necesos timi sekvojn.

La gastoj en la restoracio Norma ĉe la kruciĝo de la stratoj Sveavägen kaj Kungsgatan estas bunta aro. Tagmeze venas profesiuloj el la ĉirkaŭaj laborejoj: oficistoj, metiistoj, ĵurnalistoj, laboristoj – kaj viroj kaj virinoj, kiuj profitas de la malmultekosta tagmanĝa plado por 95 oeroj, kio estas tre modera prezo. Posttagmeze venas iom pli trivitaj viroj por buterpano kaj taso da kafosurogato. Kaj vespere estas stranga miksaĵo: jen bonstataj paroj kaj grupoj da viroj vespermanĝas ne tre lukse sed bonkvalite, elektinte inter la ses pladoj sur la menukarto, fojfoje eĉ kun vino kaj posta konjako; jen aroj da soldatoj en forpermeso bierumas, babilante pri siaj spertoj. Eble ili devus prefere silenti. En publikaj lokoj oni jam de kelka tempo afiŝas admonojn al la civitanoj ne paroli pri aferoj de sekureco, ĉar laŭdire ĉie ekzistas spionoj, kiuj "kunmetas puzlon" por entiri la neŭtralan Svedion en la ĉirkaŭan mondmiliton. Iuj eĉ asertas ke Stokholmo fariĝis ĉefa spioncentro de Eŭropo.

Fakte la restoracio do estas modera kaj moderna, kaj la situo estas la plej bona, kiun oni povas imagi en la Norda kvartalo, nur unu domblokon for de la du "Reĝaj Turoj", la unuaj nubskrapuloj de Stokholmo, kiuj staras ambaŭflanke de Kungsgatan, la Reĝa strato. Dank' al la nealtaj prezoj de Norma ordinaraj homoj povas viziti ĝin. Tamen, kompare kun la malnovaj kafejoj kaj bierejoj de Stokholmo, Norma estas pura, bonorda kaj ŝika, kaj ĝi tute ne meritas sian iaman moknomon "GangsterNorma". Se fojfoje la gastoj iomete laŭtas, tio ne estas eksternorma konduto, sed en ekstrema okazo la ĉefkelnero alvenas por efektive igi ilin "eksterNormaj".

Komence malfacilas al Gullvi adaptiĝi al la ritmo de la laborejo. En la pintaj horoj vere necesas laboregi, kuri, porti, efiki, kurante inter la gastoj kaj la kuirejo, kie la ĉefkuiristo koleras kaj plendas pri ŝia pigreco, dum la aliaj dungitoj defendas ŝin. Sed inter tiuj horoj ekzistas tempo por ripozeti, petoli kun la koleginoj kaj iom post iom eĉ ŝerci kun la asiduaj gastoj. Kiam ĉesas la deĵoro, ŝi tamen estas tiel laca ke ŝi povas pensi pri nenio krom la lito en la luata ĉambro.

Post kelkaj semajnoj ŝi malgraŭ ĉio alkutimiĝas al la nova vivo kaj ne plu same laciĝas. Kiam gasto kun iom dika monujo foje proponas al ŝi promenon post la fino de ŝia deĵoro, ŝi certe ne rifuzas. Li montras al ŝi kelkajn stokholmajn vidindaĵojn: belajn palacojn, imponajn neonreklamojn, lumigatajn montrofenestrojn kaj poste luksan trinkejon en hotelo, kie ŝi ricevas buntan koktelon, kaj fine hotelĉambron. Kaj ĉion ŝi ĝuas. Efektive ŝia vivo ja komenciĝis! Ŝi trovas la militon ekscita tempo, almenaŭ dum eblas resti neŭtrala.

De temp' al tempo ŝi aŭdas gastojn vigle diskuti politikajn aferojn kaj eble eĉ sekretojn, pri kiuj ili devus silenti, laŭ la mesaĝoj, kiuj pli kaj pli multiĝas sur muroj kaj afiŝtabuloj. Tamen, kiel diradas la ĉefkelnero, por restoracia kelnero gravas ne aŭskulti ĉion, kion oni aŭdas, sed nur la mendojn kaj laŭdojn.

Dum unu forpermeso de Ville ŝi faras la promesitan promenon laŭ la ĉefaj stratoj, admirante la elegantajn homojn, kiuj babilas laŭte kaj ebriete, kiam ili paŝas inter trinkejoj aŭ de restoracio al taksio. Kiam ŝi venas hejmen al la ĉambro, ŝi rimarkas ke Ville restas en la lito de Astrid, sed tio ja ne ĝenas. Ŝi enlitiĝas kaj tuj ekdormas. Iam nokte tamen vekas ŝin sonoj el la alia lito. Evidente la geamantoj ripetas sian vesperan seksumadon, kaj Gullvi ekscitiĝas, aŭdante ilian ĝuadon. Kiam ŝi fingrumas sin sub la kovrilo, ŝajnas al ŝi ke ŝi partoprenas en ia triopa kunestado. Ŝi eĉ fantazias ke Ville eble eraros pri la litoj kaj venos ekkuŝi en la ŝia, ne rimarkante la diferencon, aŭ eble ektrovante ke Gullvi pli dezirindas ol Astrid. Fakte li estas sufiĉe bela knabo, same juna kiel sia koramikino. Atingante la klimakson ŝi tamen esperas ke la du aliaj ne povas aŭdi ŝian rapidan spiradon.

Kiam ŝi perletere ricevis la laboron en Norma kaj preparis sin por foriri el Gävle, kie ŝi pasigis ses longajn jarojn, ŝi ege ĝojis. Kia liberiĝo! Kiel ŝi eltenis tiujn damnitajn jarojn? Jen pasis ŝia junaĝo! Kompreneble ŝi nun volas ĝui la ĉefurban vivon ĉiamaniere. En dancejoj, trinkejoj, kinejoj. Kaj en modaj butikoj kaj superbazaroj kiel NK por la pli bonstataj klientoj kaj Pub por la malpli riĉaj. En Pub laŭdire Greta Gustafsson iam estis komizino, antaŭ ol ŝi fariĝis Greta Garbo. En tiuj magazenoj ja ne necesas aĉeti; eblas simple vagadi por admiri kaj imagi. Se komizo alparolas ŝin, demandante kion ŝi deziras, sufiĉas respondi ke ŝi nur rigardas kaj ankoraŭ ne decidiĝis.

Krome ŝi tiam havis la penson ke ŝi serĉos Panjon, kiun ŝi ne vidis dum tiuj ses jaroj. Lastfoje ŝi renkontis ŝin nur rapide, survoje al Gävle. Tiam la duonfrato Sture estis sesjara, do nun li aĝas dek du. Sed li kompreneble ne memorus ŝin, kaj eble ŝi ne rekonus lin, se ili renkontiĝus nun. Kaj Panjo verŝajne akceptus ŝin tre malvarme, se entute iel ajn. Cetere ŝi eble ne plu restas en la sama adreso. Eble eĉ ne plu en Stokholmo. Ĉu ŝi reiris al Kristinehamn? Gullvi ne povas kredi tion.

Do pasas iom da tempo antaŭ ol ŝi faras provon. Sed en bela fruprintempa sabato ŝi posttagmeze iras trame al la Suda kvartalo kaj piediras ĝis la brika domo ĉe Åsögatan, kie ŝi lastfoje renkontiĝis kun Panjo kaj Sture. Ŝi memoras la numeron kaj rekonas la pasejon al la postkorto. Sur tiu ludas kelkaj infanoj sed neniu dekdujarulo. Tri knabetoj ludas per globetoj kaj du knabinoj per saltoŝnuro. Ankaŭ ili ĝuas la belan printempan tagon kaj ŝajne ne rimarkas la fetorojn el la rubujoj kaj necesejoj sur la korto.

La knabinoj senmoviĝas por gapi al ŝi, kiam ŝi paŝas al la postdomo, sed la knaboj ne atentas ŝin. Ŝi supreniras ĝis la tria etaĝo. Dekstre ne plu videblas la nomo Åkesson, tiu de la nova edzo de Panjo, sed sur peco da kartono mane skribitas Lundström. Gullvi tamen frapetas sur la pordo. Aŭdiĝas rapidaj paŝetoj, kaj jen la pordon malfermas infano eĉ pli juna ol tiuj sur la korto. Eble li estas nur kvarjara. Ŝi eĉ miras ke tiu knabeto en tro granda makulita ĉemizo kaj falintaj ŝtrumpoj povis atingi la manilon de la pordo.

"Saluton", ŝi diras. "Ĉu via panjo estas hejme?"

La knabeto neniel reagas sed ensnufas nazmukon.

Gullvi atendas iom. Poste ŝi laŭte diras en la malfermitan pordofendon:

"Bonan tagon! Ĉu iu estas hejme?"

Neniu alvenas, kaj la knabeto same mute kiel antaŭe restas tie, rigardante ŝin scivole.

Ĉu povas esti ke Panjo ankoraŭfoje havas novan edzon kaj plian idon? Ĉu ĉi tiu silentema nazmukulo estas ŝia duonfrato? Ne, tio ja ne kredindas.

Tiam malfermiĝas la najbara pordo, kaj aperas mezaĝa virino kun striita antaŭtuko kaj ruĝaj malsekaj manoj.

"Sinjorino Lundström iris en la laktobutikon. Ŝi sendube bal-daŭ revenos. Ŝi petis min atenti, ĉu la knabeto eksploros."

"Bone. Mi fakte serĉas antaŭajn loĝantojn, la familion Åkesson. Ĉu vi scias, kien ili transloĝiĝis?"

"Ha! Ankaŭ la domposedanto ŝatus scii tion, laŭdire. Nepagita luo, mi supozas."

"Do vi ne scias kien, ĉu?"

"Ne. Eble al Sundbyberg. La edzino eklaboris en la ĉokolad-fabriko tie, kiam ŝia filo komencis en la lernejo. Kion faris la edzo, mi ne certas. Verŝajne okazajn laborojn en la haveno."

"Kiam ili foriris de ĉi tie?"

"Nu, jam antaŭlonge. Pli-malpli du jarojn."

"Aha. Domaĝe, tamen dankon. Do mi verŝajne ne retrovos ŝin."

Gullvi malrapide ŝtuparas suben. Ĉu en ĉokoladfabriko? Do Panjo ne plu odoras je snuftabako, kiel iam en Kristinehamn, kiam ŝi laboris en la fabriko tie. Sed ĉu tio signifas ke ŝi ankaŭ loĝas en la antaŭurbo proksime de tiu ĉokoladejo? Supozeble ne. Gullvi jam rimarkis ke en la ĉefurbo homoj ofte loĝas malproksime de sia laborejo kaj biciklas aŭ tramas tien-reen. Malmultaj povas piediri al la laboro kiel en urbeto.

Ĉu tamen indus iri al tiu fabriko por atendi, ĝis la laboristoj forlasas ĝin vespere? Sed en ĉokoladfabriko oni eble deĵoras en pluraj skipoj laŭ malsamaj horaroj. Kaj eĉ se Panjo aperus tie, laca kaj jam kun ĉokolada odoro anstataŭ la snuftabaka, kiel ŝi do reagus ekvidante ke Gullvi atendas ŝin? Aŭ eble kun karamela odoro, ĉar kakao jam fariĝis iom rara pro la milito. Eble ŝi opinius ke la filino kompromitas ŝin antaŭ ŝiaj kolegoj. Sendube plej prudentas simple akcepti ke Gullvi ne havas kaj neniam havos familion. Tiun en Kristinehamn ŝi mem ne volas denove renkonti; tiu en Stokholmo – se ĝi plu restas tie – plej verŝajne ne volas vidi ŝin. Se Panjo volus, ŝi povus iam ajn sendi leteron. Nu, ankaŭ Gullvi mem neniam sendis ian sciigon al ŝi. Eĉ ne pri tio ke ŝi transloĝiĝos al Stokholmo. Cetere tia sciigo neniel utilus. Pro la adresoŝanĝo ĝi neniam atingus la patrinon.

Dum momento ŝi ekpensas pri la kuzo Valter. Li sendube ja estas denove libera homo, sed kie trovi lin? Certe ne ĉe onklino Milly. Ĉiuokaze li supozeble ne volus havi kontakton kun Gullvi. Kredeble li preferas forgesi ĉion pasintan.

Plej multe ŝi tamen bedaŭras ne revidi la duonfraton Sture. Estus amuze havi dekdujaran fraton, kiun ŝi povus venigi al la bestoĝardeno de Skansen, aŭ eble eĉ al kinejo, kie oni prezentas filmon por infanoj. Eble ion kun indianoj kaj vakeroj. Tio estus plezuro, almenaŭ se li iom estimus ŝin. Sed eble li ĉiam aŭdis nur fiaĵojn pri ŝi. Se entute ion ajn.

Ŝi mendas limonadon en ĝardena kafejo kun vidaĵo al la haveno kaj al la kvartaloj trans la akvo. Eble ŝia vicpatro Elof Åkesson laboras sube sur tiu kajo, se la eksnajbarino pravis. Sed Gullvi tute ne konas lin, kaj li ne ŝin.

Ŝi rigardas foren super la akvo. Nun printempe Stokholmo vere estas bela urbo, precipe kompare kun Kristinehamn kaj Gävle, kie ŝi pasigis siajn infanaĝon kaj junaĝon. Aliajn urbojn ŝi apenaŭ vidis. Por vaganto ŝi vojaĝis ne tre multe. Sed ŝi sopiras dividi la vidaĵojn kun iu. Bedaŭrinde Astrid kaj ŝi deĵoras preskaŭ alterne kaj do malofte liberas samtempe. Plej bone estus kun iu, kiu ne nur celas tuj enlitigi ŝin. Sed manke de tia amiko, ankaŭ okaza amanto ja estus pli bona ol nenio.

Ŝi eltrinkas sian limonadon, restas ankoraŭ iom por rigardi la ŝipojn ĉe la suba kajo, kaj poste ekiras reen al la tramhaltejo. La vetero ja estas belega, sed ne plaĉus al ŝi promeni sola en sabata posttagmezo, kiam ĉiuj aliaj iras duope, brako ĉe brako.

Hitler, Hitler kaj denove Hitler. Jen sendube la nomo plej ofte ripetata de la gastoj en la restoracio, aŭ eble same ofte kiel tiu de Gunder Hägg, la nova sveda stelulo de longdistanca kurado. Hitler jam delonge regas Danion kaj eĉ konkeris pli-malpli la tutan Norvegion, kvankam britaj trupoj provis helpi la norvegojn en la nordo. Kaj nun li faŭkas por gluti pliajn pecojn en la okcidento, por ne mencii la orienton, kie li jam dividis Pollandon en duonojn kun sia kunmanĝanto Stalin. Gullvi demandas sin, ĉu li neniam satiĝos?

Ĉe du tabloj en la interna parto de la restoracio kutimas kolektiĝi kelkaj junaj norvegoj, maristoj kaj aliaj, kiuj ial devis rifuĝi en Svedio. La maristoj restis ĉi tie, ekde kiam Germanio regas Sundon kaj ambaŭ Beltojn, kiuj ligas la Baltan maron kun la Norda maro kaj pluen kun Atlantiko. Ili babilas pri bataloj, pri torpedoj, pri la perfido de Quisling, pri tio ke la svedoj tro naivas, pensante ke ili restos ekster la diablaĵoj.

"Nur atendu. En iu ajn momento la germanoj venos ankaŭ ĉi tien", ili ripetas al la svedoj, kiuj jen kaj jen aliĝas al ilia kompanio.

"Gardu vin, fraŭlino", unu el la norvegoj diras al Gullvi. "Pro via aspekto ili suspektos ke vi estas judino. Ĉu vi povas pruvi ke ne?"

Ŝi ne tuj respondas. Kiel eblus pruvi ion tian? Kaj cetere, ŝi dubas ke la germanoj pli ŝatas vagantojn ol judojn. La svedaj nazioj ja kutimas insulti kaj inciti kontraŭ vagantoj kaj ciganoj, kiuj "malpurigas la nordan rason". Tiuj svedaj nazioj ja estas ridindaj, sed la germanaj certe ne vekas ridon.

"Kaj vi?" ŝi poste diras, ĉar li tamen ja nomis ŝin fraŭlino. "Ĉu ankaŭ vi ne ŝatas mian aspekton?"

"Vi estas belulino! Kiam finiĝos via deĵoro hodiaŭ?"

"Ho, nur je la deka. Kaj tiam mi devos tuj enlitiĝi."

La juna norvega maristo ruĝiĝas ĉe tiu respondo, kaj Gullvi ekridas. Ŝajne li estas sufiĉe sensperta. Sed tio ja povus ŝanĝiĝi.

En unu nuba posttagmezo ŝi akompanas restoracian gaston al simpla hotelo en la kvartalo Klara. Li estas mezaĝulo kun iom kaduke eleganta aspekto, zorge kombita kaj razita, odoranta je postraza locio. Promenante laŭ Drottninggatan li konversacias pri la bela printempo, kvankam hodiaŭ ne brilas suno. Li parolas en kulturita skania dialekto.

Veninte en sian hotelĉambron li tuj nudigas sin. Gullvi iom surpriziĝas pro lia rapidemo sed komencas malbutoni sian bluzon. Sed li haltigas ŝin. Ŝi devas resti dece vestita. Anstataŭe li eligas la ledan rimenon de sia pantalono kaj donas ĝin al ŝi. Li ekstaras kliniĝante super la eta tablo kun ĉifita biblio, rigardante foren tra la malpura fenestro, trans kiu videblas la turo de Sankta Klara. Dume li petas ŝin vipi lian postaĵon.

Komence ŝi vipas la palan pugon sufiĉe leĝere, kvazaŭ lude. Sed li ĝentile klarigas ke ŝi devas bati forte, ĉar li miskondutis. Do ŝi svingas la rimenon kaj lasas ĝin danci sur liaj malgrasaj sidvangoj, riproĉante lin, ĉar li estas malbona knabo. Li komencas masturbi sin, anhelante "pardonu Panjo, pardonu Panjo", dum ŝi plu vipante miras, ĝis kia grado la homaj preferoj malsamas. Fine li ejakulas sur la biblion kaj ekploras.

Li kuŝiĝas surventre sur la mallarĝa lito, kaj ŝi demetas la rimenon kaj sidiĝas sur la litorando apud li. Ŝi glatumas liajn maldikajn dorson kaj ŝultrojn por konsoli lin. Ŝi ja ŝatus, se ankaŭ li iom karesus ŝin, sed dum la tuta tempo li eĉ ne unufoje tuŝis ŝin.

Kiam ŝi rimarkas ke li endormiĝis, ŝi hezitas kiel agi. Ĉu rapide forlasi la hotelon? Aŭ ĉu resti por sperti, kio sekvos, kiam li revekiĝos? Sed eble li tiam kondutos tute alie. Povas esti ke tiam male li batos kaj insultos ŝin. Aŭ li volos pagi al ŝi monon. Dum momento trafulmas ŝian kapon la penso ke ŝi povus serĉi lian monujon en la vestaĵoj, kiujn li zorge faldis kaj metis bonorde sur seĝon. Sed ŝi tuj forbaras tiun penson. Tia fiulo ŝi tamen ne ŝatus esti.

Aliflanke ŝi ne volas veki lin. Ŝi jam tro bone scias, kiom la humoro kaj konduto de viro povas ŝanĝiĝi, kiel balanciĝanta pendolo. Do ŝi stariĝas, klinas sin por almeti la lipojn facile sur lian nukon, kiu odoras je ŝvito kaj locio, kaj forlasas la simplajn ĉambron kaj hotelon. La pordisto eĉ ne levas la rigardon, kiam ŝi eliras tra la ĉefpordo. Ŝi piediras hejmen laŭ la stratoj, kie bele vestitaj paroj vicas antaŭ kinejoj por la fruvespera prezentado. Stokholmo distras sin, pensante nek pri la mondmilito, nek pri plorantaj viroj en ĉiaj hoteloj.

Hejme en la ĉambro ŝi unue intencas rakonti al Astrid pri sia aventureto. Sed poste ŝi decidas ke ne. Tio signifus perfidi la plorantan viron. Prefere konservi la memoron en si.

Post malpli ol du semajnoj ŝi revidas lin en Norma, sola ĉe tablo por duopo, sed tiam li ŝajne ne konas ŝin.

Ĉe unu tablo en la restoracio kutime sidas aro da svedoj, kiuj laŭ la ĉefkelnero estas komunistoj.

"Atentu, kion vi diros al ili", li avertas. "Ili pretas iam ajn perfidi nin al Stalin."

Jen do la alia nomo, kiun oni tamen ne same ofte aŭdas en la lokalo de Norma. La norvegoj neniam mencias ĝin, kaj eĉ la laŭdiraj komunistoj nur malofte eldiras ĝin. Nur escepte, kiam leviĝas ia vigla diskuto inter ili, ŝi aŭdas "Sed Stalin diris…" – kaj tio ŝajne tuj finas la malkonsenton.

Unu el la komunistoj estas viro proksimume tridekjara kun bukletaj helbrunaj haroj, trankvila sinteno kaj ia nordlanda akĉento. Li ne multe parolas kaj ne ekscitiĝas en la diskutoj, sed kiam li diras ion, la aliaj ŝajne aŭskultas kaj respektas lin. Kiam li venas kaj foriras, ŝi vidas lin iomete lami, sed tio nur stimulas ŝian intereson. Se ŝi povus iel kontakti lin! La pensoj pri tio plenigas ŝin kvazaŭ bobela limonado. Sed ĉi tie ne facilas intimiĝi kun la gastoj, ĉar ili devas mem mendi ĉion ĉe la bufedo. Necesas ke la gasto aliru ŝin, kaj tiu nordlandano ŝajnas ne tre flirtema.

Unu vesperon ŝi tamen sukcesas ekparoli kun li, veninte por forpreni lian malplenan tason ĝuste kiam li stariĝas.

"Ĉu vi jam finis?" ŝi kuraĝe demandas.

"Jes, dankon", li diras kun minimuma rideto. "Jam tempas eklabori."

Li ensuĉas la lastan fumon de sia cigaredo kaj stumpigas ĝin sur la subtaso.

"Ha, ĉu vi laboras vespere?"

"Jes. En presejo de ĵurnalo."

"Ĉu vi skribas en ĝi?"

"Ne. Mi estas tipografo. Do mi nur kompostas kion verkis la ĵurnalistoj. Tial necesas deĵori vespere kaj nokte, ĝis la presado ekas."

"Aha. En kia gazeto?"

"Social-Demokraten", li diras kun amuza grimaceto. "Mi kompostas ĝiajn stultaĵojn por ke la popolo matene eksciu nenion ekscitan, sed nur tion ke Svedio estas bone preparita por ĉio, kiel asertas la ĉefministro Hansson. Iu devas fari tion, bedaŭrinde."

Ŝi ridas, kvankam ŝi ne bone komprenas la humuron. Sed estas kuraĝige ke li tiel malavaras pri vortoj al ŝi. Eble li hontas labori en socialdemokrata ĵurnalo, mem estante komunisto. Ŝi ne bone scias, kio distingas ilin unu de la alia. Ĉiuokaze plej gravas ke li ne estas nazio.

Ĝis nun ŝi mem neniam rajtis voĉdoni en elektoj, sed ĉi-aŭtune ŝi ja rajtos, estante pli ol 23-jara kaj fiksloĝanta. Ŝi scias ke multaj el la vagantoj kaj romaoj ankoraŭ ne povas voĉdoni pro manko de fiksa adreso. Sed al kiuj ŝi donu sian voĉon? Eble ĉi tiu viro povos helpi ŝin elekti.

Dume li jam survojas elen kun adiaŭa gesto, levante la manon al la kaskedo. Aŭ espereble ĝi estas gesto de ĝisrevido, ŝi pensas, portante lian tason al la vazlavejo de Norma.

Dum ŝi atendas novan okazon por eble iom babili kun la nordlanda tipografo, ŝi foje eliras kun sia kolegino Astrid, por ke tiu enkonduku ŝin en la plezurojn de la ĉefurbo. Sed ankaŭ Astrid ne estas tre monduma knabino. Ŝi aĝas tri jarojn malpli ol Gullvi, kaj antaŭ unu jaro ŝi venis al Stokholmo de bieneto en la regiono de Upsalo por ne plu devi labori por la gepatroj sed jam por si mem, kiel ŝi diras. Krome estis iu ĝena junulo en la hejma regiono, de kiu ŝi volis eskapi. Preskaŭ tuj ŝi renkontis kaj enamiĝis al Ville. Nun Gullvi kaj ŝi de temp' al tempo vizitas kafejojn, iom kritikante ties malfreŝan aspekton kompare kun ilia Norma, kaj unufoje ili iras en dancejon. Sed plej ofte ili deĵoras en malsamaj horoj kaj do havas ankaŭ malsamajn liberajn horojn.

Cetere Astrid avertas ŝin pri la tipografo.

"Evitu la komunistojn, Gullvi! Ili ne estas bonaj homoj. Ili volas dividi ĉion egale, ankaŭ la virinojn!"

Gullvi ridas.

"Kiel do dividi?"

"Ĉu vi ne komprenas? Ili volas ke ĉiuj seksumu kun ĉiuj. Tio ja estus fia."

Gullvi ne povas kredi ke la seriozaspekta nordlandano havas tiel sovaĝajn kutimojn. La penso tamen iomete ekscitas ŝin kontraŭ ŝia volo. Eble ŝi iam havos okazon esplori tion.

Kiam la printempa vetero plivarmiĝas, ŝi kutimas promeni sola laŭ la avenuoj en la urbocentro. Proksime de ŝia loĝejo situas la parko Vanadislunden, sed tiun ŝi evitas, ĉar en ĝiaj densejoj laŭ Astrid kaŝiĝas seksperfortuloj. Gullvi iom dubas pri tio sed ne volas elprovi, ĉu tio estas vera. Ŝi jam havas sufiĉe da tiaj spertoj kaj ne bezonas pliajn. En la pli popolriĉaj lokoj kiel Kungsträdgården aŭ la parko de Berzelius male estas pura plezuro interŝanĝi kelkajn ŝercojn kun pasumantaj viroj, kiuj scias konduti ĝentile kaj kun respekto. Sed plej multe ŝi dezirus ekkoni iun pli proksime. Prefere iun, kiun ŝi ne devos vipi kaj riproĉi kiel miskondutan infanon.

Tria ĉapitro. Kiel Trojaj ĉevaloj

Reidar, Hønefoss 1940

Jam dum la matenmanĝo kun la familio li ekscias la ŝokan nov-aĵon per la radio. Germanaj soldatoj en Oslo, en Bergen, en Trond-heim, ĉie en suda kaj meza Norvegio. Germanaj aviadiloj super la norvegaj urboj, germanaj militŝipoj en la havenoj, kaj aro da ŝajne civilaj kargoŝipoj elvomas trupojn en Norvegion kiel Trojaj ĉevaloj. Kiam la okupantoj estos eĉ en Hønefoss?

"Kiaj diabloj! Kion ni faru?" li demandas, ankoraŭ kun duone manĝita buterpano en la mano.

"Kion ni povus fari pri tio?" resp.onde diras lia patro. "Ni malfermu la butikon kiel ĉiam, kompreneble."

Male al Danio, Norvegio tamen ne kapitulacas sed daŭrigas la malegalan batalon por defendi sian sendependecon. Baldaŭ li ekscias ke la registaro kaj la reĝa familio forlasis Oslon sed restas ie en la lando. La parlamento kunsidis kaj donis al la registaro plenajn rajtojn agi. El radiostacio en Molde la reĝo parolas al la nacio, instigante al plua rezistado. Dume la germanoj okupis la radion de Oslo kaj per helpo de Vidkun Quisling kaj lia partio NS, Nasjonal Samling, admonas la popolon akcepti la protekton de Germanio kontraŭ la brita agreso.

Por Reidar nun la ĉefa demando estas, kiel li revenu al sia regimento. Li pretas ekiri proprainiciate per iu ajn rimedo. Sed la gepatroj ne konsentas.

"Ne estu freneza, knabo", diras Patrino terurite. "Faru nenion danĝeran, pro Dio. Kion povus vi fari kontraŭ la germana armeo?"

"Ĉu vi do estas kontenta? Verŝajne onklo Henrik nun tre ĝojas!"

Onklo Henrik estas la pli aĝa frato de Patrino, kaj li estas ano de la nazia NS.

"Stultaĵo", respondas Patrino. "Sed vi ja aŭdas ke Britio volis ataki nin, do sendube la germanoj devis fari ion por antaŭi tion."

Reidar eĉ ne respondas al ŝi. Virinoj evidente ne komprenas politikon kaj ne scias distingi propagandon de faktoj. Sed ankaŭ Patro petas lin ne agi tro rapide.

"Almenaŭ atendu alvokon de la aŭtoritatoj. Sola vi povas nenion fari. Se nia armeo plu rezistos, oni certe sciigos, ĉu vi devos denove soldatservi. Alie, vi jam faris vian devon kaj ĵus revenis hejmen. Do restu trankvila kaj atendu, kio okazos."

Laŭ Patro li do plu deĵoru en la familia farbobutiko kiel kutime, sed tion li absolute ne volas. Ĉu gravas vendi farbon, kiam estas milito en la propra lando? Li iras en la centron de la urbeto por serĉi konatojn en butikoj kaj en la du kafejoj. Antaŭ la fervoja stacidomo gardostaras du pli aĝaj soldatoj, kredeble rezervistoj.

"Ĉu vi scias, kiel mi povos iri al mia regimento? Mi servis ĉe tiu de Oppland."

La viroj pigre kapneas.

"Ni scias nenion. Atendu alvokon."

"Ĉu ĉeestas iu oficiro ĉi tie?"

Denova kapneado. Reidar senpacience eniras en la atendejon kaj trovas konaton, la pli aĝan fraton de lia eksa samklasano Helge. Sed ankaŭ tiu junulo ne povas diri, kion li faru.

"Mi mem jam de horo atendas trajnon al Oslo."

"Ĉu oni plu batalas tie?"

"Mi pensas ke ne. Sed mi volas vidi, kio okazas en la ĉefurbo. Tamen ŝajne ne iras trajnoj."

"Kie estas Helge?"

"Verŝajne li kaŝas sin sub la jupo de Panjo."

Do Reidar vagas plu tra la urbo. Li vizitas la hejmon de Bjørn, alia amiko, kun kiu li ĵus soldatservis en la pleja nordo.

"Ni prefere atendu", opinias Bjørn. "Mi pensas ke la germanoj baldaŭ regos la tutan landon. Aŭ almenaŭ la sudon. Sed dependos de la angloj, ĉu ili enmiksiĝos aŭ ne. Kaj de la rusoj. Sed verŝajne ili ambaŭ fajfas pri ĉi tiu malriĉa landeto. Ni simple atendu."

Tio tute ne plaĉas al Reidar. Ne sciante kion fari, li plu vagas senpacience tien-reen tra la urbeto, kio ne postulas longan tempon. Hønefoss havas malpli ol kvar mil loĝantojn kaj estas sufiĉe dormema urbeto nur sesdek kilometrojn norde de la ĉefurbo. Laŭ Reidar ĝia ĉefa valoro estas la fervojo inter Oslo kaj Bergen. Dum kelka tempo li staras sur la malnova urba ponto, rigardante la torenton, kiu donis sian nomon al la urbo. La printempa fluo ĵus komenciĝis, kaj ĝi estas sufiĉe impona, kvankam parto de la akvo iras tra la turbinoj de elektrocentralo. Ĉiuokaze li ne volas iri al la familia butiko. Dum momento li imagas sin maljunulo ĉirkaŭata de genepoj, kiuj demandas:

"Avo, kion vi faris, kiam la milito venis en nian landon?"

"Mi vendis farbon en Hønefoss."

Tio ja estus hontinda! Devas esti io farebla. Li iras al la redakcio kaj presejo de la regiona ĵurnaleto Ringerikes Blad por serĉi pliajn novaĵojn. Ekster ĝiaj fenestroj jam staras kelkaj aliaj scivolantoj, kaj Reidar devas iom kubuti al si vojon por rigardi enen. Tie efektive troviĝas afiŝo kun informo pri la germana invado, sed nenio pli ol tio, kion la radio jam sciigis.

"Ili certe baldaŭ alvenos ĉi tien. La fervojo al Bergen ja estas strategie grava", diras viro, kiu eble estas instruisto en la popola lernejo. Lia tono ne malkaŝas, ĉu li timas aŭ ĝojas pro la atendata alveno de la germana armeo. Aliaj ĉirkaŭ ili ekkrias sakraĵojn kaj malbenojn. Sed kion do fari, krom malbeni?

Malgraŭ ĉio li rekomencas deĵori en la butiko post kelka tempo. Unue ĉar li ne povas loĝi kaj manĝi ĉe la gepatroj sen labori en la familia firmao. Kaj due li ekkonscias ke la klientoj el la urbeto kaj regiona kamparo alportas ankaŭ informojn pri lastatempaj okazaĵoj – aŭ eble nur onidirojn. La tutlandaj radioelsendoj el Oslo ne plu estas fidindaj, kaj ankaŭ la ĵurnaloj baldaŭ estas sub cenzuro aŭ memcenzuro.

Kaj la germana armeo efektive aperas ankaŭ en la idilia Hønefoss. La plej multaj trupoj nur trapasas antaŭ liaj okuloj, survoje tra la valo landinternen kaj plu okcidenten, sed kelkaj ja restas. En la urbeto mem ne okazas batalo, sed kvin kilometrojn pli oriente ĉe Haugsbygd aŭdiĝas iom da pafado, kiam norvega trupo faras provon haltigi la germanojn. Tio tamen similas nur pikojn de kuloj sur la dika haŭto de bubalo, ĉar la germanoj atakas per kirasveturiloj. Post mallonge la norvegoj do retretas norden trans la riveron Randselva.

Rondirante en la urbeto Reidar renkontas kelkajn aliajn junulojn, kiuj ŝatus fari ion kontraŭ la okupantoj. La unua ideo estas aliĝi al la norvega armeo, sed ĉar tiu nun retretas norden, ili ne scias kiel tio eblus. La ŝoseoj kaj fervojoj jam estas zorge kontrolataj de la germanoj. Laŭ arbaraj vojetoj ili ja povus iri, sed mankas veturilo.

"Eble ni povus eniri Svedion kaŝe tra la arbaro kaj poste vojaĝi norden por reeniri Norvegion pli norde, kien la germanoj ne atingis", proponas Reidar.

"Iuj jam provis tion, sed la svedoj resendas plurajn el ili por ne provoki la germanojn", diras Knut.

"Sed Svedio ja daŭre estas libera!"

"Ne tre libera, laŭ mi. La svedoj devas obei Hitleron. Alie, li invados ankaŭ tie."

"Tamen ni provu iri kaŝe norden."

"Mi opinias ke pli bone estus organizi rezistadon ĉi tie en la hejma regiono, kie ni konas homojn", diras Eirik. "Preskaŭ ĉiuj ja kontraŭas la germanojn. Necesas nur krei grupon por plani kaj gvidi la agadon."

"Ĉu vi celas sabotadon?"

"Se eble."

"Nu", diras Knut. "Komence mi pensas ke plej gravas firmigi la senton ke ni ne subiĝos. Pasiva rezisto. Sabotado povus esti danĝera, ĉar ni ne scias, kiel la germanoj reprezalius."

La diskuto daŭras, kaj komence rezultas nenio grava el iliaj planoj. La unua konkreta ago estas kaŝi radioricevilojn por eviti ke la germanoj aŭ NS eble konfiskos ilin. Oni komencas sisteme aŭskulti la disaŭdigojn de la libera norvega sendilo de Tromsø kaj tiujn de BBC el Britio. Poste oni skribas flugfoliojn kun novaĵoj aŭditaj tie. Komence necesas skribi ilin mane, sed post kelka tempo oni jam disponas du tajpilojn, kiujn oni kaŝas kun radioricevilo en dometo de la loka sporta klubo en la arbaro Hovsmarka. Krome oni varbas kelkajn pliajn aktivulojn el tiu klubo. Ankaŭ Bjørn jam perdis siajn iamajn iluziojn pri la NS-anoj kaj aliĝas al la grupo.

"Ni bezonus grupanon en la presejo de la ĵurnalo", diras Eirik.

"Mi dubas ke iu tie kuraĝus presi ion por ni", diras Knut. "Tre verŝajne la germanoj kaj NS jam zorge gardas la presilojn."

Do, provizore ili uzas malnovan hektografon, kiun Bjørn konservis kiel ludilon, por multobligi la flugfoliojn en kelkajn dekojn da ekzempleroj.

La distribuado devas okazi tre singarde kaj kaŝe, ne tiom pro la germanoj, kiom pro la ekzisto de NS-anoj kaj aliaj perfiduloj en la loka loĝantaro. Onklo Henrik ne estas la sola, kvankam en la lasta parlamenta elekto la listo de NS ricevis malpli ol du procentojn el la voĉoj kaj tute ne sukcesis eniri la parlamenton. Sed Reidar supozas ke kelkaj homoj ĉiam preferas aliĝi al tiuj, kiuj ŝajnas plej fortaj, kaj ĝuste nun tio estas Hitler kaj la germanoj.

De la aliaj junuloj li ekscias ke Quisling provis fondi novan registaron anstataŭ la laŭleĝa, kiu kaŝas sin ie en la nordo. Sed neniu prenis tion serioze. Ankaŭ la germanoj evidente ne trovis lian pseŭdoregistaron bezonata sed preferas mem regi, kun la regna komisaro Josef Terboven ĉe la pinto. Fondiĝas komitato el funkciuloj sur altaj postenoj, kiuj intertraktas kun la germanoj pri nova registaro. Ili pretas eksigi la reĝon kaj la registaron por fondi novan, kiu kunlaboros kun la germanoj. Fine tamen Terboven mem rompas la intertraktadojn.

Laŭdire ankaŭ la komunistoj volas pacon kun la germanoj kaj ĉesigon de la milita defendo. Laŭ ili Norvegio devas eviti enmiksiĝi en la mondmiliton ĉe la flanko de la brita imperiismo. Anstataŭe necesas paco kaj pli da komercado kun Germanio por provizi la norvegan popolon per nutraĵoj kaj aliaj vivnecesaĵoj, ĉar se la importado estos tute blokita, la popolo malsatos.

La radio kaj ĵurnaloj tamen informas ke la germana armeo plu avancas milite. Post monato ĝi jam konkeris pli-malpli la tutan sudan kaj mezan Norvegion, kaj tiam Hitler plivastigas la militon al okcidenta Eŭropo, invadante Nederlandon, Belgion kaj Francion. Reidar ne certas ĉu kredi la novaĵojn, laŭ kiuj la germanoj tie avancas rapide dum majo kaj junio. Sed ankaŭ en Norvegio la okupado evidente plifirmiĝas. Malgraŭ tio BBC raportas ke britaj kaj norvegaj trupoj sukcesis rekonkeri la nordan havenurbon

Narvik, kiu estis inter la unuaj celoj de la germana invado pro la gravega ŝipado de sveda fero el tiu haveno. Sed kiam la britaj trupoj devas forlasi la eŭropan ĉefteron ĉe Dunkerque, ili forlasas ankaŭ Norvegion, kies reĝo kaj registaro estas evakuitaj al Britio, kaj la 10-an de junio la norvega armeo kapitulacas ankaŭ en la nordo.

Kiam ne plu ekzistas eĉ teoria eblo aliĝi al plu batalantaj trupoj en la nordo, Reidar komencas imagi transiron al Britio. Laŭ onidiroj oni tie volas fondi norvegan kompanion, kiu batalos kun la angloj en venonta liberigo de la lando. Kaj de la okcidenta marbordo, el Bergen, Stavanger, Ålesund kaj multaj aliaj lokoj, oni jam komencis kaŝan trafikon per fiŝistaj barkoj trans la Nordan maron kaj reen, transportante homojn kaj materialon.

"Trankviliĝu", konsilas Knut. "Estas sufiĉe danĝere eĉ nur vojaĝi de ĉi tie ĝis Bergen sen permesilo, kaj irante trans la maron oni ja riskus multege. Ni prefere restu ĉi tie, organizante lokajn aferojn."

Reidar kaj lia grupo do daŭrigas sian agadon, kvankam temas ĉefe pri simbolaj bagatelaĵoj. La norvega nacia flago, kies tri koloroj koincidas kun tiuj de la brita kaj franca flagoj, nun estas malpermesita, sed ĉapoj, koltukoj kaj trikitaj sveteroj en ruĝo, blanko kaj bluo videblas sur multaj homoj, malgraŭ la frusomera varmo. Kiam ankaŭ tiaj vestaĵoj estas malpermesitaj, ruĝa pinta ĉapo fariĝas simbolo de nacia pasiva rezisto. Plue oni pentras, ĉizas kaj diversmaniere aperigas la signojn "H7" por montri sian fidelecon al la reĝo Haakon la sepa. Kaj kiam paradas germanaj soldatoj aŭ "Hirden", la duonmilita organizaĵo de la nazia NS, oni turnas al ili la dorson por montri sian malŝaton.

"Tio ja estas ridinda", plendas Reidar. "Ni ja scias, kiuj estas la lokaj NS-anoj. Eĉ mia propra onklo estas unu el ili. Ni devus reale ataki ilin."

"Tro danĝere", opinias Knut, kiu jam iĝis neformala gvidanto de la grupo. "Oni faris tion en Trondheim, kaj kiam la germanoj ne sukcesis kapti la farintojn, ili malliberigis parencojn de la aktivuloj kaj minacas ilin per mortopuno."

Pli malfrue somere oni tamen sukcesas kontakti grupojn en ĉirkaŭaj regionoj, kaj unu tagon oni ricevas kelkajn ekzemplerojn de vera gazeto "Alt for Norge", Ĉion por Norvegio, sekrete presita ie en Drammen. Tiam komenciĝas la grava sed danĝera distribuado de tiu organo de la rezisto. Ĝi enhavas novaĵojn, kiujn ne publikigas la laŭleĝa gazetaro. Ĉefe oni raportas pri fiagoj de la germanoj, sed krome aperas instigaj kaj entuziasmigaj artikoloj pri nacia unueco kontraŭ la okupantoj. Poste aperas ankaŭ dua gazeto "Libereco".

Alia tasko estas helpi pri kaŝado de personoj el aliaj lokoj, kies aktivado estas malkovrita, kaj krome aranĝi transportojn al la sveda landlimo. Nun, kiam ne plu okazas veraj militagoj en la lando, la svedoj malpli ofte ol antaŭe resendas junajn virojn, kiuj eble volas rekrutiĝi por batali kontraŭ la germanoj.

"Necesas klarigi al la svedoj ke vi riskas mortopunon pro rezistaj agoj", diras Knut al unu viro el Hokksund, kiu venis ĉi tien por fuĝi plu orienten tra Eidsvoll kaj la tiel nomata Finna arbaro ĉe la sveda limo.

Ekde junio la loĝantoj ĉe la landlimo, en la "Zono Oriento", devas ĉiam porti legitimilon de limloĝanto. Aliaj homoj ne rajtas eniri tiun zonon. Do oni komencas produkti falsajn legitimilojn por ebligi al la rifuĝontoj kaj la homoj, kiuj helpas transporti ilin, proksimiĝi al la limo. La lastan parton de la vojo tamen necesas iri kaŝe, piede aŭ bicikle, laŭ padoj tra la arbaro, aŭ per boato trans lagon aŭ fjordon. Prefere oni iras nokte, ĉar nun kiam alproksimiĝas la fino de la somero, la noktomezo jam denove estas sufiĉe malluma.

La germanaj oficiroj donis al siaj soldatoj instrukcion, laŭ kiu ili respektu la naciajn sentojn kaj kutimojn de la norvegoj, kiuj estas anoj de frata arja popolo. Pluraj el la soldatoj tute ne agas konforme al tiu ordono sed male tre brutale. Aliaj tamen kondutas milde kaj amikeme, almenaŭ dum okazas neniaj incidentoj, kaj serĉas kontakton kun la loĝantoj. Kaj Reidar baldaŭ rimarkas ke ne ĉiuj turnas al ili la dorson. Lia onklo kaj aliaj NS-anoj kompreneble eĉ aktive aspiras kontakton kaj subtenon de la okupantoj. Sed ankaŭ aliaj, homoj politike indiferentaj, kelkfoje respondas amikeme al la soldatoj. Iuj volas ekzerci sin pri sia lerneja germana lingvo, aliaj eble volas fari komercon pri varoj, kiujn la germanoj disponas. Pluraj esperas kaj ankaŭ sukcesas ekhavi laboron ĉe la germana armeo. Nun Reidar kaj aliaj en la grupo komencas noti, kiuj el la urbanoj kaj regionaj kamparanoj ŝajnas plej germanemaj. Tio estas komenco de ia registro de perfiduloj. Precipe ĉagrenas la junajn virojn, kiam knabinoj amindumas la soldatojn.

"Tiuj putinoj devos iam pagi pro sia fia konduto", diras Torstein.

"Aliflanke iu el ili eble povus doni al ni utilajn informojn", diras Eirik. "Povas esti ke iu germano pro seksardo likas al ili sekretojn."

"Eble se estus oficiro", supozas Reidar. "La ordinaraj soldatoj kredeble scias nenion. Kaj kiel ni povus igi tiujn knabinojn klaĉi pri tio, kion ili aŭdis? Se ili preferas germanojn, ili nenion malkaŝos al ni."

"Ni provu delogi ilin, ĉu ne?" sugestas Eirik.

Sed Reidar ne povas imagi ke tio eblas.

"Verŝajne ili ĉefe deziras donacojn de la soldatoj. Iajn luksaĵojn. Silkajn vestaĵojn aŭ mi ne scias kion. Pli bonan manĝon. Jen aferoj, kiujn ni ne havas."

Efektive la ĝenerala nutra situacio komencas esti streĉita, kvankam alproksimiĝas la rikolta sezono. Multaj varoj estas porciumataj, sed kelkfoje lia patrino trovas eĉ ne la leĝajn porciojn. Krome oni adulteras iujn varojn, kiel la tiel nomatan Terbovenfarunon, kiu estas miksita kun kreto.

"Evidente la plej bonaj varoj iras al la germanoj", supozas Reidar.

"Nu, fruktojn mi apenaŭ plu vidas en la butiko, nek kafon", diras Patrino.

Por ŝi la manko de manĝaĵoj verŝajne estas pli granda ĝeno ol la manko de libereco. Kaj ŝi jam maltrankvilas, kia estos la vintro, se daŭros la milito kaj la okupado.

En la tria de aŭgusto Reidar povas konstati ke pli-malpli du-
ono de la loĝantaro metis floron en butontruo por honori la
naskiĝtagon de reĝo Haakon. Floro ŝajnas sufiĉe sendanĝera
simbolo de subteno al la leĝa ŝtatestro kaj rezisto kontraŭ la
okupantoj kaj perfidantoj. Nun venas al la grupo ankaŭ du junaj
virinoj, Anne kaj Synnøve. Kelkaj el la grupanoj tre skeptikas
al la ideo akcepti inajn grupanojn, sed Knut decidas ke ili estu
bonvenaj. Synnøve estas telefonisto kaj Anne instruisto en la
popola lernejo, kies instruado nun okazas en diversaj provizoraj
lokaloj de la paroĥo kaj en privata domo, dum la lernejo fariĝis
kantonmento de germanaj soldatoj. Per la aliĝo de Anne la grupo
ekdisponas alkoholan multobligilon, kiu pli efike kaj multope
kopias la flugfoliojn. Tio estas bonvena plibonigo. Sed ankaŭ la
profesio de Synnøve ŝajnas utila.

"Estas ja konate ke la telefonistinoj scias ĉion, kio okazas en la
distrikto, ĉu ne?" diras Knut. "Do ŝia partopreno sendube estos
valora."

Bedaŭrinde Synnøve scias pli-malpli nur la nombrojn en la
germana lingvo, sed ŝia amikino Anne jam komencis instrui al ŝi
pli multe. Ĉar komprenelbe ankaŭ la germanoj uzas la publikan
telefonreton por kontakti simpatiantojn aŭ funkciulojn en la loka
socio, kvankam supozeble ne por la plej sekretaj aferoj.

"Laŭ mi virinoj utilas ĉefe, se ili delogas germanajn oficirojn
por elgajni informojn enlite", diras Eirik dum diskuto, kiel oni
tenu sin al Anne kaj Synnøve.

"Ne insultu", tuj kontraŭas Knut.

"Ne estas insulto sed konata metodo", asertas Eirik.

Tamen li ne plu insistas pri sia sugesto. Kaj la du inoj mem
espereble ne eksciis pri lia ideo, pensas Reidar.

Laŭ li Anne aspektas kiel tipa instruistino, do senkolora kaj
bonkonduta, eble eĉ religiema. Al tiu impreso kontribuas ankaŭ
ŝia mezblonda hararo kutime aranĝita en formo de plektaĵkrono.
La brunhara Synnøve male estas pimpa kaj defia en strikta
ĵerzo, jupo nur apenaŭ kovranta la genuojn kaj jako kun ŝultraj
remburaĵoj. Aliokaze ŝi eĉ surhavas pantalonon, kaj ŝi ĉiam aperas
kun ruĝaj lipoj kaj rozkoloraj vangoj, ĉu naturaj, ĉu ŝminkitaj,

kaj kun malforta odoro de konvala parfumo. Estas iom komike rigardi la du amikinojn kaj la kontraston inter iliaj aspektoj. Tre baldaŭ li senespere enamiĝas – kompreneble en la duan.

Aŭ eble tamen ne senespere, ĉar baldaŭ li eksuspektas ke Synnøve sentas reciprokan intereson al li. Aŭ ĉu ŝi nur incitas kaj provokas? Ĉu ŝi estas tia logobirdo, pri kiu ofte avertis amikoj en pli junaj jaroj? Laŭdire iuj knabinoj tre ŝatas eksciti knabojn por poste kruele rifuzi kontentigi ilian deziron. Do li ne scias, kion pensi.

Fakte li ja plurfoje babilis tre amike kun ŝi pri ĉio kaj nenio, kaj li tute ne rimarkis ke ŝi volas fini aŭ mallongigi tiujn interparolojn. Unufoje Anne devas preskaŭ treni la amikinon for de li. Ĉu eblas ke ne nur li enamiĝis?

Poste liaj duboj rapide vaporiĝas kaj forgesiĝas. Unu tagon, survoje de la sportkluba dometo reen al la urbeto, li neatendite trovas sin duope kun Synnøve en la arbaro. Ŝia amikino jam rapidis antaŭen, ĉi-foje ne trenante ŝin kun si, kaj la viraj grupanoj postrestas.

"Sur ĉi tiu tereno mi ofte kuradas aŭ skias por trejni min", li diras en iu interkruciĝo de padoj.

Kia stulta diraĵo al knabino! Ŝi sendube trovas lin dupo!

"Ĉu vere?" ŝi respondas kun surpriza intereso, aŭ eble nura moko. "Do provu kapti min!"

Kaj jen ŝi ekkuras sur la flankan padon, supren laŭ dekliveto. Dum momento li stuporas pro konsterniĝo. Poste li ekkuras, kuregas. Se li nun ne kaptos ŝin, li estos dumvive ridinda molulo, senkapablulo, eĉ se neniu krom li mem ekscios tion. Li mem kaj ŝi, kompreneble.

Fakte ŝi kuras surprize rapide, por knabino. Trans la granda anguleca roko, sur kiu ĉiam kreskas amaso da polipodioj, li tamen kaptas ŝin, sub kelkaj torditaj pinoj, sur mola verda musko. Brakumante ŝin li flaras odoron de konvaloj, iom surprize en la fino de la somero. Kaj ŝi ne estas logobirdo. Male ŝi helpas lin, kiam li pro manko de spertoj iomete mallertas. Finfine tamen mankas nenia lerto. Ankaŭ ŝi evidente plene kontentiĝas; pri tio li certas, kvankam li tute ne scias, kiel agi por kontentigi virinon.

Sed ŝi pretas montri al li tion. Do ankaŭ ŝi scias instrui, almenaŭ sur tiu kampo.

"Mi amas vin!"

"Kaj mi vin!"

Ne gravas, kiu diras tion unue kaj kiu reciprokas sur la musko kaj mirtela arbustaro inter altaj pinoj. Ne gravas, ĉu tio estas sincera, profunda, vera amo aŭ nur esprimo de militotempa angoro. Li amas ŝin; ŝi amas lin. Punkto fina. Punkto komenca.

Dum kelka tempo li rigardas la siluetojn de nigraj pinbranĉoj kontraŭ la ruĝa vespera ĉielo okcidente. Ĉi tiun arbaron li konas same bone kiel la stratojn de la urbeto, sed nun ĝi subite ŝajnas al li tute nova. Fine li bukas la talian rimenon kaj stariĝas.

"Ne rakontu al la aliaj", ŝi petas, revestante sin.

Tio nur iomete elrevigas lin. Kompreneble li nenion diros. Ilia rilato estos sekreta. Se fakte temas pri rilato. Ĉu ŝi volos iam ripeti ĉi tion? Li ne kuraĝas demandi sed senvorte helpas permane brosi ŝian dorson, forigante pinpinglojn, mirtelajn folietojn kaj aliajn erojn el la arbara grundo, kiuj atestus pri la okazintaĵo.

"Sed provu aĉeti kaŭĉukajn ĉapetojn", ŝi aldonas. "Ne estas bona tempo por havi infaneton."

Do ŝi volas ripeti la aferon. Sento de feliĉo kreskas en lia brusto kiel grandega florburĝono, dum li ridetas pri ŝia esprimo "ĉapetoj". Nu, certe li ja akiros tion! Feliĉe Norvegio ne estas sub-evoluinta lando, kie oni malpermesas vendadon de tiaj prevent-iloj. Kaj espereble la germana okupado ankoraŭ ne signifas ke ili estas porciumataj.

Evidente la germanoj esperis uzi la partion de Quisling por almenaŭ ideologie regi la civilan socion, kaj dum la somero kaj aŭtuno de 1940 la nombro de NS-anoj efektive kreskas.

"Mi ne komprenas ke tiom da homoj pretas perfidi la propran landon por gajni personajn avantaĝojn", diras Reidar dum diskuto en la grupo.

"Ĉiam ekzistas oportunistoj, kiuj velas laŭ la vento", diras Knut. "Ni memoru, kiuj agas tiel, kaj certigu ke ili iam bedaŭros tion."

La 25-an de septembro la regna komisaro Terboven deklaras ke li detronigas reĝon Haakon kaj eksigas la registaron de ĉef-ministro Nygaardsvold, ĉar ili forlasis la norvegan nacion. Anstataŭe li nomumas ian registaron el dek tri naziaj ministroj. Tamen evidentas ke ili estos nur liaj marionetoj, kiuj rolos por naziigi la socion. Pro la rivaleco inter Terboven kaj Quisling tiu lasta ne estas inter la ministroj, sed kiel gvidanto de la partio NS li tamen ludas gravan rolon, des pli ĉar oni malpermesas ĉiujn aliajn politikajn partiojn.

Reidar kaj la aliaj grupanoj tamen baldaŭ povas konstati ke la klopodoj de Terboven subigi la civilan socion al la nazia regado ne ĉie prosperas. Lia ĉefa sukceso estas la polico, kiu grandparte fariĝas ilo de la NS-gvidantoj kaj germanoj. Tio kompreneble signifas grandan danĝeron por la rezistantoj. Jen kaj jen tamen unuopaj policistoj likas informojn aŭ fermas la okulojn en okazo de bezono. La provoj naziigi aliajn partojn de la socio male vekas plian rezistemon. La juĝistoj insistas pri la sendependeco de la tribunaloj, kaj tiuj de la Supera Kortumo eĉ rezignas siajn postenojn por eviti subiĝi al la novaj regantoj.

Vidar, la pli aĝa frato de Reidar, faras mallongan viziton en la gepatra hejmo kaj rakontas pri vigla sed sekreta oponado inter la studentoj de Oslo, interalie de liaj kolegoj en la jura fakultato.

Ankaŭ la instruistoj indignas kontraŭ la ordono naziigi la instruadon. La eklezio rifuzas subiĝi kaj plurfoje protestas per mesaĝoj de episkopoj, kiujn oni disvastigas el preĝejaj katedroj kaj per radiodisaŭdigoj el Londono. La laboristaj sindikatoj komence pretis kunlabori kun la germanoj por savi laborojn, sed iom post iom kreskas ankaŭ en ili la rezistemo. Kaj kiam la NS-anoj diktatore transprenas gvidadon de la sporta movado, komenciĝas tutlanda bojkoto de tiu organizaĵo kaj ĝiaj konkursoj. Oni ja plu sportas, sed ekster la organizaj kadroj.

Por la rezista grupo de Reidar la sporta konflikto signifas ke oni almenaŭ provizore devas forlasi la arbaran dometon de la sporta klubo kaj bicikle porti siajn aferojn al alia kaŝejo. La nova loko estas forĝejo iom ekster la urbeto, kies posedanto fidindas. Malavantaĝo tamen estas ke pli malfacilas nevidate atingi ĝin ol la antaŭan lokon en la arbaro, do oni ne plu renkontiĝas multope sed kreas sistemon de kontakto-ĉenoj.

La patrino de Reidar maltrankvilas pro lia agado en la grupo, kvankam neniu el la familianoj scias detalojn.

"Zorgu ne enmiksiĝi en ion kontraŭleĝan", ŝi admonas lin.

"Kion do? Ne ni sed la kvislingoj agas kontraŭleĝe."

Jam delonge oni kutimas moke nomi la norvegajn naziojn "kvislingoj", laŭ la nomo de ilia gvidanto. Sed nun tio ekfariĝas internacia esprimo pri naciaj perfiduloj, samsence kun "la kvina kolono", kiu devenas el la hispana interna milito.

"Sed komprenu ke povas esti danĝere fari ion kontraŭ la germanoj", insistas la patrino.

"La ĉefa danĝero estus, se vi klaĉus al onklo Henrik."

"Ne stultumu! Kompreneble mi ne parolos pri vi, kiam mi renkontos lin. Kaj cetere li ne estas tia fiulo, kiel vi pensas."

"Ĉiuj kvislingoj estas fiuloj!"

Kiam la germanoj grandparte malsukcesas pri sia plano subigi la civilan socion, ili ŝanĝas strategion. Komenciĝas pli forta teroro kun arestoj kaj kreo de tiel nomata popola tribunalo ekster la laŭleĝa jura sistemo. Sekvas akuzoj, verdiktoj, ofte je mortopuno, kiun oni poste konvertas en dumvivan malliberigon. Rezulte ĉiam pli da homoj malaperas, ĉu pro arestoj, ĉu kaŝiĝante aŭ fuĝante. Kreskas la nombro de kaŝaj transiroj de la landlimo por rifuĝi en Svedion.

Tiam novaj taskoj de la rezista grupo fariĝas trovi sekurajn hejmojn, kie eblas provizore kaŝi iun, kaj kolektadi monon por helpi familiojn, kiuj perdis sian enspezanton. Montriĝas ke la virinoj de la grupo, precipe la instruistino Anne, tre lertas pri tiu tasko. Per sia laboro Anne konas multajn familiojn kaj povas bone prijuĝi kaj la bezonojn kaj la pretecon helpi.

"Mi miras", ŝi foje diras, "ke la malriĉuloj ofte pli pretas helpi ol la pli riĉaj homoj."

Reidar antaŭe ne multe pensis pri tio ke inter la urbanoj estas grandaj diferencoj, se temas pri materiaj posedaĵoj. En lia propra familio oni ofte parolas pri ekonomio, sed ĉiam rilate al la butiko.

Pri la propraj bezonoj oni kutime ne maltrankvilas. Sed nun li konstatas ke ne facilas persvadi liajn gepatrojn donaci monon por helpi aliajn, do li supozas ke Anne pravas.

"Ne strange", komentas la nova grupano Roar. "Se oni mem neniam spertis vivi sen groŝo en poŝo, ne facilas imagi, kiel tio estas."

Malgraŭ la nenormala stato de la lando, la vivo pluas. Reidar ruĝiĝante aĉetis la deziratajn kondomojn en la apoteko, kie la farmaciisto, sinjoro Heideman, ŝajnigas ne rimarki lian embarasiĝon, kiam li metas la paketon sur la vendotablon. Malgraŭ tio pasas sufiĉe longa tempo, ĝis li havas okazon elprovi la unuan el ili. Li ja ofte rendevuas kun Synnøve, sed kutime nur por promeni sur la urbetaj stratoj aŭ por viziti la kafejon de Dahle ĉe Storgata. Tio ja estas tre plaĉa, kaj ili vigle babilas pri ŝia laboro, liaj spertoj de la soldatservo, aŭ kiam neniu aŭskultas ankaŭ pli sekretaj temoj el la rezista grupo. Nur post pli ol tri semajnoj ili denove promenas laŭ la arbaraj padoj de Hovsmarka kaj eĉ ĝis la roko kun polipodioj. Tie ili kune gustumas jen la dolĉan radikon de tiu filiko, jen eĉ pli dolĉan kunestadon.

Poste ili kuŝas flanko ĉe flanko sur la muskoj kaj mirtelaj arbustoj. Ŝi ekbruligas cigaredon kaj metas ĝin inter la ruĝajn lipojn iom ŝmiritajn pro lia kisado. Ŝi aspektas tiel eleganta, suĉante la cigaredon, ke ankaŭ li akceptas unu, kvankam li normale ne fumas, ĉar li konsideras sin sportemulo. Li tamen ja scias fumi sen tusi, do li ne riskas ridindigi sin.

"Sendube estas terure en Londono, ĉu ne?" ŝi diras per voĉo tenera, elblovante fumon.

Li miras. Kial ŝi nun pensas pri Londono? Li inhalas fumon kaj elblovas ĝin kun espereble monduma mieno.

"Ĉu vi konas iun tie?"

"Ne. Sed mi aŭdis ke la germanoj amase bombas ordinarajn loĝkvartalojn. La homoj devas rifuĝi en la metroon."

Reidar klopodas kompreni ŝian pensofadenon.

"Jes", li diras. "Certe estas malfacile. Sed la angloj bone rezistas, ŝajnas."

"Mi ofte pensas ke aliaj havas pli teruran situacion ol ni."

"Prave. Tamen mi timas ke estos pli malbone ankaŭ ĉi tie."

"Eble."

"Pro tio ni ĉiam estu preparitaj por ĉio ajn."

"Certe", ŝi diras, plibonigante sian liprugon. "Ĉu vi helpos min fiksi la ŝtrumpojn ĉe la ĵartelzono?"

Tion li volonte faros. Des pli ĉar li ĵus lernis kiel manipuli tiajn garnaĵojn.

Kaj revenante de la arbaraj padoj sur la stratojn de la urbeto, li pensas ke la milito iel signifas ke li ĉiurilate plenkreskis. Li ne plu estas junulo sed jam viro.

Kvara ĉapitro. Ĝi estas kota fektruo.

Gullvi, Kristinehamn–Viebäck 1932-1934

La infanoj krias, onklino Milly kriegas, Gullvi ploras – ŝi fakte ne scias kial. La sola, kiu restas trankvila, estas kuzo Valter, kiu staras senmove, ankoraŭ tenante la tranĉilon per sia dekstra mano. Nu, kompreneble ankaŭ onklo Kalle estas senmova. Li kuŝas surdorse ĉe la salona komodo, kaj sur la trivita linoleumo de la planko sinuas malhelruĝa rivereto, kiu fontas en lia ventro. Ĝi jam proksimiĝas al la subtabla ĉifontapiŝo, sed neniu faras ion ajn por savi tiun de sangomakuloj.

Kiam alvenas du policistoj alarmitaj de la najbaroj, Gullvi unue vidas ilin rigardi ĉirkaŭ si por iel orientiĝi en la krianta kaoso. Poste la pli alta el ili levas sian pistolon, celas al Valter kaj krias:

"Demetu la armilon kaj poste levu la manojn!"

Valter rigardas ĉirkaŭen, eble por esplori, kien li povos meti la sangan tranĉilon.

"Sur la plankon!" krias la policisto nervoze.

Valter kaŭras, metas ĝin zorgeme sur la plankon, kvazaŭ ĝi estus rompebla objekto, kaj restariĝas.

"La manojn supren! Iru ĝis la muro kaj stariĝu kontraŭ ĝi!"

Li levas la manojn kaj faras paŝon direkte al la muro, sed ne eblas stariĝi tuj ĉe ĝi. Tro da mebloj baras ĝin. Anstataŭe li stariĝas kontraŭ la pordo de la kuirejo, kiu estas fermita. Ambaŭ policistoj singarde proksimiĝas al li kaj mankatenas lin. La alta restas por gardi lin, dum la alia zorge prenas la tranĉilon kaj envolvas ĝin en paperon. Poste li kaŭras ĉe onklo Kalle por serĉi lian pulson. Tamen Gullvi ne atendas ke li trovos ĝin.

"Ĉu li mortis?" raŭkas onklino Milly, kiu ĵus ĉesis krii.

"Mi ne scias", diras la kaŭranta policisto kaj stariĝas.

"Ambulanco estas survoje", anoncas la alta policisto.

"Estas ŝi!" la onklino subite rekomencas krii. "Kulpas ŝi! Ŝi delogis lin!"

Ŝi malprecize gestas al Gullvi, kiu staras kvazaŭ frostiĝinta apud la tablo, sed neniu reagas al ŝiaj vortoj. Ĉiuokaze neniu demandas, kiu do delogis kiun.

"La ambulanco forportos la viktimon, kaj ni ĉi tiun knabon", diras la alta policisto. "Venos aliaj por pridemandi ĉiun unu post la alia. Nu, eble ne la etajn infanojn. Sed ankaŭ la najbarojn. Ni esploros, kio okazis kaj kial. Poste estos afero de prokuroro kaj juĝistoj. Dume neniu rajtas forlasi la domon."

"Vi devas aresti ŝin", grakas onklino Milly.

"Restu trankvila, sinjorino. Ni faros ĉion en la ĝusta ordo."

Gullvi ĉesas plori kaj viŝas la vangojn. Ĉio estas terura kaj malcerta. Kio okazos al Valter? Ĉu li venos en malliberejon? Kaj kion oni faros al ŝi? Ĉu ŝi denove estos elpelita el la hejmo, kiel en la antaŭa jaro, kiam onklino Milly unuafoje eksciis pri onklo Kalle kaj ŝi? Unu afero tamen ŝajnas certa: La onklo ne plu povos tuŝi ŝin, nek iun ajn alian.

"Ni pridemandis vian fraton, pardonu, vian kuzon", diras la sinjoro.

Laŭdire li estas policisto, kvankam sen uniformo kaj sidanta malantaŭ skribtablo en ofica ĉambro de la policejo.

"Li donis kelkajn motivojn de sia ago", li daŭrigas. "Sed mi volas ke vi mem rakontu, kion vi spertis en la hejmo. Mi diru ankaŭ ke ni avertis vian patrinon, kaj espereble ŝi povos alvojaĝi ĉi tien, kvankam ŝi ŝajne havas novan familion en Stokholmo."

Li paŭzas, tralegante paperon kuŝantan sur la skribtablo antaŭ li.

"Do vi estas deksesjara, ĉu?"

Ŝi kapjesas kaj murmuras konsenton.

"Parolu klare, mi petas. Vi loĝas ĉe viaj geonkloj de kiom da tempo?"

Ŝi klopodas pripensi.

"Mi ne scias precize. Preskaŭ de ĉiam. Ne, de kiam mi estis dujara, sed tiam ankaŭ Panjo loĝis ĉi tie. Poste ŝi reiris al Stokholmo kaj lasis min ĉe la onklino."

"Kiun aĝon vi havis tiam?"

Gullvi pripensas.

"Eble naŭ jarojn."

"Kaj ĉu vi bone rilatis al viaj geonkloj?"

"Ne tre. La onklino ne ŝatas min. Kaj onklo Kalle – li ne estas mia vera onklo sed nova edzo de onklino Milly. Aŭ... estis."

Ŝi perdas la fadenon.

"Prenu la tempon, kiun vi bezonas. Ne urĝas. Do, tiu onklo, kiel li traktis vin?"

"Kelkfoje bone, alifoje ne."

"Ekzemple kiel?"

Ŝi ne scias kiel klarigi. Sed ŝi komprenas ke Valter jam malkaŝis la ĉefan sekreton.

"Komence mi ne komprenis, kial li ĉiam tuŝas kaj palpas min. Poste, kiam mi jam estis pli granda, mi komprenis."

"Ĉu do estis intima rilato inter vi kaj Karl Djurberg?"

Ŝi saltetas, aŭdante lian veran nomon. Ŝi konis lin nur kiel onklon Kalle.

"Jes."

"Ĉu okazis inter vi kopulado kun kompleta penetrado?"

Ŝi ne konas tiujn vortojn sed povas diveni la sencon.

"Mi pensas ke jes."

"Kiam komenciĝis tio?"

"Kiam mi estis dekkvinjara. Antaŭe li nur tuŝis permane."

"Ĉu li uzis perforton aŭ minacon por atingi tion?"

Ŝi cerbumas. Kion precize signifas tio?

"Li estas tiel granda. Plenkreskulo. Kaj li altrudis sin pli kaj pli. Mi ne povis deteni lin."

"Via onklino diras ke vi logis ŝian edzon, nudigante vin antaŭ li."

"Ne okazis tiel. Sed li kutimas eniri, kiam mi lavas min en la kuirejo. Ne eblas ŝlosi. Nu... kutimis."

"Krome ŝi diras ke vi intimiĝis ankaŭ kun knaboj. Ĉu tio estas vera?"

"Ne."

"Sed ĉu vi renkontas knabojn ekzemple en la vesperoj?"

"Kelkfoje."

"Ĉu tiam ne okazas seksaj agoj?"

"Mi ne scias. Kelkfoje iu knabo volas ke mi faru ion. Sed mi ne permesis ĉion."

La sinjoro paŭzas kaj plulegas sian paperon. Poste li elpoŝigas grandan buntan poŝtukon kaj mungas sin kun laŭta trumpetado. Zorge refaldinte la poŝtukon li daŭrigas:

"Antaŭ unu jaro vi forkuris de la hejmo kun iu viro, kaj la polico devis reporti vin, ĉu ne?"

"Mi ne forkuris. La onklino elĵetis min."

"Tiel oni ne priskribas la aferon en la raporto."

Gullvi ne scias kion diri al tio.

"Ŝajne vi estas sufiĉe vagema kaj virema knabino."

Denove ŝi silentas.

"Nu, via kuzo parolis ankaŭ pri perforto fare de lia vicpatro. Ĉu vi vidis ion tian?"

"Li ofte batis la infanojn. Pli frue ankaŭ Valter ricevis draŝadon, sed tio ĉesis, kiam li komencis rebati."

"Ĉu via onklo batis vin?"

"Ne. Ankaŭ Annalisan ne. Sed lastatempe li komencis iom tuŝi kaj palpi ŝin."

La sinjoro mienas iom konfuzite kaj foliumas siajn paperojn.

"Hm. Annalisa, mi vidu... Tio estas la dekdujarulino, ĉu ne?"

"Jes."

"Ĉu lia propra filino?"

"Ne. Nur Kurt kaj la bebo Gunnel estas liaj. La aliaj estas de la unua edzo de onklino Milly, onklo Hjalmar. Sed li suferis pro ftizo kaj mortis antaŭ kelkaj jaroj, kaj tiam la onklino edzigis onklon Kalle."

La sinjoro suspiras kaj sulkas la frunton, dum Gullvi daŭrigas:

"Valter jam kelkfoje diris al la onklo ke li devas lasi Annalisan en paco. Se ne..."

Ŝi ne scias kiel fini la frazon. Fakte Valter ja diris ke li mortigos la onklon, se li ne ĉesigos sian palpadon. Sed Gullvi ne volas denunci sian kuzon, kvankam jam malfruas por protekti lin.

"Do, jam antaŭe okazis ke via kuzo Valter Hellbom minacis sian vicpatron Karl Djurberg", konkludas la policisto. "Ĉu vi jam antaŭe vidis la tranĉilon?"

"Mi pensas ke jes."

"Kie do?"

Ŝi pripensas, ĉu ŝi povas iel eviti respondi tion, sed ŝi ne trovas eblon.

"Ĝi estas tiu de Valter."

"Por kio li uzis ĝin?"

"Mi ne scias. Por defendi sin, se iu atakus lin, mi supozas."

"Ĉu li kutime trafis en interbatalojn?"

"Mi pensas ke ne, sed homoj ofte minacas."

"Kiaj homoj? Ĉu aliaj vagantoj?"

"Ne, aliaj. Najbaroj, fremduloj."

Li denove suspiras.

"Kaj la najbaroj diras ke vi vagantoj minacas ilin per viaj tranĉiloj. Nu, se reveni al la murdo: Ĉu vi mem vidis, kiam via kuzo ponardis sian vicpatron?"

Denove ŝi ne ŝatas respondi, sed verŝajne ne eblas eskapi.

"Jes."

"Ĉu vi scias, kial li faris tion?"

"Ĉar onklo Kalle palpis Annalisan. Kaj... kaj eble pro mi."

"Pro vi? Ĉu vi havis seksan rilaton ankaŭ kun via kuzo?"

Ŝi saltas metron super la seĝo, ŝajnas al ŝi.

"Ne, tute ne."

"Sed ĉu li aspiris tion? Ĉu Valter Hellbom provis intimiĝi kun vi?"

"Ne."

Tio ja estas la vero. Ne necesas diri ĉion. Eble li ja volus, sed li hontis alproksimiĝi al ŝi. Verŝajne li malestimis ŝin, ĉar la onklo seksumis kun ŝi. Cetere, ĉu indas respondi ion ajn, se la polica sinjoro ĉiuokaze nenion komprenas?

Sekvas pli da pridemandadoj. Poste komenciĝas la proceso kontraŭ Valter, en kiu li estas akuzata pri murdo sen antaŭmedito. Pro lia juna aĝo de dek ok jaroj la prokuroro postulas malliberigon nur dum ses jaroj.

Sed kio do okazos al Gullvi? La onklino rifuzas plu loĝigi ŝin. Panjo ankoraŭ ne povis veni ĉi tien, kaj en Stokholmo ŝi certe ne pretas akcepti ŝin. Do oni transdonas ŝin al la sociala servo de la urbo. Ĝi tamen ne havas taŭgan familian lokon por deksesjara vagantino "kun promiskua konduto", kiel diras la sinjorino de la sociala servo. Restas unu solvo: Korektejo. La plej bona tia en ŝia kazo laŭdire estas la tiel nomataj hejmoj de Viebäck en Smolando. Do jen kien oni sendas ŝin trajne kun gardanta policisto en la tago antaŭ la entombigo de onklo Kalle. Tio cetere ne gravas. Neniu ŝatus ke ŝi ĉeestu dum la funebrado, kaj ŝi mem certe ne dezirus tion. Verŝajne la onklino estas la sola sincera funebranto, ĉar Kurt kaj Gunnel estas tro etaj por kompreni ion ajn, kaj la pli aĝaj gekuzoj neniam ŝatis sian vicpatron.

En Nässjö ili eliras el la granda trajno kaj sidiĝas en unu el tri malnovaj lignaj vagonetoj post ŝuŝanta vaporlokomotivo ĉe flanka perono. Sidiĝinte en ĝi ili devas atendi sufiĉe longe antaŭ ol ĝi ekiras, sed la policisto diras nenion. Ankaŭ ŝi ne parolemas. Kiam la trajneto finfine ekmoviĝas, li rigardas ŝin kaj hezite malfermas la buŝon.

"Nu, espereble oni sukcesos iel eduki vin tie, kaj ni ne plu devos renkontiĝi."

Gullvi volas diri ke ankaŭ ŝi esperas ne revidi lin. Sed ŝi jam komprenis ke ne indas paroli al policistoj kaj similaj uloj. Kion ajn ŝi dirus, li scius turni tion en ion kriman.

Post apenaŭ pli ol dek minutoj ili eliras en la unua haltejo, kaj tie atendas malnova aŭtomobilo preskaŭ kaduka. Ŝi devas sidiĝi malantaŭ la viro ĉe la stirilo, kiu eĉ ne salutas ŝin. La policisto restas starante ekstere.

"Nun klopodu konduti", li diras sen montri grandan intereson.

Li turnas al ŝi la dorson, kaj la aŭtomobilo ekiras ĝemante kaj skuiĝante tra arbaro, plia arbaro kaj nenio krom arbaro. Post ankoraŭ dek minutoj ĝi haltas antaŭ granda griza domo meze de maldensejo inter la malhelverdaj piceoj. Dekstre videblas kelkaj brunaj lignaj barakoj. Do, jen la korektejo, sendube.

La ŝoforo eliras, supreniras laŭ la ŝtupareto, sonorigas ĉe la pordo kaj gestas al Gullvi ke ankaŭ ŝi eliru. Eble li estas mutulo. La pordo malfermiĝas, kaj aperas virino en griza robo kun griza antaŭtuko kaj griza harnodo. Ŝi rigardas la alvenintojn kritike.

"Ĉu Gullvi Rosengren?" ŝi diras.

Ne estas tute klare, ĉu ŝi direktas la demandon al la knabino aŭ al la mutulo, sed Gullvi kapjesas.

"Do, bonvenon al Viebäck", la virino poste diras, supozeble al Gullvi.

Laŭ la tono ŝi ne volonte lasas ion eliĝi inter la striktaj maldikaj lipoj.

"Envenu!"

Gullvi ne rekonas la dialekton, do ĝi verŝajne estas smolanda. Ŝi prenas la sakon kun siaj malmultaj posedaĵoj kaj eniras. La pordo fermiĝas malantaŭ ŝi, kaj aŭdiĝas klaketo, kiam la seruro ŝlosiĝas.

Dum la unuaj du semajnoj Gullvi estas enfermita, enŝlosita en la granda domo. Ŝi dormas en ĉambro kun kvar litoj. Unu estas neokupita; en la aliaj dormas Ragna kaj Siv. Dumtage fraŭlino Magda, la grizulino kun harnodo, donas al ili endomajn taskojn: balai, lavi, senŝeligi terpomojn, elguŝigi pizojn kaj tiel plu. Ili ne rajtas eliri, kvankam estas suna somero.

Ragna estas eta brunhara stultulino el Skanio, verŝajne mense malforta. Ŝi ploras, ne multe parolas kaj gajiĝas nur ricevante dolĉaĵon. La rufa kaj diketa Siv el Stokholmo male tre babilemas, plej ofte flustre. Ŝi sakras, insultas fraŭlinon Magda, kiam tiu ne ĉeestas, kaj promesas baldaŭ forkuri.

"Mi forfikiĝos tuj kiam la lernejo ekos. Tiam la sekpiĉino devos malŝlosi la damnan pordon. Mi restos eĉ ne unu fekan minuton. Estas nur du damnaj horoj piede ĝis Nässjö, kaj de tiu pugtruo iras trajnoj al la urbo."

La urbo por ŝi komprenenble estas Stokholmo, kvankam ĝi sendube malproksimas je centoj da kilometroj de ĉi tie. Gullvi ne bone konas la geografion de Svedio, sed ŝi certas ke Smolando situas sude.

"Ĉu vi havas monon por bileto?" scivolas Gullvi.

"Bileto? Fek! Mi ŝtelveturos. Se iu damna kontrolisto elĵetos min, ne gravas. Fekegale! Iros alia diabla trajno. Ĉu vi kuniros?"

Gullvi promesas akompani ŝin, sed kion ŝi faru en Stokholmo?

La panjo ne helpos ŝin sed kredeble vokos la policon. Tamen ŝi preferas respondi jese al Siv por havi amikan rilaton kun unu persono.

Ankaŭ Siv evidente volas amikumi kun ŝi.

"Gullvi", ŝi flustras vespere en la mallumo. "Se vi timas aŭ ne povas dormi, vi povas veni en mian liton."

Sed tion Gullvi ne volas. Ŝi kontentas unuafoje en sia vivo havi propran liton kaj ne devi dividi ĝin kun Annalisa. Ĉe la onklino entute neniu havis propran liton por si mem.

Dum tiuj unuaj tagoj ŝi renkontas la aliajn loĝantojn de la korektejo nur dum la manĝoj, kiam la manĝejo de la granda domo pleniĝas de dudeko da adoleskaj knabinoj kaj iliaj gardantoj, la fraŭlinoj. Ŝi ekscias ke fraŭlino Magda estas la estrino de la tuta ejo. La barakoj, kiujn ŝi vidis alvenante, estas la tiel nomataj hejmoj, kie la knabinoj loĝas kelkope. Ankaŭ Siv ordinare loĝas tie, sed pro ia malobeo ŝi nun estas enfermita en la granda domo por kelka tempo. Kial Ragna trafis tien, ne estas klare.

"Mi devis, ĉar la aliaj bubinoj estis malicaj", ŝi diras, kiam Gullvi demandas ŝin.

Dum la manĝoj la fraŭlinoj postulas silenton, sed poste Gullvi devas lavi vazojn kun du aliaj knabinoj, dum Siv kaj Ragna devas balai kaj lavi la plankon de la manĝejo, kaj tiam eblas iom interparoli.

"Provu veni al nia hejmo, Betularo. Ni havas liberan lokon", diras Annmarie el Örebro, kiu estas deksesjara same kiel ŝi.

Tiel tamen ne okazas. Kiam la komenca izolo finiĝas, oni loĝigas ŝin en la barako Pinejo, inter kvin aliaj knabinoj kaj la fraŭlino Siri, kiu estas sufiĉe juna kaj timema kaj eble nur dudekjara. Baldaŭ Gullvi rimarkas ke la barakon pli multe regas Alva, unu el la plej aĝaj knabinoj, kies direktivojn obeas ĉiuj aliaj. Ankaŭ Gullvi baldaŭ alkutimiĝas fari laŭ la indikoj de Alva.

La lernado okazas en la granda domo. Kiel instruistoj funkcias jen fraŭlino Magda, jen pastro venanta de la proksima paroĥa preĝejo de Almesåkra. Dimanĉe ili ĉiuj devas piediri tri kilometrojn ĝis la preĝejo por ĉeesti dum la diservo, kaj poste ili banas sin en la apuda lago, ĝis la aŭtuna vetero malebligas tion. La knabinoj, kiuj ne havas propran bankostumon, ricevas ian senforman banveston prunte de fraŭlino Magda, ĉar enakviĝi nuda estus terure maldece. Malgraŭ tio kelkaj el la plej aĝaj knabinoj kaŝe ekzamenas la korpojn de la plej junaj, por esplori kiom ili maturiĝis. Ili ĉiuj ja adoleskas, sed ĉe kelkaj tio apenaŭ videblas. Gullvi ja havas malaltan staturon sed almenaŭ koksojn kaj mamojn, dum iuj el la knabinoj tute platas kaj havas krurojn kiel bastonetoj.

Ekzistas lageto ankaŭ pli proksime de la korektejo, sed tie ili neniam banas sin.

"Ĝi estas kota fektruo", diras Siv, kiu ankoraŭ ne forkuris al sia urbo. "Same kiel la damna korektejo."

Oni instruas ĉefe praktikajn aferojn de virina hejma laboro: kudradon, trikadon, lavadon, kuiradon, purigadon kaj tiel plu. Krome bibliajn sciojn, ĉar multaj ne estas konfirmaciitaj, kaj eĉ legadon kaj skribadon al tiuj, kiuj apenaŭ scias legi, interalie Gullvi. Ŝi baldaŭ rimarkas ke ŝi ne estas la sola kun nesufiĉaj lernejaj scioj.

Fakte ĉia teoria lernado malfacilas al ŝi, ĉar ŝi tro malbone legas, kaj ankaŭ kelkaj praktikaj taskoj superas ŝian kapablon. Tiel estadis de ĉiam ankaŭ en la popola lernejo de Jakobsberg en Kristinehamn. Eĉ la komenco estis terura. En la jaro, kiam ŝi iĝos sepjara, ŝi devis trapasi teston por montri, ĉu ŝi sufiĉe maturas por komenci en la lernejo. Panjo estis en la fabriko, kaj onklino Milly ne havis tempon akompani ŝin sed simple ordonis al ŝi paŝi sola al la lernejo. Gullvi tute ne volis iri, sed la kuzoj pelis ŝin tiel ke ŝi falis kaj vundis la genuon. Finfine ŝi alvenis malfrue, en jupo malpura kaj ŝirita, kun sango fluanta laŭ la kruro kaj muko de la nazo. La instruisto, kiu faris la testadon, rigardis ŝin kaj tuj resendis ŝin sen eĉ unu demando aŭ elprovado. Ŝi ne estis matura. Kiam ŝi revenis hejmen, la onklino koleris kaj la kuzoj rikanis. Kiam Panjo vespere venis de sia laboro, ŝi kverelis kun sia fratino, sed tio neniel helpis al Gullvi komenci en la lernejo. Nur onklo Kalle, kiu vizitadis la onklinon, kiam onklo Hjalmar estis en hospitalo, kompatis ŝin, glatumis ŝian vangon kaj metis pretpansaĵon sur la genuon.

"Ne malĝoju", li tiam diris kaj frapetis sur ŝian postaĵon. "La lernejo ne gravas. Mi mem preskaŭ neniam ĉeestis tie, ĉar ni vojaĝis. Mi lernis kion mi bezonas en aliaj lokoj."

Do ŝi devis atendi ĝis la venonta jaro. Cetere ŝia naskiĝtago estas en novembro, kaj ŝi estis la plej malalta el ĉiuj samaĝuloj en la kvartalo, kaj inter la plej maldikaj. Eĉ en la sekva aŭtuno, kiam oni akceptis ŝin en la lernejo, ŝi ne estis pli granda ol la samklasanoj, kvankam la plej aĝa. Kaj ŝi nur pene lernis legi kaj skribi, ĉar la literoj estis tro malgrandaj kaj saltadis tien-reen en kaprica maniero. Do evidente ŝi estis tro stulta por lerni ion. Tion opiniis la aliaj infanoj, kaj sendube ankaŭ la instruistino.

En Viebäck la tempo pasas terure malrapide. Neniu klarigas, kiel longe ŝi devos resti en la korektejo. Alvenas la vintro kun surprize multe da neĝo. Iom post iom ŝi ekkonas la knabinojn de Pinejo, kaj iomete ankaŭ tiujn de Betularo kaj Erikejo. Ili ĉiuj havas siajn kialojn por esti venigitaj ĉi tien. Kelkaj klarigoj ŝajnas pli fantaziaj ol aliaj, sed ne eblas scii, kiuj estas veraj, kaj kiuj ne. La fraŭlinoj ne permesas paroli pri tiaj aferoj, sed ili ne ĉeestas ĉiam kaj ĉie.

"Mi ŝtelis la salajron de mia patro", diras Alva. "Plurfoje. Sed tio estis bonfaro, ĉar li ĉiuokaze fordrinkus ĝin."

"Min oni sendis ĉi tien pro la ido", diras Hellny.

"Ĉu vi naskis bebon?"

"Ne. Oni forigis ĝin, kaj ankaŭ mi preskaŭ mortis."

"Panjo elĵetis min pro nenio. Mi faris nenion malbonan", diras Eva.

"Kompreneble vi faris ion. Ne estu tia sanktulaĉo!"

"Tute ne. Nenion."

"Mi drinkaĉis ĉiusabate kaj ne povis paŝi. La polico tediĝis de mi."

"Kaj mi kutimis viziti la najbaron. Por du kronoj li rajtis tuŝi la piĉon, kaj por kvin iom pli."

"Ĉu li fikis vin?"

"Ne tute. Nur duone."

La knabinoj ridas.

"Duone? Kio estas tio? Certe li fikis vin."

"Kaj vi, Gullvi? Kion faris vi?"

"Nenion. Mia kuzo ŝovis sian tranĉilon en sian vicpatron, ĉar li estis fiulo, kaj oni kulpigis min."

"Kia fiulo? Kion li faris?"

"La onklino diris ke mi delogis lin. Jen kial oni sendis min ĉi tien."

"Kio okazis al tiu viro?"

"Li mortis."

"Kaj la kuzo?"

"En malliberejon."

"Ĉu li estis via koramiko?" demandas Eva.

"La kuzo? Ne. Li estis kiel frato."

"Certe tiu kuzo volis fiki vin. Se ne, kial mortigi la vicpatron?"

"Li estis fiulo."

"La kuzo?"

"Ne, la onklo, idioto."

Siv ankoraŭ ne forkuris, sed printempe oni forsendas ŝin, kaj samtempe malaperas fraŭlino Gunhild de la hejmo Erikejo, kie loĝis Siv. Oni ne donas klarigon, sed inter la knabinoj floras fantaziaj rakontoj pri tio, kio eble okazis inter Siv kaj la fraŭlino.

"Ne diru tiel! Siv ne estas tia", diras Gullvi.

"Kiel vi scias? Ĉu vi mem provis?"

Ŝi ne respondas sed turnas la dorson al la klaĉantoj.

Venas nova somero al la smolanda arbaro. La knabinoj laboras, ludas, banas sin, sarkas bedojn, rikoltas legomojn, kolektas mirtelojn kaj vakciniojn en la arbaro, kuiras konfitaĵojn, kverelas, repaciĝas, petolas, enuas, klaĉas. Foje duopo tiel malamikiĝas ke ili interbatalas, kaj la fraŭlinoj nur pene sukcesas disigi ilin. Aliokaze male iu duopo tro amikiĝas, tiel ke la fraŭlinoj trovas necese transloĝigi unu el ili. Kaj kelkfoje estiĝas tute fantaziaj diskutoj.

"Kial vi estas tiel nigra?" foje demandas Hellny, kiam Gullvi tuke sekigas sian malhelan hararon post bano. "Ĉu vi estas judo?"

Ŝi ne respondas tian stultaĵon. Judojn ŝi neniam konis kaj ne scias, kiel ili aspektas. Lastatempe oni babilas pri juda problemo en Germanio, kiun volas solvi la kriemulo Hitler; jen ĉio, kion ŝi scias pri la temo.

"Kia judo?" diras Valborg. "Ŝi ne havas groŝon en poŝo. La judoj ja estas riĉaj. Ŝi certe estas cigano aŭ ordinara vaganto, same kiel Britta en Betularo. Ĉe ni en Jönköping loĝas amaso da tiaj."

"Aŭ eble lapono", diras alia. "De kie vi venas? Ĉu Laponio?"

Oni ridas.

"El Stokholmo", diras Gullvi.

Ŝi ne volas diri Kristinehamn, kiu estas konata kiel la Pedikujo. Fakte ŝi ja naskiĝis en la ĉefurbo, kvankam ŝi ne memoras tiun tempon.

"Ĉu Stokholmo? Mi ne kredas. Vi parolas kiel ia kamparano."

Gullvi neniam pensis pri tio, ĉu ŝi mem parolas en ia specifa maniero. Aliaj ja parolas dialektojn; ŝi normale. En la familio de onklino Milly oni parolas plejparte svede. Nur onklo Hjalmar, la patro de la plej multaj gekuzoj, kutimis paroli en la propra lingvo de la vagantoj, precipe kiam li estis ebrieta. Kaj ankaŭ Valter ŝatas paroli ĝin. Sed Hjalmar malaperis jam antaŭlonge, kaj Kalle anstataŭis lin. Do Gullvi pli-malpli komprenas sed ne parolas tiun lingvon, kaj ĉi tie ŝi evitas mencii ĝin. Ŝi ne volas apartiĝi de la aliaj knabinoj.

Neniu tamen tre interesiĝas pri ŝia deveno. Oni disputas ĉefe por pasigi la tempon. Ĉi tie ĉiuj mensogas pri aferoj etaj kaj egaj, kaj neniu el la knabinoj atentas tion. Temas pri rutino por iom beligi la enuan estadon.

Alia ofta okazaĵo estas, kiam iu ŝtelis el la malmultaj posedaĵoj de alia knabino. Tio tamen ĉiam vekas egan koleron. Oni insultas kaj akuzas unu la alian, ĉu prave ĉu malprave, kaj perforte traserĉas la litojn kaj vestoŝrankojn, serĉante la malaperintan aferon. Kiam oni esceptokaze trovas ion, sekvas interbatalo, kaj la fraŭlinoj devas interveni. Kelkaj el la knabinoj estas fifamaj pro ŝtelado, sed ĝuste ĉe ili oni malofte retrovas ion.

De temp' al tempo iu malaperas, kaj alvenas novulo. Gullvi mem jam estas inter la veteranoj. Sed kiel longe tio daŭros?

Fakte tio daŭras preskaŭ du jarojn. Sed antaŭ ol ŝi estos dekokjara, ŝi ricevas proponon. Se ŝi trapasos operacion, oni liberigos ŝin.

"Ne faru tion!" diras pluraj el la plej aĝaj knabinoj. "Vi bedaŭros tion dumvive."

"Kian operacion?" scivolas unu el la pli junaj.

"Por ne havi bebojn, stultulo."

"Ĉu vi do volas havi bebojn?"

"Ŝi eble iam volos edziniĝi."

La propono venas de la flegistino Ella, kiu vizitas la korektejon ĉiun duan semajnon por asisti pri diversaj aferoj de sano. Kaj Gullvi akceptas. Ŝi ne volas havi bebojn; ŝi volas liberiĝi el ĉi tiu malliberejo. Do oni veturigas ŝin al la hospitalo de Nässjö. Tie la doktoro klarigas al ŝi nenion. Verŝajne li opinias ke ne valoras la penon paroli al tia senvalora estaĵo kiel ŝi. Sed la flegistino Ella jam klarigis ke ĉi tio estos plej bona por ŝi. Sen tio ŝi havus mizeran vivon, laŭ fraŭlino Ella. Se kredi ŝin, Gullvi rapide havus vicon da kriantaj beboj, por kiuj la sociala servo devus trovi hejmojn, ĉar ŝi mem povus nek prizorgi ilin nek perlabori monon por ili. Do la afero estas grava. La sola solvo, fakte. Se ŝi ne volas resti en la korektejo, ĝi estas necesa. Kaj ŝi sentos nenion. Ŝi dormos dume.

Gullvi mem fajfas pri la operacio. Cetere ŝi malamas bebojn. Ĉe onklino Milly jam estas tro da infanoj. La sola grava afero estas liberiĝi. Eskapi el la infero. La korektejo. Kia idiotaĵo! Kion ĝi do korektas, damne? Ĝi estas torturejo kaj ne pli multe korektejo ol ŝia piĉo! Malliberejo, simple.

Do ŝi akceptas ke oni faru la operacion. Oni pritranĉu ŝin, se tio necesas. Ĉiuokaze ŝi fajfas pri idoj. Idoj estas diablidoj, simple. Kriuloj, kiuj suĉas la mamojn kaj prifekas ĉion. Ŝi vivos pli bone sen ili, dum ŝi vivos. Ŝi ĉiuokaze ne volos maljuniĝi. Maljunulinoj estas mizeraj. Onklino Milly estas eluzita kaj grasa, eble pro la ses idoj. Kaj verŝajne Panjo baldaŭ similos ŝin. Gullvi preferus morti ol iĝi tia!

Dum semajno post la operacio ŝi sentas doloron en la stomako. Poste, kiam la doloro ĉesas, aperas sento de manko, kvazaŭ estus ia malplenaĵo en ŝi. Ŝi ne plu scias, ĉu tiu manko estas bona aŭ malbona.

"Estas bone", asertas Hellny, kiam Gullvi revenas al Viebäck. "Vi ne plu devos timi, kiam iu ĉuros en vin. Kaj vi neniam devos viziti diablan virinaĉon por forigi la idon, kiel devis mi."

Gullvi ne kredas ke ŝi iam ajn volos denove seksumi, negrave kun kiu, kaj kien ajn li ĉuros. Sed kompreneble povos okazi ankoraŭfoje ke iu fiulo perfortos ŝin. Kaj ĉiuokaze beboj estas ĝenaj. Do eble la manko efektive estas bona.

Oni ja promesis liberigi ŝin sed ne volas resendi ŝin al Kristinehamn, kie neniu pretas loĝigi ŝin. Pasas kelkaj semajnoj de senpacienca atendado, sed unu tagon fraŭlino Magda sciigas ke la problemo estas solvita.

"Mi aranĝis por vi lokon ĉe pastora familio en Gävle, kiel servistino, kompreneble. Sed atentu zorgi pri la servado, kaj kondutu dece. Se ne, vi tuj perdos la lokon. La pastoro ne toleros fian konduton. Li estas baptisto, do vi eble eĉ povos adopti tiun kredon. Ili estas bonaj kristanoj, kvankam ili ne baptas la infanojn."

Ŝi ne demandas, ĉu Gullvi akceptas la lokon aŭ ne. Oni decidis pri ŝi, do ŝi simple obeu. Ĉi-foje ŝi tamen rajtos vojaĝi sola, kun trajnbileto pagita de la pastoro. Ŝi eĉ ŝanĝos trajnon en Stokholmo, kie neniu gardos ŝin aŭ atentos, ĉu ŝi suriros la ĝustan trajnon aŭ restos en la urbo de Siv, kies adreson ŝi tamen ne konas. Do al kiu ŝi turnus sin tie? Sen loĝejo, sen laboro, sen konato? Nu, krom Panjo, kompreneble. Panjo ne volis helpi ŝin, kiam okazis la aferoj ĉe la geonkloj. Ĉu ŝi nun helpos ŝin? Kredeble ne. Ja eblus peti ŝin, sed tre verŝajne Gullvi simple devos akcepti la pastoron en Gävle.

Kvina ĉapitro. Ne valida por vojaĝo al Hispanio.

Ture, Guadalajara–Ebro 1937-1938

La skandinava kompanio Georg Branting, la tria kompanio de la bataliono Thälmann, estas inter la unuaj, kiuj transiras Ebron. Oni remas trans la riveron nokte la 25-an de julio 1938, saltas el la boatoj, vadas supren sur sekan teron, pafas kelkfoje kaj ĵetas kelkajn mangrenadojn. La unuaj venintoj distondas la barilojn el pikdrato, tiel ke ĉiuj povas senĝene trapasi. Kiam oni venas supren de la riverborda klifo, la faŝistoj jam malaperis, lasinte post si amason da aferoj, kiujn ili ne povis rapide kunporti.

La transiro okazas iom sude de Ascó kaj okcidente de Móra. Dum preskaŭ du monatoj Ture kaj la aliaj brigadanoj poste vagas kvazaŭ sencele, avancas, retretas, pafas kontraŭ la faŝistoj kaj foje pro eraro eĉ kontraŭ la propraj. Intertempe ili kaŭras en provizoraj tranĉeoj, kiujn ili mem fosis per pioĉoj kaj fosiloj. Iom post iom ili avancas zigzage al Fatarella, suden al Corbera kaj plu ĝis antaŭ la urbo Gandesa, kiun ili tamen ne sukcesas konkeri. Ili havas nenian subtenon de artilerio aŭ kirastrupoj, sed komence la respublikaj aviadiloj ricevitaj de Sovetunio estas sukcesaj en siaj atakoj kontraŭ la faŝista armeo. Post iom da tempo tamen la germanaj aviadistoj de la Kondora legio, fifama pro la terora bombado de Guernica kaj aliaj urboj, gajnas superecon en la aero. Kaj nek la respublika armeo nek la internaciaj brigadoj disponas defendon kontraŭ aeratakoj. Unu post la alia el la skandinavoj estas vunditaj aŭ mortigitaj. La kompaniestro kapitano Ernstedt mortas pro mispafo de unu el la propraj, kaj fine, kiam la ofensivo jam fariĝis retreto, Ture mem ricevas kuglon de mitraleto en la dekstran kruron. Kun provizora bandaĝo li tamen devas batali plu, lamante sur la sekaj, ŝtonriĉaj deklivoj de la katalunaj montetoj.

Kia diferenco de lia alveno en Hispanion en la vintro de la antaŭa jaro! Trajne tra Svedio kaj Danio, ŝipe al Antverpeno, kaj denove trajne al Parizo, kun pasporto en kiun la sveda police stampis "ne valida por vojaĝo al Hispanio", li alvenas en Parizon en januaro kun aro da aliaj volontuloj. Post kelkaj tagoj la rekruta centro tie sendas ilin plu al Perpinjano kaj supren en la Pirenean montaron. Dum kelkaj tagoj la grupo estas kaŝita ĉe familio en vilaĝa domo, atendante pluiradon. Trans la landlimon ili devas paŝi piede tra la neĝo en nokta mallumo, laŭ gvido de loka viro, kies lingvon neniu el ili komprenas. Ture, venante el la plej norda Svedio, estas iom pli bone vestita ol la plej multaj aliaj, sed ankaŭ li terure frostas. Li tute ne atendis tian malvarmon en la sudo de Eŭropo kaj ne vestis sin por ĝi. Kaj multaj el la volontuloj estas maristoj, kiuj pli kutimas je tropikaj maroj. Sed li baldaŭ rimarkas ke por tiuj maristoj la internacia solidareco estas natura kaj konkreta praktiko, ne nur politika teorio.

Alvenante en Figueres ili tamen estas bone akceptataj kaj plu senditaj al Barcelono, kie ili ricevas uniformojn. De tie ili iras al Albacete, kie sekvas intensa trejnado en kaj ekster la kazernoj, kiuj iam apartenis al la civilgvardio sed nun jam al la respublika armeo. Preskaŭ ĉiuj el la skandinavoj estas laboristoj, kutimaj je peza laboro, kaj la plej multaj el ili jam soldatservis en siaj landoj. Dume, el Britio kaj Usono venis multaj intelektuloj, por kiuj ĉio estas nova kaj nekonata, precipe la strikta disciplino. La germanoj plejparte estas harditaj komunistoj kaj iamaj ruĝfrontaj batalantoj, kiuj jam tro bone konas la faŝistojn. Do Ture trovas ke la preparoj kaj antaŭaj spertoj tre varias inter la diversnaciaj volontuloj.

Li ne devas atendi longe, antaŭ ol komenciĝas la seriozaĵoj, por kiuj li venis ĉi tien. Jam en marto 1937 okazas la unua elprovado, ĉu li kapablas batali. Oni sendas la dekunuan kaj dekduan brigadojn al Guadalajara por defendi la respublikan teritorion kaj Madridon kontraŭ atako el nordoriente de la faŝista itala armeo. Ture kaj la aliaj skandinavoj servas en la bataliono Thälmann kune kun germanoj, kiuj sukcesis rifuĝi en Sovetunio kaj alilande, eskapante de la nazia teroro. Apude batalas la bataliono Garibaldi de la dekdua brigado, konsistanta el italaj antifaŝistoj simile fuĝintaj de sia propra lando. La faŝistaj italaj trupoj havas tankojn, kaj en la malmola tero preskaŭ sen arboj estas malfacilege fosi ŝirmejojn. Krome mankas eĉ sufiĉe da fosiloj. Kelkaj brigadanoj provas fosi per siaj kaskoj; aliaj kolektas lozajn ŝtonojn por konstrui provizorajn remparetojn. Tie li vidas siajn du kamaradojn, Geir el norda Norvegio kaj Åke el Gotenburgo, krevi en disŝiritajn pecetojn da karno pro rekta trafo de itala tanko al la Maxim-mitralo, kiun ili priservis. Ilia sango miksiĝas kun la koto de la tero. Ture mem povas retreti senvunde, ĝis trafas lian maldekstran brakon splito de unu el la etaj italaj mangrenadoj. Bonŝance tamen alflugas sovetiaj aviadiloj, kiuj pacigas la italajn atakantojn, kaj baldaŭ tiuj komencas fuĝi, lasante post si amason da bonaj armiloj, interalie plurajn dekojn da kanonoj, kaj krome municion, ŝarĝaŭtojn kaj alian materialon, kiuj tre utilas al la respublika flanko. Sur la batalkampo de Guadalajara la faŝistoj postlasas ankaŭ milojn da mortintoj kaj vunditoj, kaj centojn da militkaptitoj.

Lia brako baldaŭ resaniĝas, post kiam armea flegisto trovis kaj forigis la grenad-spliton. Kaj post tiu unua batalo li ricevas kelkan tempon da forpermeso por ripozo kaj konvalesko antaŭ la sekva veturo al nova fronto okcidente de Madrido. Ĉar en ĉi tiu milito la malamiko troviĝas en ĉiuj direktoj.

Dum la komenca tempo en Hispanio li spertas lingvajn problemojn, kiuj kaŭzas miskomprenojn kaj riskojn. Multaj el la skandinavaj maristoj scias iom da angla, sed tio ne multe utilas en la dekunua brigado, kie krom skandinavoj estas precipe germanoj kaj nederlandanoj. Ture ja konas kelkajn germanajn vortojn, tamen ne sufiĉe por interparoli. Iom post iom li kaj la aliaj pluke lernas la plej necesajn hispanajn vortojn. De temp' al tempo alvenas politika komisaro por kvazaŭ admone prelegi al ili hispane pri la respubliko kaj la celoj de la milito. Eĉ post jaro Ture komprenas malmulte el tiuj admonoj. Komprenebleble multaj vortoj travideblas, kiel solidareco, proletaro, agrikultura reformo, faŝismo kaj tiel plu, sed la kunteksto ofte estas sufiĉe nebula.

Li lernas ankaŭ pli da germana kaj pli bone ol antaŭe alkutimiĝas al la parolmaniero de norvegoj kaj danoj. Wolff Müller, germana komunisto, kiu en 1933 savis sin en Sovetunion, eĉ klopodas instrui al li la rusan.

"Jen la lingvo de la estonteco", li klarigas en germana-hispana mikslingvaĵo. "Necesos paroli ĝin post la venko super la faŝistoj." Ture tamen sukcesas enkapigi nur dudekon da rusaj vortoj kaj la alfabeton. La sovetiaj aviadistoj neniam havas ian ajn personan kontakton kun la internaciaj brigadanoj, do ne aperas okazo por praktike uzi tiujn rudimentajn sciojn. Pli grave estas en trankvilaj tagoj povi babileti kun lokaj vilaĝanoj kaj mendi trinkaĵon en taverno. La brigadanoj malofte devas pagi sian vinon; ĉiam lokaj malriĉuloj pretas regali la virojn venintajn el la tuta mondo por helpi ilian respublikon. Ture jam en Parizo komencis alkutimiĝi al la acideta kaj acerba ruĝa vino, kiun li neniam antaŭe gustumis. Dume liaj maristaj kamaradoj jam delonge kutimas je vinoj en ĉiaj koloroj.

Post la venko ĉe Guadalajara li trovas la etoson en la bataliono Thälmann tre optimisma, kvankam mortis multaj kamaradoj. Kelkaj el la skandinavaj volontuloj plendas pri la severa disciplinemo de iuj germanaj oficiroj, kiun ili trovas sencela. Sed Ture opinias ke gravas strikta ordo eĉ kiam ne okazas aktiva batalo. Post kelka tempo de ripozo kaj ekzercoj oni somere partoprenas en la provo plibonigi la defendon de Madrido per ofensivo ĉe Brunete okcidente de la ĉefurbo. Komence oni avancas, sed fine la malamikoj repuŝas la respublikanojn. Kaj post Brunete la bataliono estas sendita norden al la batalo de Belchite en Aragono kaj efektive sukcesas konkeri la urbeton Quinto. Sed poste la ofensivo haltas ankaŭ en tiu regiono, kaj Zaragozon ili neniam atingas.

En decembro oficiro faras surprizan demandon:

"Tiuj el vi, kiuj scias skii, devas anonci vin al mi por speciala tasko."

Kompren, eble Ture anoncas sin, kvankam la demando ŝajnas al li stranga. Ĉu oni skios ĉi tie, en Hispanio? Poste, kiam oni sendas ilin al la batalo ĉe Teruel, li ne plu trovas la demandon stranga, sed ial la aluditaj skioj neniam aperas. Anstataŭe ili devas vadi tra neĝo en forta malvarmo, kvankam iliaj vestoj kaj ekipaĵoj ne estas adaptitaj al la vintra vetero de tiu montara regiono. Laŭ la hispanoj ĉi tiu estas la plej severa vintro iam ajn spertita.

La decembra ofensivo ĉe Teruel komence prosperis, sed jam meze de januaro 1938 la situacio ŝanĝiĝas. Jen kiam la internaciaj brigadoj estas vokitaj tien por helpi. Sed la malamikoj atakas per artilerio kaj aviadiloj, kontraŭ kiuj ne multe helpus skioj, eĉ se oni disponigus ilin. Fine la batalo fariĝas vera masakro, kaj Ture denove perdas multajn el siaj kamaradoj, kiuj mortas, estas vunditaj aŭ kaptitaj.

Kiam li antaŭe imagis Hispanion, li ja pensis pri varmo kaj suno. Tamen li ne povis antaŭvidi la senton de veldflame bruliganta somera suno super tereno, kiu prezentas nenian ombron. Nek la senton, kiam lia lango kaj palato fariĝas kvazaŭ sablopaperoj, ĉar la lasta guto da akvo jam delonge estas eltrinkita kaj plia akvo ne disponeblos en pluraj horoj. Do, kvankam li preparis sin, li trovis la unuan someron pli elĉerpa ol li antaŭe supozis. Aliflanke li tute ne atendis la vintran malvarmegon en la montaro. Li ja kutimas je fortega frosto, sed en la hejma regiono li scias kiel protekti sin de ĝi. Plurtavola vesto kaj hejtado endome aŭ lignofajro ekstere ebligas elteni la malvarmegon de la nordo. Sed ĉi tie ofte troviĝas nenia protekto. Nek sufiĉa vesto, nek domoj kun hejtado, nek ligno por fari fajron, kaj cetere tio povus signifi elmeti sin al malamika atako.

Alia afero, kiun li ne povis antaŭe imagi, estas la malriĉeco de multaj loĝantoj. Li mem ja kreskis en malriĉaj cirkonstancoj, kaj kiel laboristo li neniam disponis lukson. Sed ĉi tie li vidas homojn, kiuj efektive havas nenion ajn. Ili evidente ne manĝas ĉiutage. Sub la muroj de ia biena palaco, kies posedanto forkuris aŭ kaŝis sin, kiam la popolo konfiskis la bienon, sidas infanoj senŝuaj, almozpetante pecon da pano.

"Ciganaĉoj", elsputas unu el la brigadanoj, kiu pretendas koni la lokajn aferojn. "Donu nenion, ĉar poste vi ne liberiĝus de ili."

Ture ne havas panon por donaci, sed fojfoje li iom honteme ĵetas peseton al almozanta infano. Hejme en Svedio li neniam vidis almozulon, eĉ se homoj kelkfoje havis tre malmulte por manĝi, precipe dum la mondmilito, kiam li estis infano.

Kaj kvankam multaj hispanoj evidente ribelis kontraŭ la premo de la religio, aliaj plu rigardas la lokan pastron kiel sanktulon, kies manon ili kisas kaj kies vorto estas deviga leĝo de Dio. La pastroj ŝajnas ĉefa obstaklo al la unueca popola fronto, kaj ili sendube forte subtenas la faŝistojn kaj kalumnias la respublikon. Laŭ Ture ili estas parazitoj, kiuj neniam faris ion ajn konkretan por vivteni sin. Li naŭziĝas vidante iliajn nigrajn sutanojn pasi tra vilaĝaj stratetoj. Laŭdire generalo Franco havas kvinan kolonon en la respubliko, kaj la katolika eklezio sendube estas parto de tiu.

Nun en la somero de 1938 li klare vidas ke la situacio jam estas kriza. La respublika teritorio ŝrumpis kaj estas dividita en du partojn. Evidente la celo de la batalo ĉe Ebro estas reunuigi tiujn du areojn, sed la ofensivo haltas antaŭ la urbo Gandesa, kaj nun delonge okazas iom post iom kruela muelado de la respublikaj trupoj. Male ol ĉe Guadalajara ĉi tie tamen estas kampoj kun mola tero, kie eblas fosi verajn tranĉeojn, almenaŭ en la valoj. La montetoj jam estas alia afero.

Maldekstre ili havas la brigadon de Lister kaj dekstre la trupojn de Campesino, sed ĉio estas konfuza. Kiam oni foje pafas al ili el domo ĉirkaŭata de olivarboj, ne eblas scii, ĉu tie estas amikoj aŭ malamikoj. Ili povas nur blinde reciproki la pafadon, ĝis ĉio kvietiĝas. Regas varmego, mankas akvo kaj manĝaĵoj. La uniformoj plenas de vestopedikoj. La kompanio pluiras antaŭen. Videblas plu neniuj loĝantoj, sed foje grego da muloj paŝtiĝas pace sur herbejo. Poste denove iu pafas kontraŭ ili, sed post kelkaj repafoj oni malkovras ke temas pri sveda brigadano, kiu perdis sian kompanion.

Necesas reiri pli proksimen al la rivero por retrovi la aliajn kompaniojn, purigi vilaĝon de eventualaj restantaj faŝistoj kaj akiri manĝon. Dume la malamika flugbombado intensiĝas, kaj de fore aŭdiĝas ankaŭ bombokanonoj. La fronto estas malklara kaj senĉese ŝanĝiĝanta, sed antaŭ Gandesa ĝi dumlonge fiksiĝas. Ili provas fojon post fojo konkeri monteton en Serra de Pàndols, sed la sola rezulto estas pli da mortintoj kaj vunditoj. Tie ankaŭ Ture estas vundita.

La ofensivo transiĝas en defensivon. Oni retretas tra la samaj kampoj, olivarbaroj kaj vitejoj, kie oni antaŭe avancis, malsupren laŭ la samaj deklivoj, kie oni ĵus kuraĝe supreniris sub pluvo el kugloj kaj grenadoj. Kaj ĉie kuŝas postlasitaj kadavroj de soldatoj, kiuj ne plu estas faŝistoj aŭ respublikanoj sed nur amasetoj da putranta karno. Ture lamas kun la kamaradoj, pli kaj pli febra pro la vundo. Post du tagoj li tamen ne plu povas paŝi, nur kuŝi pafante per sia sovetia ripetfusilo. Do necesas alvoki brankardistojn, kiuj alvenas kun siaj stangoj kaj tolo por porti lin reen al provizora bandaĝejo en tendo. Li ricevas ian injekton kaj poste duone dormas, duone deliras, dum oni transportas lin norden direkte al Ebro.

Sufiĉe frue li eksciis ke por la internaciaj brigadanoj ne indas lasi sin kapti de la faŝista armeo, ĉar oni tuj mortigos ilin. Hispanajn kaptitojn eblas konverti kaj varbi al batalado por la armeo de Franco. Sed tio ne estas alternativo, kiam temas pri alilandanoj, el kiuj multaj estas komunistoj kaj la ceteraj konvinkitaj antifaŝistoj. Eble pro tiu scio aŭ onidiro la brigadanoj batalas persiste kaj preskaŭ fataliisme. La nombro de mortintoj en la bataloj vere estas altega, kaj preskaŭ ĉiuj iam estas vunditaj pli aŭ malpli grave. La vundo de Ture apartenas al la malpli gravaj.

Dum paŭzeto en la malamika pafado oni portas lin transriveren al la milita lazareto de Móra, kie hispana kuracistino konstatas ke la kuglo vundetis la oston, kiam ĝi trairis lian dekstran femuron. Li tamen estis bonŝanca kaj kredeble ne perdos la kruron. Do, dum liaj kamaradoj plu batalas kaj mortas, li kuŝas sur provizora lito en iama monaĥejo, kiu senĉese pli kaj pli plenŝtopiĝas per vunditaj respublikanoj.

Inter la soldatoj de la internaciaj brigadoj – en la lazareto same kiel sur la batalkampo – regas sufiĉe ĝenerala ideo ke oni devos venki aŭ morti. Tial la novaĵo la kvaran de oktobro impresas same konsterne kiel amare: La respubliko dissolvos la internaciajn brigadojn kaj resendos la volontulojn al iliaj landoj, se tio eblas. Por germanoj, aŭstroj, italoj kaj kelkaj aliaj necesos trovi alian landon, kien ili povos iri sen vivdanĝero. Por Ture kaj la aliaj svedoj minacas sesmonata malliberigo pro krimo kontraŭ la malpermeso varbiĝi en alilandan armeon. Sed pli forta estas lia sento ke li batalis vane, kaj ke la faŝismo de nun plu kreskos kaj disvastiĝos tra Eŭropo kaj pli-malpli frue konkeros ankaŭ la nordon.

Male al multaj kamaradoj li forlasas Móran sur propraj piedoj, aŭ pli ĝuste sur piedo kaj lambastono. Oni portas lin supren sur kamionon, kiu veturigas dekojn da vunditoj al Barcelono.

"La respublika armeo ekde nun povos sen via helpo venki la faŝistojn", certigas komisaro, kiu formale sed rapide dankas ilin pro iliaj faritaj agoj kaj oferoj. "Espereble ankaŭ la faŝistoj el Germanio kaj Italio ĉesigos sian enmiksiĝon en niajn aferojn."

La brigadanoj estas plene konsternitaj. Ĉu la respubliko do atingis ian sekretan interkonsenton kun la faŝistoj? Aŭ ĉu temas nur pri naiva espero?

"Devas esti ia nova truko de Stalin", supozas brita trockiisto, kiu postlasis ambaŭ krurojn sur la hispana tero.

Sed la plimulto de la brigadanoj komunistaj kaj senpartiaj ne kredas tion.

"Ĉio sendube baldaŭ klariĝos", diras Ture. "Eble proksimas ia paco."

Tiu malforta espero tamen ne praviĝas. Male plu daŭras la buĉado ĉe Ebro, ĝis la faŝistoj repuŝas la respublikan armeon ĝis la rivero kaj eĉ plu retro al Barcelono. La nevunditaj internaciaj brigadanoj, aŭ pli ĝuste la resaniĝintoj, ĉar nevunditoj apenaŭ plu ekzistas, faras lastan paradon sur la strato Diagonal por akcepti ovacion de la urbanoj. Dume Ture ekzercas sin pri senstumbla paŝado per helpo de sia lambastono, kaj baldaŭ li jam survojas norden ŝipe kaj trajne. Finiĝis lia kontribuo al la internacia batalo kontraŭ la faŝismo, kaj evidente ĝi ne havis la rezulton, kiun li deziris. Tamen li rifuzas akcepti ke li batalis vane. Espereble li kaj la aliaj brigadanoj sendis mesaĝon al la faŝistoj ĉie en la mondo, ke oni nenie tralasos ilin sen rezisto.

Sesa ĉapitro. Ne naciaj sed naziaj.

Reidar, Hønefoss–Kirkenes 1939-1940

Post kiam li malsukcesis abituri en la antaŭa jaro, Reidar laboras en la butiko. Patro estas tute kontenta pri tio; li ĉiam trovis la gimnazian studadon superflua, kaj same la abituron, "examen artium". Patro mem ne abituris, nek iu ajn alia en la familio, ĝis antaŭ kvar jaroj, kiam lia plej aĝa filo Vidar trapasis la ekzamenon kaj poste transloĝiĝis al Oslo por studi juron. Patrino male opinias ke ankaŭ Reidar devus abituri. Ŝi mem trapasis nur mezlernejon por knabinoj, sed por ŝi tio ŝajne estas motivo por instigi la filojn al studado.

"Post la abituro vi povos fariĝi ĉio ajn, kion vi volos", ŝi ripetis kelkfoje jare, dum li malzorgis la lernadon.

Nun ŝi devus finfine akcepti ke ŝi eraris; tamen ŝi jam komencas aludi aliajn vojojn por kompensi la malsukceson.

"Eblas lerni private kaj poste ekzameniĝi en Oslo", ŝi rakontas ion, kion Reidar jam delonge scias. "Eble Vidar povus helpi vin."

"Mi ne permesos al li ŝovi sian nazon en miajn aferojn", grumblas Reidar. "Cetere ankaŭ vi devus lasi min en paco."

Male al sia edzo Patrino estas tute kontenta pri la elekto de Vidar. Sed Reidar neniam havis la ambicion de sia pli aĝa frato. Li pli interesiĝas pri kino, ĵazo, sketado kaj kurado, ol pri libroj, kaj precipe lernolibroj.

Komence li preferis labori en la stokejo de la butiko, inter la farbujoj kaj en la ĉiama odoro de solvantoj, kie li ne estas vidata de eksteruloj. Sed tie estas malmulte por fari, do li devas ankaŭ esti komizo ĉe la vendotablo, konsilante la klientojn pri diversaj farboj kaj vernisoj. Sekve li ofte aperas antaŭ la etburĝoj de la urbeto, patroj de liaj eksaj samklasanoj. Sendube kelkaj el tiuj klientoj konas lin kaj scias ke li malsukcesis pri la abituro. Ili nenion diras pri tio, sed li imagas ilin poste klaĉi pri la mallerta filo de la komercisto Halvorsen, kiu fariĝis nur simpla komizo en la butiko de sia patro.

Nu, kion pensas pri li la mezklasaj mezaĝuloj de Hønefoss ne vere gravas. Pli multe li zorgas pri tio, kion opinias iliaj filinoj. Ĝis nun li ne havis veran koramikinon, nur ian naive romantikan rilaton kun la pli juna knabino Marianne, sed el tio rezultis nenio krom kelkaj kisoj. Kaj ĵus li vidis ŝin promeni kun lia eksa samklasano Petter, kiu sukcesis pri sia abituro sed malgraŭ tio restas en la urbeto. Reidar ne vere kredas ke Marianne preferas tiun knabon pro lia abituro, kaj cetere li estas mizera malfortulo kompare kun la sportema Reidar. Sed vidante ilin brako ĉe brako sur la ĉefstrato, li ne povas eviti denove senti la honton de la malsukceso. Cetere ŝi estas sufiĉe infaneca kaj eĉ iom diketa, ĉu pro la ĉiamaj vizitoj en kukejo, ĉu pro sia patrino, kiu estas konata kuiristino de festoj.

Nun ŝajnas ke ĉiuj knabinoj de la urbeto jam havas fianĉojn, kun kiuj ili promenas dimanĉe. Almenaŭ ĉiuj mezklasaj belulinoj. El la malriĉaj knabinoj, kiuj jam post la elementa lernejo devas labori kiel servistinoj en pli bonstataj familioj, krom se ili helpas mastrumi kaj varti gefratojn en siaj propraj hejmoj, supozeble kelkaj ja estas liberaj. Sed li ne scias, kiel li povus proksimiĝi al tia knabino. Lia propra familio ne dungis servistinon, ĉar sinjorino Halvorsen opinias ke tio pruvus maldiligentecon de la dommastrino, kaj krome nun la filino jam sufiĉe aĝas por iom helpi en la hejmo. Nur kiam la infanoj estis etaj, oni havis helpon de knabino por varti ilin, sed tion Reidar apenaŭ plu memoras.

Patrino do estas tiu en la familio, kiu plej bedaŭras lian malsukceson abituri. Kaj ankoraŭ nun post pluraj monatoj li hejme devas toleri ŝiajn riproĉe tristajn okulojn. Ŝi ĵus sukcesis konvinki la edzon ke Kristine, ilia dekkvinjara filino, rajtos komenci la gimnazion ĉi-jare, kiel ŝi volas, kvankam ŝi estas knabino. Reidar certas ke ŝi ne fiaskos pri ĝi, ĉar ŝi estas vera librovermo, kvankam eble pli multe de poezio ol de lernolibroj.

Dume li dediĉas plej multe el sia libera tempo, kiam li ne devas vendi farbon al la loĝantoj de la urbeto Hønefoss kaj la regiono Ringerike, al sportoj. En la pasinta vintro li sketadis rondon post rondo sur la glacio de Schjongslunden aŭ skiis laŭ arbaraj padoj en Hovsmarka tuj norde de la familia domo ĉe Parkgata. Kaj nun printempe li kuradas sur tiuj samaj padoj, kiuj jam estas senneĝaj kvankam daŭre iom malsekaj kaj kotaj. Kiam la loka sporta klubo en majo aranĝas konkurson de orientiĝado tie, li estas inter la plej lertaj konkursantoj kaj malsukcesas atingi la unuan lokon esence nur pro stulta maltrafo de unu kontrolpunkto ruze kaŝita sub krutaĵo. Li eĉ esperas en aŭgusto partopreni en la regiona orientiĝa ĉampionado en Nordmarka norde de Oslo.

Sed tiun konkurson li tute maltrafas, ĉar jam komence de la somero venas voko al soldatservo en la regimento de Oppland. Li rigardas tion plej multe kiel liberiĝon el tro enua kaj prema vivo en la sino de la familio. Ĉar malgraŭ la streĉita situacio en la centro de Eŭropo, kie Hitler jam glutis unue Aŭstrion kaj poste ankaŭ Ĉeĥoslovakion, ĉi-norde oni ne antaŭvidas grandan riskon de milito. Do li sentas ke soldatservado alportos al li eksciton kaj sendependecon de la gepatroj. Laŭdire la armeo ja povas fari virojn el knaboj.

En la armea bazo de Terningmoen ĉe Elverum pasas du komenc-caj monatoj de baza infanteria instruo kun ekzercado pri pafado, ĵetado de mangrenadoj, serpentado surtere kaj marŝado kun peza ekipaĵo. Sed poste komenciĝas eŭropa milito, kiam Pollandon atakas unue germanaj trupoj kaj baldaŭ poste sovetuniaj. Tiam oni sendas lian kompanion plej norden al Kirkenes por gardi la landlimon inter Norvegio kaj Finnlando. La milito ja okazas du mil kilometrojn pli sude, sed de kie Reidar nun servas Sovetunio situas nur tridek kilometrojn pli oriente, trans la mallarĝa finnlanda terstrio de Petsamo. Laŭ lia supozo tio estas la kialo ke oni koncentris norvegajn trupojn ĉi-norde. Finnlando ne estas minaco, sed eble Sovetunio ja povus fariĝi tio, ĉar en Petsamo situas la sola haveno de Finnlando ekster la Balta maro. Krome la nikel-mino tie povos esti grava por la militantaj landoj, precipe por Germanio, simile kiel la fer-minoj de la plej norda Svedio.

Dumlonge tamen okazas nenio ekscita. La soldatservado estas enua, plena de ekzercado ŝajne vana. Du el la oficiroj sendube estas anoj de Nasjonal Samling, la nazia partio de Vidkun Quisling, aŭ eble ili simpatias al Germanio pro alia kialo, kaj nun ili ne scias kiel teni sin al la pakto de neagreso inter Hitler kaj Stalin. Sed la plej multaj oficiroj evidente pli favoras Brition. Ili ĉiuj tamen tre malamas Sovetunion kaj ankaŭ la norvegajn komunistojn. Kaj Reidar plene konsentas kun ili. Hejme en Hønefoss li tute ne konas komunistojn, sed laŭdire ili ja ekzistas, precipe inter la laboristoj de la segejo. Li tamen asocias komunistojn plej multe kun la ĉefurbo, precipe kun ties malriĉaj orientaj kvartaloj kiel Grønland, Grünerløkka kaj Sinsen. Li esperas ke lia frato, studante en Oslo, zorge evitas tiujn obskurajn kvartalojn kaj ties loĝantojn.

De temp' al tempo li diskutas kun siaj amikoj inter la aliaj soldatoj pri la demando, kiuj estas plej suspektindaj pri perfido de la patrio, ĉu la komunistoj aŭ la nazioj. Bjørn, kiun li konas de la hejmurbo, opinias ke la komunistoj plej danĝeras.

"La anoj de NS ja defendas la nacion, tio aŭdeblas jam de la nomo."

Sed Per Olav el Bergen nur ridas pri tio.

"Ili ne estas naciaj sed naziaj. Se Hitler vokos ilin, la brakoj leviĝos aŭtomate kiel kacoj antaŭ nuda pimpulino."

Per Olav ĉiam sukcesas konduki la diskuton en seksan temon, kaj tio ne malfacilas en la pure vira medio. Lokajn knabinojn ili apenaŭ havas okazon amindumi. Sed tion li laŭdire ne bedaŭras.

"La fiŝistaj knabinoj ĉi-norde ja dumtage sentripigas moruojn ĝis ili odoras je fiŝo eĉ el la piĉoj", li diras.

"Kiam vi do tuŝis piĉon lastfoje?" kontraŭas Bjørn.

"Ne necesas tuŝi. Oni flaras ilin defore, kiam la jupoj flirtas en la vento."

Reidar trovas tiujn komentojn sufiĉe stultaj, sed li certe ne dirus tion, ĉar tio sendube vekus mokadon kontraŭ li. Li mem ŝatas en libera tempo viziti la centron kaj havenon de Kirkenes. Li eĉ trovas pli facile babili kun la knabinoj ĉi-regione ol hejme – almenaŭ kun tiuj, kiuj parolas ian norvegan dialekton kaj ne nur finnan aŭ samean. Ili ŝajnas al li pli liberaj kaj memstaraj ol la sudaj knabinoj. Sendube kelkaj el ili ja laboras en fiŝkonserva fabriko, sed tion li ne povas flari, eĉ ne en proksima distanco. Tamen li ne atingas pli multe kun ili ol amikajn interparolojn.

Cetere ili ĉiam estas tre abunde vestitaj kontraŭ la malvarmo kaj la norda vento el la Barenca maro, do apenaŭ eblas eĉ imagi, kiel ili aspektus sen vesto, por ne mencii kiel eventuale odorus iliaj intimaj partoj. Kaj eĉ se li mirakle spertus tion, li ne scius kun kio kompari ilin.

Kutima popola plezuro ĉi tie estas rigardi la alvenon kaj foriron de la ŝipoj, kiuj laŭiras la tutan marbordon ĝis Bergen. Jen la ĉefa komunikilo al la suda Norvegio kaj la cetera mondo. Do la homoj ŝatas saluti alvenantojn kaj mansvingi al forirantoj, eĉ se temas pri nekonatoj. Eble tiel ili sentas sin ne tute forgesitaj en ĉi tiu fora kaj izolita loko, pensas Reidar.

La 30-an de novembro la situacio draste ŝanĝiĝas. Sovetunio militatakas Finnlandon, laŭdire kun la celo akiri pli bonan protekton de Leningrado. Do la ĉefa tereno de atako estas plej sudoriente sur la Karelia istmo, sed baldaŭ oni atakas ankaŭ ĉi-norde apud la norvega landlimo. Post kelkaj semajnoj Reidar kaj liaj kolegoj povas propraorele aŭdi la sovetunian artilerion en distanco de kelkaj kilometroj. Komprenebleb ekde nun ili devas ege pli atente gardi, pretaj por ĉio. La rusoj baldaŭ konkeras la terstrion de Petsamo, sed poste la batalfronto ĉi-norde haltas kaj restas fiksita ĝis la komenco de marto. Atako kontraŭ Norvegio do ne okazas. Provizore Stalin respektas la norvegan neŭtralecon.

La vintra malvarmo intensiĝas en januaro, kiam la suno jam de pli ol monato plene forestas de ĉi tiu arkta regiono, dum buntaj nordlumoj kelkfoje anstataŭas ĝin surĉiele. Tiam la soldatservado de Reidar denove iĝas sufiĉe enua. Oni patrolas skie laŭlonge de la rivero Pasvikelva, kiu konsistigas la landlimon, por esplori, ĉu transrivere rimarkeblas iaj preparoj, aŭ eble por simple rimarkigi sian ĉeeston. Oni gardostaras ĉe la enirejoj de la fer-mino ĉe Bjørnevatn sude de Kirkenes por protekti ĝin kontraŭ spionoj, sabotistoj kaj aliaj malamikoj, kiuj tamen neniam montras sin. Kaj oni gardas la havenon de Kirkenes, la plej orienta urbo de Norvegio, situanta sur preskaŭ la sama longitudo kiel Leningrado kaj Kievo. Tie Per Olav havas novajn okazojn rekomenci sian gurdadon pri knabinoj – aŭ pli ĝuste pri tre limigita parto de ili.

"Oni facile distingas la inojn ĉi tie laŭ la odoro de la piĉo. Se ĝi fetoras je boaca fekaĵo ŝi estas laponino. Se putra moruo – norvega fiŝistino. Se fumo kaj fulgo – finnino. Kaj se nura malpuraĵo – rusa putino. Ne eblas erari."

"Ĉi tie ja ne loĝas rusoj", kontraŭas Reidar.

"Iam svarmis rusaj maristoj en Kirkenes, kaj ili venigis ĉi tien siajn putinojn. Mi ne surpriziĝus se iuj plu restas en la havenaj magazenoj. Sed mi ne emas elflari ilin."

Tamen ne facilas flari ion ajn, kiam la glacia vento el la poluso penetras tra la uniformo, kaj la vizaĝo rigidiĝas kiel kiraso. Necesas regule ekzameni la vizaĝon unu de la alia por trovi blankajn makulojn sur la haŭto de la vangostoj, nazloboj aŭ aliloke, kaj tiam surmeti nudan manon por malfrostigi ilin kaj reaperigi la naturan ruĝetan koloron de la haŭto.

Fine revenas la suno al ĉi tiu regiono, kvankam ankoraŭ nur por mallongaj vizitoj tagmeze, tuj super la suda horizonto. La vintro plu daŭros sufiĉe longe. Kiam la milito inter Sovetunio kaj Finnlando finiĝas per la packontrakto de Moskvo, revenas trankvilo al Reidar kaj la aliaj norvegaj soldatoj en la nordo. Finnlando ja devas cedi vastan teritorion de Karelio, pli vastan ol la rusoj origine postulis. Sed ĉi-norde oni devas cedi nur etan areon sur la Fiŝista duoninsulo. Kvankam la rusoj konkeris la regionon de Petsamo, ili nun forlasas ĝin, kaj ĝi restas parto de Finnlando. Do ne plu necesas patroli same intense kiel antaŭe laŭ la limrivero, timante atakon de la rusoj.

Kiam ĉi tio klaras, parto de la norvegaj soldatoj estas malmobilizitaj. Reidar kaj Bjørn reiras la longan vojon hejmen post kvin monatoj en la plej nordorienta angulo de la lando. Per la ŝipo "Princino Ragnhild" kaj per trajno de Trondheim ili en kvar tagoj atingas la sudon. En Hønefoss li jam sentas la komencon de printempo, kaj la estonteco ŝajnas sufiĉe hela. Ĉirkaŭe la mondmilito ja daŭras, kvankam sen gravaj konfrontoj, almenaŭ surtere. La granda norvega komerca floto tamen suferas pro ŝipoj torpeditaj de germanaj submarŝipoj, kaj multaj maristoj jam perdis siajn vivojn. Sed Hønefoss estas enlanda urbeto en terkultura regiono sen haveno, kaj Reidar ne multe atentas tion, kio okazas sur la maro, nek sub ties surfaco.

Do li ĝuas la liberecon, li ĝojas reveni hejmen en pli agrablan klimaton, kaj li aprezas sian novan staton de pli sperta persono, jam pli-malpli viro. Li renkontas konatojn kaj rakontas pri sia tempo en la nordo, pri la proksimeco de la sovetia armeo kaj la sono de ties kanonado. Li klopodas iom dramigi la rakontojn, ĉar li efektive trovis la servadon tro seneventa, sed li baldaŭ rimarkas ke tio imponas al preskaŭ neniu.

"Mi tediĝas de ĉiuj raportoj pri la milito", diras lia eksa samklasano Helge, kiu ankoraŭ ne estis vokita al soldatservo. "Norvegio ĉiuokaze restos neŭtrala, do ne indas ekscitiĝi."

"Tio tute ne estas certa", kontraŭas Reidar. "Necesas esti preta por ĉio. Mi fidas nek rusojn nek germanojn."

"Por kio ili do bezonus nian landon? Ĝi estas tro periferia por gravi al ili."

Li eĉ renkontas sian iaman amikinon Marianne, kiu denove montras interesiĝon pri li, sed li nun trovas ŝin tro infaneca. Entute la urbetaninoj ne plu logas lin. Li komencas imagi translogiĝon al Oslo, se li nur povus trovi laboron tie. Aŭ kial ne pli foren? Eble eĉ al Kopenhago?

Tamen la milito proksimiĝas. Laŭ onidiroj Britio volas mini partojn de la okcidenta marbordo de Norvegio por peli la ŝipojn, kiuj transportas svedan feron de Narvik al Germanio, sur internacian akvon, kie la britoj povus ataki ilin. Kaj nur nun Reidar ekaŭdas pri la incidento en Jøssingfjord ĉe la plej suda marbordo, kie britaj militŝipoj en februaro kaptis la germanan ŝipon Altmark kaj liberigis el ĝi tricent britajn maristojn el germana kaptiteco. Ĉio okazis sur norvega akvo, kies neŭtralecon respektis neniu el la du militantaj ŝtatoj.

Cetere, laŭ aliaj onidiroj, dum daŭris la milito en Finnlando la britoj volis eĉ okupi la nordajn Norvegion kaj Svedion, oficiale por milite subteni la finnlandanojn kontraŭ Sovetunio, sed reale por haltigi la svedan eksporton de fero al la germana militindustrio. Sed post la packontrakto de Moskvo tiu plano perdis sian aktualecon.

Do, Reidar rekomencas deĵori en la farbobutiko de la familio kaj unue skiadas, poste kuradas sur la arbaraj padoj, revante pri foraj urbegoj. Dume la hejma urbeto zumas pro onidiroj kiel vera abelujo. Sed la naŭan de aprilo ĉiuj spekulativoj ĉesas. La mondmilito venas al la paca Norvegio.

Sepa ĉapitro. Brava soldato Ŝvejk.

Ture, Stokholmo 1940

Li eniras en la etan librejon ĉe Västerlånggatan en la Malnova urbo kaj atendas, ĝis la antaŭa kliento eliras. Tiam li paŝas antaŭen ĝis la vendotablo, elpoŝigas la bildkarton ricevitan de kamarado Sandberg kaj montras ĝin al la butikisto kun la ŝlosilaj vortoj:

"Mi scivolas, ĉu aĉeteblas pli da similaj kartoj."

La grizhara, iomete ĝiba butikisto mallevas la okulvitrojn el la frunto por ekzameni la karton, sur kiu videblas la renesanca kastelo Gripsholm. Poste li senvorte kapjesas kaj montras al Ture kiel eniri malantaŭ la vendotablon kaj plu tra pordo en la fona muro. Kiam Ture trairis, la butikisto fermas la pordon malantaŭ li, mem restante en la butika lokalo.

La ĉambro estas malvasta. Helflavaj kurtenoj antaŭ eta fenestro al la postkorto enlasas sufiĉan taglumon. En fotelo sidas viro eble kvindekjara, kalva, kun rondeta ventro. Ture montras ankaŭ al li la bildkarton, ripetante sian frazon.

La viro rigardas ĝin zorge, poste li ekzamenas la figuron kaj vizaĝon de Ture.

"Saluton, kamarado", li diras ruse, kaj poste ion, kio verŝajne signifas "bonvolu sidiĝi".

"Saluton. Pardonu, mi tre malmulte..."

"Nu, do ni parolu en sveda", diras la viro kun akĉento mola kaj iom melankolia, kiu iel kontrastas kontraŭ lia strikta sinteno. "Espereble vi tamen scias legi kaj skribi rusajn literojn?"

"Jes, certe."

La viro gestas invite al la dua seĝo, kaj Ture sidiĝas.

"Nu, jen", diras la ruso. "Vi estas tipografo?"

"Jes."

"Bone. Tipografoj lertas pri literoj. Diru, kamarado, ĉu vi posedas kelkajn librojn?"

Ture iom konfuziĝas.

"Jes", li diras hezite.

La ruso levas tekon kaj elprenas libron, kiun li transdonas al Ture.

"Jen. Metu sur breton, inter viajn librojn."

Ture literumas "Ŝvejk" kaj la aŭtoran nomon "Haŝek".

"Jen ĉeĥa libro sed en rusa lingvo. Brava soldato Ŝvejk. Nun rigardu ĉi tion."

Li elpoŝigas slipon kun serio da kvinciferaj nombroj, kiun li metas sur la tablon antaŭ Ture.

"Mi klarigos metodon. Aŭskultu bone. Unue kiel malĉifri. Poste vi ankaŭ ĉifros, same sed inverse."

Ture kapjesas. La ruso rigardas lin intense kaj poste fingromontras al la unu el la nombroj, la antaŭlasta.

"Rigardu. Jen via ŝlosilo. 82145."

Li prenas la libron, malfermas ĝin kaj foliumas.

"Jen paĝo okdekdua, linio dekkvara, vorto kvina. Legu."

Li montras per flaveta fingro. Eble li multe fumas, pensas Ture, dum li rigardas kaj voĉe literumas la rusajn vortojn: "malliberejoj. Soldata cenzuro sendadis" – poste li levas la rigardon. Li ne certas kiel akcenti la vortojn, sed la ruso kapjesas.

"Bone. Nun prenu paperon."

Li surtabligas blankan slipon.

"Skribu supre ciferojn naŭ ok sep kaj tiel plu ĝis nul. Sube maldekstre unu du tri kvar. Ne, tiel ne. De supre suben."

Ture skribas laŭ la indikoj.

"Poste metu literojn de frazo. Ĉiun literon po unufoje. M A L I B E R J O S. Jen unua linio. Sur duan trian kvaran metu ĉiujn restantajn literojn en alfabeta ordo. Ĉu mi skribu rusan alfabeton, aŭ vi konas perfekte?"

"Mi memoras."

Dum li skribas la literojn sub la nombroj, li por momento revenas en la provizoran tranĉeon antaŭ Gandesa, kie la faŝista artilerio senĉese pafis kontraŭ la brigadanoj. Tie li kutimis senvoĉe ripeti al si la rusan alfabeton inter la eksplodoj. "A be ve ge de" kaj tiel plu. Se li sukcesis trairi la tuton ĝis "ja" antaŭ la sekva krakego, tio estis bona signo. Li ja konsciis ke tio estas stultaĵo. Komunisto devus ne fordoni sin al tia religieca mistiko. Sed li bezonis ian riton por mastri la angoron.

"Tiel", li diras, pleniginte la tabelon ĝis la litero "ja".

"Bone. Jen via ŝlosilo. Nur por ĉi tiu fojo. Poste bruligu. Ĉiufoje – nova ŝlosilo. Sed nun dua ŝtupo. Jen rigardu."

Li montras al alia kvincifera nombro, la tria en la vico.

"Jen por surĉifrado. 38046. Serĉu kaj legu."

Ture foliumas en la libro kaj trovas la ĝustan lokon: "lakto kaj bulkon. La bulko estis jam distranĉita".

"Bone. Jen ĉifru tiun frazon per via ŝlosilo, tiel longe kiel ricevita mesaĝo. Skribu tiujn nombrojn sub ricevita mesaĝo."

Ture serĉas en la ŝlosila tabelo. Do L fariĝas 17, A 18, K 20, T 36 kaj tiel plu. La ĉifrado postulas iom da tempo, ĉar li bezonos same multajn nombrojn kiel la vico da ciferoj, kiujn li poste malĉifros. Kiam li havas sufiĉe, la ruso haltigas lin.

"Nun subtrahu. Jen, du minus unu faras unu, nul minus sep faras tri, ĉar devas aldoni dek, se negativa. Denove du minus unu faras unu. Daŭrigu."

Ture skribas, jam sufiĉe konfuzita.

"Jen serĉu tiujn nombrojn duope en via ŝlosilo."

Ture serĉas. 13 estas R, 18 A, 38 P, 10 O kaj tiel plu. R A P O R T U K I O M D A T R A J N O J P A S A S T R A... Fariĝas longa vico da literoj, en kiu li rekonas vorton nur jen kaj jen.

"Mankas spacetoj, kaj mi ne komprenas ĉion", li diras.

"Ne necesas. Kopiu malĉifritan tekston sur novan slipon, metu en koverton, surskribu Al Viktor Persson, portu ĉi tien, deponu ĉe butikisto. Bruligu ĉiujn aliajn paperojn, starigu libron sur breton inter viajn proprajn librojn."

Ture kapjesas. Sed ĉu li memoros ĉiujn ŝtupojn en la procedo?

"Vi ricevos mesaĝojn en vian hejmon. Unue por malĉifri. Poste por ĉifri. Same sed inverse. Tiam vi mem serĉu lokojn en libro, unuan por ŝlosilo, duan por surĉifrado, kiun vi adicios. Se sumo pli ol naŭ, forigu dekon. Aldonu indikon pri elektitaj en libro lokoj, antaŭlasta kaj tria nombroj. Ĉiufoje novajn lokojn en libro. Neniam saman ŝlosilon dufoje. Ĉu vi komprenas?"

Li denove kapjesas kaj ripetas al si la ŝtupojn enpense. Fakte estas logika sistemo en ili, do li sendube memoros.

"Ni ne plu renkontiĝos, kamarado", diras la ruso. "Fakte ni neniam renkontiĝis. Ĉu vi komprenas?"

"Certe."

"Se io ŝanĝiĝos, vi ricevos mesaĝon."

"Mi komprenas."

"Do, mi dankas vin, kamarado."

Ture stariĝas, faras plumpan kapsaluton kaj eliras. La butikisto ŝajnigas ne vidi lin, kiam li preterpasas kaj eliras sur la straton, kie promenas ordinaraj urbanoj, kiuj scias nenion pri la gravaj aferoj okazantaj nevidate. La klasbatalo en monda skalo. Sendube ili estas plene okupataj de siaj ĉiutagaj problemetoj: la manko de bananoj kaj vera kafo, la foresto de la koramiko, la neceso ripari denove truitan pneŭon de la biciklo, la malfacilo trovi vere belan robon por la baldaŭa Somermeza festo. Ili pensas ke eblas resti neŭtrala kaj ke tia neŭtraleco estas bona.

Li iras ĉiutage per la tramo numero 16 al Slussen, kaj de tie plu per la urbocentraj linioj 3 aŭ 9 al la presejo de Social-Demokraten, la ĉefa organo de la reformistoj. En la antaŭurba tramo li plej ofte trovas sidlokon, ĉar liaj laborhoroj estas tute aliaj ol tiuj de la granda amaso da urbanoj. Dum la tramo klaktintante ruliĝas el Aspudden, tra Liljeholmen, surponte trans la golfon kaj plu en la Sudan kvartalon, li cerbumas pri la grava tasko, kiun li sekrete plenumos, kaj ĉu li ion komprenos el la mesaĝoj.

Ĉiuokaze li esperas ke ĉio prosperos pli bone ol la sabota grupo, kun kiu li havis kontakton en Luleå. La norvega gvidanto Martin Hjelmen estis kondamnita nur je ok monatoj kaj duono en malliberejo pro uzado de falsa identigilo – jen la sola krimo, kiun oni sukcesis pruvi. Sed du lokaj grupanoj en Luleå ricevis pli longajn punojn. Pli grava bato tamen estas ke la ĉefa gvidanto de la tuta internacia reto, la germana komunisto Ernst Wollweber, ĵus estis arestita de svedaj militistoj en Ottebol ĉe la fervojo al Oslo. Nun li estas enfermita en la malliberejo de Härnösand post juĝproceso, kiu ial estis publika. Jen kial Ture povis legi raportojn pri ĝi en la kompostejo. Aliaj procesoj pri spionado male okazis trans fermitaj pordoj, sed ĉi-okaze oni eble volis montri al ĉiuj ke la sveda justico efikas. Nun Germanio postulas ekstradicion, sed ĉar Wollweber akiris civitanecon ankaŭ de Sovetunio, la svedaj instancoj asertas sian neŭtralecon, konservante lin en ĉi-landa malliberejo.

Reveturante per unu el la lastaj tramoj de la nokto, Ture scivolas, ĉu en lia leterkesto kuŝos io, kion li devos malĉifri. Tial li surpriziĝas, kiam unu dimanĉon nekonata viro frapetas sur lia pordo kaj mane transdonas koverton kun ĉifra mesaĝo. Dum momento li eĉ konsideras, ĉu tio povas esti provoko de la Sekureca Servo. Kvankam la ruso ne klarigis tion eksplicite, li supozis ke li neniam vidos la personon, kiu lasos la mesaĝojn.

"Bone, envenu. Ĉu kafon? Aŭ malpezan bieron?"

"Volonte bieron, se vi havas."

Li estas iom pli aĝa ol Ture, aŭ eble nur pli trivita, kun sunbrunigita vizaĝo, barbostoploj kaj fadenmontra jako. Li sidiĝas ĉe la kuirejan tablon, ekbruligas cigaredon kaj proponas unu al Ture.

"Mi estas Manner", li diras kaj elblovas fumon.

Ture rigardas lin esplore, dum li fumas, penseme elblovante fumringojn, kiuj malrapide dissolviĝas sub la plafono.

"Bone, mi estas Ture Haglund, kiel vi jam scias. Sed mi supozis ke ni ne renkontiĝos. Pro sekureco."

"Mi scias. Sed ĉu gravas, damne? Tio ĝenos neniun."

"Eble", murmuras Ture kaj surtabligas du botelojn da biero.

Manner faras gajan mienon kaj trinkas elbotele.

"Dankon", li diras, remetante la botelon surtablen.

"Ne dankinde."

"Estos interese vidi, kiel vi faros tiun malĉifradon", daŭrigas Manner. "Mi mem nur aŭskultas la signalojn kun la nombroj. Aŭ sendas ilin, klakante per la morsa klavo, ne sciante, kion mi klavas. Tio estas iom enua."

Ture trinkas el sia biero kaj viŝas la buŝon, pripensante kiel sinteni al ĉi tiu kamarado.

"Mi pensas ke estas preferinde ke ĉiu konu nur sian propran parton. Laŭ mi ni devus eĉ ne rekoni unu la alian."

La viro kiu sin nomas Manner ekridas, stumpigas la cigaredon kaj malplenigas sian botelon.

"Ĉu vi timas liki aferojn dum torturo?" li poste diras kun oblikva rideto.

"Kial ne? Se Svedio estos okupita, tio ja povos okazi. Eble ni ĉiuj devos kaŝiĝi aŭ forkuri. Sed kien rifuĝi? Ne plu facilos atingi Sovetunion."

Ture ne mencias, kiu lando do atakus kaj okupus Svedion. Ne necesas diskuti la pakton de neagreso, nek la britan imperiismon. Do li rigardas la alian en silento, eltrinkante sian bieron.

"Cetere ankaŭ mia tasko sendube estos sufiĉe enua", li aldonas. "Kaj mi komprenos malmulte el la mesaĝoj."

"Kial do?"

"Ili estos en la rusa, kiun mi scias nur iomete."

"Ha, pri tio mi eĉ ne pensis. Mi nur aŭskultas kaj klavas nombrojn per la morsa kodo. Kaj necesas rapidi por eviti ke la Sekureca Servo biros la sendilon. Ili uzas porteblajn radiobirilojn."

"Do, espereble via radiosendilo estas bone kaŝita."

Manner kapjesas memkontente.

"Certe. Jam delonge, ĉar oni jam frue post la militkomenco konfiskis ĉiujn privatajn kurtondajn sendilojn. Bonŝance la licenco estis de alia persono, do per tiu oni ne trovos ĝin. Mi servis kiel telegrafisto en ŝipoj, do mi estas sperta pianisto, kiu bone regas la ludadon."

Ture mienas nekomprene, do li aldonas:

"Jen kiel la rusoj nomas tion. Kaj mi estas vera Count Basie ĉe la morsa klavo. Nu, ĉiuokaze la radiosendilo troviĝas ne en mia propra loĝejo sed ĉe najbaro. Ni enkonstruis ĝin en fotelo, do la sekureculoj povos eĉ sidi sur ĝi, se ili venos vizite."

Li ridas gaje.

Ture pripensas liajn vortojn. Verŝajne tiu Manner plenumas la plej danĝeran parton de la afero. Tial estas malagrable ke li tiel babilemas kaj konas la nomon kaj adreson de Ture. Kaj ke li eĉ implikis iun el siaj najbaroj en la agadon. Tio ŝajnas malfortaj punktoj en la organizo. Sendube indus aranĝi tion pli sekure. Evidente la ruso estas pli bone protektata, kaj eble li eĉ havas diplomatan imunecon. Nu, jam tro malfruas por ŝanĝi ion.

Manner faras pluan provon daŭrigi la interparolon, sed Ture ne plu ŝatas babili kun li, nek volas montri sian malĉifradon. Do ili baldaŭ disiĝas. Ture malfermas la koverton, metas la slipon kun nombroj sur la tablon kaj iras alporti la libron pri Ŝvejk. Poste dum horo li profundiĝas en la iom komplikan procedon de malĉifrado. Fine la teksto sen interspacoj pretas. Li rekonas tre malmulte da vortoj en ĝi, krom "kie", "kiam" kaj "kiom". Jes ja, jen aperas io pri artilerio. Sendube oni petas informojn pri lokoj kaj kvantoj de la sveda artilerio. Aŭ ĉu de la germana? Sed tiu ja ankoraŭ ne troviĝas en Svedio, bonŝance. Ĉu la rusoj esperas ekscii ion pri venonta germana atako, malgraŭ la pakto de neagreso? Finfine ja estas neeviteble ke iam okazos granda konfrontiĝo inter la ĉefaj potencoj de faŝismo kaj socialismo. Li tamen ne povas imagi ke la germanoj antaŭanoncus ĝin al la svedoj, krom se ankaŭ Svedio kaj Finnlando pretus batali kun Germanio kontraŭ Sovetunio. Se jes, lia tasko estus gravega kaj povus fariĝi vivnecesa por la ŝtato de la proletaro.

Li ĉesas serĉi ion kompreneblan. Rusan vortaron li ne havas, kaj cetere tio ne estas lia afero. Do li enkovertigas la slipon, bruligas la aliajn kaj remetas la libron sur la breton inter Lenin kaj Jack London.

Lunde li lasas la koverton en la librobutiko ĉe Västerlånggatan. Restas du horoj ĝis la komenco de lia deĵoro en la kompostejo, do li iras por trinki kafosurogaton en Norma ĉe Sveavägen. Ekzistas kelnerino tie, kiu plaĉas al li. Bedaŭrinde li devos labori, kiam fermiĝos la restoracio kaj finiĝos ŝia deĵoro. Kun siaj haroj preskaŭ nigraj ŝi memorigas al li kelkajn el la hispaninoj, kiujn li konis antaŭ du-tri jaroj.

Dum li sidas ĉe la kutima tablo kun sia taso da kafosurogato, nur duone aŭskultante la diskutadon de la samtablanoj, li meditas pri la inoj, kiujn li konis en sia vivo. Li ne intimiĝis kun granda amaso, sed ja kun kelkaj, kaj ĉiam estis pli facile komenci rilaton ol konservi ĝin. Kio efektive estis la hoko en la ezoko kun Saara? Ŝi neniam diris tute klare, kion ŝi postulas de li, aŭ eĉ nur kion ŝi atendas. Verŝajne ŝi esperis ke li mem komprenu tion. Ĉu ĉiutagan kunvivadon? Infanon? Pli komfortan vivon kiel edzino kaj dommastrino? Li ne scias. Eble ĉion ĉi, aŭ ion tute alian. Eble pli fortan dediĉon de lia flanko.

Pri Sigrid la afero estis pli evidenta. Ŝi kompreneble aspiris edziniĝon kaj familian kunvivadon. Li plenumu sian respondecon kaj rolon, estante la patro de Jan-Olof. Sed ŝi almenaŭ komprenis ke li ne konvenas en tia rolo kaj do akceptis mem zorgi pri la filo, kiel multaj aliaj virinoj, kiuj estas vidvinoj aŭ solaj patrinoj. Cetere la avino bone vartas la knabon, kaj Ture pagas kiom li devas en alimento. Li ne scias kion fari por la knabo krom tio. Ĉu eduki lin? Li dubas, ĉu tio eblus. Esence li pensas ke ĉiu proleto devas eduki sin mem, kiel faris li.

Li decidas forgesi la virinojn de sia pasinteco. Antaŭ kelkaj tagoj la beleta malhelhara kelnerino ekparolis kun li ĉe la tablo. Kaj nun ŝi postenas ĉe la kafokruĉo sur la bufedo. Do, kiam lia kafotaso malplenas, li iras replenigi ĝin, kvankam la rostitaj cikorio kaj sekalo, aŭ kion ajn oni miksis en tiun diablaĵon, jam staras al li en la gorĝo.

"Ĉu vi ŝatas labori ĉi tie?" li komencas iom abrupte.

Ŝi rigardas lin surprizite sed kun rapida rideto.

"Estas en ordo."

"Ĉu ne estas ĝenaj gastoj en la vesperoj?"

Ŝi denove ridetas.

"Ne tro. Ĉiuokaze mi ne toleras friponaĵojn."

"Bone. Bedaŭrinde mi mem laboras en la vesperoj, kiel mi jam diris. Eble vi memoras ke mi estas tipografo en ĵurnalo."

"Jes, certe mi memoras."

"Ĉu mi povus renkonti vin morgaŭ antaŭ via deĵoro? Mi nomiĝas Ture."

Ŝi rigardas lin pli ekzamene. Ne eblas vidi, kion ŝi pensas.

"Por fari kion?"

"Nu, ĉu vi ŝatus promeni?" li diras. "Aŭ iri en matinean kinejon?"

"Morgaŭ mi laboros ekde la tagmezo."

"Kaj merkrede?"

"Ĝi estas mia libera tago."

"Perfekte!"

Tiel li do atingas rendevuon kaj eĉ ekscias ke ŝi nomiĝas Gullvi. Ŝajne ŝi ne tro malŝatis lian plumpan manieron alparoli ŝin. Cetere, flatoj kaj komplezoj en la amindumado estus nur burĝa hipokrito. Dum la du tagoj ĝis la interkonsentita tempo li tamen sentas stultan eksciton, kvazaŭ li estus adoleskulo kaj ne tridekjara matura viro.

Ŝi elektas kinomatineon, kiu montras la muzikfilmon "La sorĉisto de Oz", kaj li akceptas, ne sciante pri kio temas. Komence li trovas ĝin stultega kaj infaneca, sed ŝiaj reagoj amuzas lin. Ŝi ridegas, ploretas, premas lian brakon, kaj kiam li metas ĝin ĉirkaŭ ŝian talion, ŝi premas sian korpon al lia flanko. Kiam la filmo subite fariĝas kolora, ŝi anhelas preskaŭ volupte pro miro. Entute estas ĉarma kineja vizito, pli multe dank' al ŝi ol al la filmo. Tamen ankaŭ por li ja estis interese unuafoje spekti filmon en koloroj. Li antaŭe eĉ ne sciis ke tio eblas.

Poste ili promenas laŭ la kajo de Strandvägen, antaŭ la fasadoj de riĉulaj domoj. Li jam denove ĝuas promeni, kaj lia lamado ŝajne ne ĝenas ŝin. Paŝante ĉe lia flanko ŝi babilas pri la filmo kaj ties mirinda fabela mondo.

"Mi ne povis legi ĉion el la subtekstoj", ŝi konfesas. "Sed tio ne gravis. Estis tiel belaj kantoj kaj amuzaj estaĵoj. Ĉu ĝi ne plaĉis al vi?"

"Nu, ja estis interese spekti filmon en koloroj. Tamen iom da realo ne malutilus."

"Sed tio estis fabelo, ĉu ne?"

Ĉe la fino de la kajo ili turnas sin kaj promenas plu en la mala direkto, dum malforta vento alportas freŝan aromon de la maro kaj grizaj mevoj kriĉas ŝvebante super la akvo. Reveninte al Nybroplan ili manĝas en la restoracio Blua Birdo, kiu estas pli altklasa ol Norma. Kaj post tio...

"Ni povus iri hejmen al mi", li diras hezite. "Sed vespere mi devos labori, kaj la tramveturo postulos eble kvardek minutojn de ĉi tie. Unudirekte."

Li konscias ke tio ne sonas tre invite, sed li supozas ke ŝi ĉiuokaze ne akompanus lin hejmen jam en la unua rendevuo.

"Pli bone iri al mia ĉambro. Astrid, la alia knabino, nun dejoras. Kaj mi loĝas en Siberio. Tio estas pli proksime. La tramo numero ses iras la rektan vojon tien."

Li ekridas konsternite. Parte ĉar ŝi senhezite invitas lin al sia hejmo kaj parte pro tiu Siberio. Ĉu ŝi mokas lin, ĉar li estas komunisto? Homoj ofte mencias Siberion, aludante la grandan purigadon de Stalin.

"Kia ŝerco estas tio? Ĉu tramo al Siberio?"

"Ĉu vi ne konas? Tio estas kvartalo plej norde en la urbo."

"Ha, mi ne sciis. Mi ekloĝis en Stokholmo antaŭ nur kelkaj semajnoj."

"Kaj mi antaŭ duonjaro. Ĉu vi venos?"

Kompreneble li venas. Ili tramas al Roslagsgatan kaj paŝas silente supren laŭ la ŝtuparo.

"Ŝŝŝ", ŝi flustras. "Ni ne rajtas inviti virojn."

Dirinte tion ŝi subridas, malŝlosas la pordon kaj kondukas lin enen. Unue en la ĉambron, kaj baldaŭ poste ankoraŭ pluen.

Enpense li malbenas sian mankon de plano. Li devus ja ĉiam porti paketon da kondomoj enpoŝe, des pli nun, kiam de du jaroj oni jam vendas ilin laŭleĝe, kaj ne plu necesas aĉeti ilin de la plej strangaj kaŝaj perantoj.

"Mi ne havas..." li murmuras. "Sed mi estos singarda."

"Ne necesas. Vi ne povos gravedigi min."

Baldaŭ sekvas pluaj rendevuoj, en kinejoj kaj aliloke. Li timas ke ŝi volos spekti la furoran "Foriĝis en la vento", kiu laŭdire daŭras duonon de tago. Sed ĝi ŝajne ne logas ŝin.

"Mi ne ŝatas, kiam oni devas legi tiel multe da subtekstoj", ŝi diras. "Ofte mi sukcesas legi nur la duonon, antaŭ ol aperas nova teksto."

Anstataŭe ili do spektas novan svedan komedion kun la dika skaniano Edvard Persson, kiu aktoras gajan gastejestron. Ture trovas la filmon stulta sed ĝuas la amuziĝon de Gullvi. Denove ŝi ridas laŭte pro la multaj ŝercoj, kaj ĉe la fino ŝi ploras kortuŝite pro la familia idilio. Poste li invitas ŝin al sia hejmo, do ili veturas kune per la tramo al Aspudden. Li eĉ komencas konsideri, ĉu li proponu al ŝi forlasi sian siberian ĉambron kaj la samĉambraninon Astrid por ekloĝi ĉe li. Tamen li prokrastas tion, interalie ĉar tio povus kompliki lian sekretan taskon. Cetere ŝi eble ne ŝatus loĝi tiel malproksime de sia laborejo. Precipe kiam ŝi deĵoras malfrue vespere, la vojaĝo hejmen estus iom malagrabla por ŝi. Kaj ankaŭ li ja maltrankvilus pro ŝi. Li ankoraŭ ne tute alkutimiĝis al la vivo en la urbego, kie verŝajne svarmas friponoj pli amase ol en la nordaj urbetoj.

De temp' al tempo li provas postkoite paroli kun ŝi pri politiko kaj la milito. Sed ŝi ne ŝatas tiujn temojn. Ili ja dividas la malamon kaj timon al la germanaj nazioj, sed pri klasbatalo kaj socialismo ŝi plene fajfas.

"Mi diris al Astrid ke vi estas komunisto", ŝi rakontas ridante. "Tio ŝokis ŝin. Ŝi diris ke la komunistoj estas rusaj agentoj."

Tiam ankaŭ li ridas pro la stulteco de ŝia amikino. Kiam li mencias sian tempon en la internaciaj brigadoj, ŝi konsterniĝas.

"Kial vi volis iri tien? Kion la hispanoj do signifas al vi? Vi ja povus morti tie, kiam oni trafis vian kruron!"

"Necesas solidareco inter la laboristoj de ĉiuj landoj. Tie ni kune batalis kontraŭ la faŝistoj, kaj baldaŭ ni devos fari la samon ĉi tie."

Sed faŝistojn ŝi tute ne konas.

"Kiuj do estas tiuj faŝistoj? Ĉu Stalin kaj la rusoj?"

Li suspiras kaj ekridas amare. Damne, kia senscieco!

"La nazioj estas faŝistoj. Same Franco en Hispanio kaj Mussolini en Italio. Ĉu vi scias entute nenion? Stalin protektos nin kontraŭ tiuj fiuloj."

Ŝi levas la ŝultrojn, kuŝante apud li en la mallarĝa lito, kaj ŝajne ne plu volas aŭskulti lin. Do li ĉesas paroli kaj rekomencas karesi ŝin.

"Kiel povas esti ke vi ne povas gravediĝi?"

Ŝi mordetas lian orelon kaj pluiras suben sen respondi.

"Mi rakontos iam poste", ŝi malklare murmuras ĉe lia cico.

Tiam dum momento ankaŭ li ĉesas politikumi.

En alia tago ŝi akceptas tranokti ĉe li. Post sia malfruvespera deĵoro ŝi venas al lia laborejo por atendi lin, kaj kiam oni ekpresas la ĵurnalon kaj lia tasko finiĝis, ili kune tramas al Aspudden kaj lia loĝejo. Ili ambaŭ estas lacaj post la laboro kaj seksumas iom rutine kvazaŭ delongaj geedzoj. Poste li ripetas sian demandon en la mallumo de la lito, dum ŝi preskaŭ jam dormas.

"Nun diru finfine, kial vi ne povas gravediĝi."

Ŝi turnas sin al li kaj kaŝas la vizaĝon ĉe lia brusto.

"Ĉu vi malfidas min? Mi ne donos al vi infanon."

"Tute ne. Sed kio do mankas al vi?"

"Oni tranĉis min", ŝi diras al lia haŭto kaj brustharoj.

"Kion? Kiel oni tranĉis?"

Ŝi silentas.

"Kion vi volas diri?" li insistas.

"Operaciis. Por ke mi ne gravediĝu."

Nun silentas li. Fakte li jam aŭdis ke edzinoj kun amaso da infanoj vane petas tian operacion por eviti ankoraŭ pli da idoj. Sed Gullvi ja estas juna knabino seninfana. Nu, li almenaŭ supozas ke ŝi ne havas infanon. Ĉu temas pri ia hereda malsano? Li ne volas demandi pri tio.

Ankaŭ ŝi ne diras pli multe.

"Kial do?" li fine diras.

Ŝi balancas la kapon ĉe lia brusto.

"Mi ne scias. Eble ĉar mi estas vaganto", ŝi diras malrapide. "Oni ne volas ke naskiĝu pli da vagantoj. Laŭdire ni estas malbonaj homoj, kiuj jam havas tro da infanoj."

"Damne! Kia brutaĵo!"

Ŝi ne respondas. Li pripensas ŝiajn vortojn dum kelka tempo kaj ŝatus ekscii pli multe, sed li ne scias kiel demandi. Kiu do ne deziras pli da vagantoj? Tio ja sonas kiel rasa ideo de nazioj. Sed laŭ ŝia spirado ŝi eble jam endormiĝis. Cetere ankaŭ li tre dormemas, do li prokrastas la aferon al alia okazo. Li ne trovas ŝin malbona homo. Certe ja malbone edukita, sed en si mem absolute sufiĉe bona. Kaj evidente ano de la proletaro, eĉ se ŝi ne konscias tion. Kompreneble estas oportune ke ŝi ne naskos al li duan idon. Dua alimento povus esti peza ŝarĝo sur lia ekonomio. Tamen estas skandalo ke oni traktis ŝin tiel. Jen la fieco de nuda kapitalismo! Iu devus skribi gazetartikolon pri tio. Li mem ne kapablus fari tion, kvankam li iam ja verkis noticojn pri misaj spertoj en la arbara laboro. Cetere li ne certas ke eĉ la Flamo aŭ

Nova Tago interesiĝus pri la temo. Oni eble opinius ke tio estas problemo de la ĉifonproletaro, kiu rolas kontraŭrevolucie.

Li havis planon en septembro unue mem voĉdoni en la parlamentaj elektoj kaj poste iri kun Gullvi al ŝia balotejo kaj eble rekomendi al ŝi kiel voĉdoni. Sed rezultas nenio el tio. Ĉar ili ambaŭ estas novaj en la ĉefurbo, ili devus vojaĝi tien, kie ili estis registritaj la unuan de novembro de la antaŭa jaro. Li tiam loĝis en Boden, ŝi en Gävle.

"Mi neniam reiros al tiu urbaĉo", ŝi diras. "Kaj precipe ne por meti paperon en ian ujon. Ĉiuokaze la germanoj decidas, kion nia registaro rajtas kaj devas fari."

Li ne povas kontesti tiun politikan analizon. Ĵus la germanoj devigis la policestron kaj la guberniestron de Stokholmo malpermesi al la fama revua artisto Karl Gerhard kanti sian popularan kanton "La fifama ĉevalo de Trojo", en kiu li sprite mokis la naziojn, Hitleron kaj la kvislingojn. Ture mem ne spektis la revuon, sed oni babilas pri la afero en la tuta ĉefurbo, kantante tiujn pecojn el la longa teksto, kiujn oni povis enmemorigi:

> Jen la fifama ĉevalo de Trojo
> modernigita al kvina kolon',
> majoro Quisling pro la paranojo
> papagas ĉion laŭ alta ordon'.

Por Ture mem necesus preskaŭ milkilometra vojaĝo por povi voĉdoni. Efektive, tiom la afero ne gravas. La reala politiko ĉiuokaze estas farata aliloke ol en la parlamento, li pensas. Sur la batalkampoj de Eŭropo kaj la cetera mondo. Kaj ĉe lia hejma tablo, kiam li ĉifras kaj malĉifras la nekomprenatajn mesaĝojn.

Li legis ke oni lastatempe proponis permesi voĉdonadon ankaŭ en poŝtoficejoj dum kelka tempo antaŭ la elektotago, almenaŭ por homoj, kiuj ne povas atingi sian ordinaran balotejon. Sed ankoraŭ tio ne eblas.

Kvankam li mem do ne povis voĉdoni en la ĉi-jaraj parlamentaj elektoj, li ja studas la rezulton kun intereso. La socialdemokrata partio ricevas 54 procentojn de la voĉoj, kio estas rekordo. Sed tiu propra plimulto ne estas utiligata por sola regado, ĉar la militempa koalicio de ĉiuj partioj krom la komunista restas kiel registaro. Kun siaj preskaŭ kvar procentoj la komunista partio konservas proksimume la saman popolan subtenon kiel antaŭe sed perdas du el siaj kvin parlamentanoj. La tiel nomata Socialisma partio origine konsistanta el tiuj komunistoj, kiuj ne akceptis subordiĝi al Komintern, nun tute kolapsis en nazian sekton preskaŭ sen simpatiantoj, kaj ĝi perdis ĉiujn siajn ses parlamentanojn. Kaj ankaŭ la aliaj naziaj partioj malsukcesis allogi sufiĉe da voĉoj por elektiĝi.

Malgraŭ ĉio li trovas la rezulton de la elektoj iom deprima, sed li ripetas al si ke la parlamento esence estas nur negrava ornamo de la kapitalisma potenco. Kaj ĉiuokaze neniuj nazioj eĉ proksimis eniri la parlamenton. Almenaŭ tio estas kuraĝiga.

Oka ĉapitro. Pli ol plezuro. Ĝuo!

Gullvi, Stokholmo 1940

"Mi naskiĝis dum la antaŭa milito, kaj laŭ mia patrino tiel komenciĝis ŝia malbonŝanco. Kiam mi estis dujara, mia patro mortis pro la hispana gripo, kaj tiam Panjo kaj mi devis forlasi Stokholmon kaj reiri al niaj parencoj en la Pedikujo."

"Kia Pedikujo?"

"Ĉu vi ne konas ĝin? Tio estas popolara nomo de la urbetaĉo Kristinehamn, kie mia onklino Milly devis varti min, dum Panjo laboris en la snuftabakfabriko. Ekde tiam la odoro de snuftabako ĉiam pensigas min pri Panjo kaj ŝia ĉiama plendado ke mi lasu ŝin en paco, ĉar ŝi estas ĝismorte laca."

Sendube ankaŭ Ture estas laca. Ili kuŝas en lia lito kun ne tre dika matraco, en la unuĉambra apartamento, kiun li luas ĉe Hägerstenssvägen en Aspudden. Li ĵus petis ŝin rakonti pri sia infanaĝo. Fakte ŝi dubas, ĉu tio serioze interesas lin, sed li estas pli-malpli la unua viro, kiu babilas ne nur pri si mem sed krome demandas pri ŝi. Do ŝi daŭrigas.

"Onklino Milly tamen ne multe atentis min. Miaj kuzoj Valter kaj Tage fojfoje trenis min kun si en diversaj bubaĵoj. Ofte mi estis kaptita de koleraj najbaroj, kiuj akuzis min pri ŝteloj kaj vandalaĵoj, pri kiuj pli vere kulpis la kuzoj aŭ tute alia persono. Do draŝis min unue iuj plenkreskuloj pro tiuj bubaĵoj, poste la kuzoj pro tio ke mi klaĉis pri ili, kaj fine la onklino, ĉar mi ĝenis ŝin plorante. Naskiĝis pli da idoj, la kuzinoj Annalisa kaj Brita, kaj poste onklo Hjalmar malaperis en hospitalon. Tiam aperis nova onklo, kiu traktis min amike, eĉ tro amike, kiam neniu vidis lin."

Ture ne reagas, aŭdante tion, sed simple glatumas ŝiajn mamojn, duondormante. Sed nun Gullvi vere eniĝis en la rakontadon kaj ne facile ĉesas.

"Kiam mi estis naŭjara", ŝi do daŭrigas, "Panjo reiris al Stokholmo por liberiĝi el la damna snuftabako, laŭdire. Ŝi promesis venigi ankaŭ min ĉi tien, kiam ŝia vivo estos en bona ordo. Evi-

dente tio neniam realiĝis, pro la malbonŝanco, mi supozas. An-
stataŭe ŝi renkontis novan viron kaj ricevis novan idon, mian
duonfraton Sture, kiun mi vidis nur du-trifoje, kiam ŝi vizitis
nin je Kristnasko aŭ alia festo, kaj unufoje ĉi tie en Stokholmo.
Cetere ankaŭ onklino Milly kaj ŝia nova viro Kalle ricevis pliajn
idojn, unue la kuzon Kurt kaj poste la kuzinon Gunnel. Ŝi estas
la sesa de Milly kaj la dua de Kalle, krom se li jam havis pli aĝajn
infanojn aliloke."

Nun Ture definitive endormiĝis, do ŝi povus plu paroli, kaŝ-
ante nenion de siaj fruaj spertoj. Fakte plaĉis al ŝi esceptokaze
rakonti pri sia infanaĝo. Nun ŝi tamen trovas pli bone silenti,
antaŭ ol li revekiĝos kaj petos ŝin fermi la faŭkon. Eble iam
ŝi povos rakonti al li pli multe, se ili plu umados. Aŭ eble ne.
Verŝajne li neniam komprenus, kian infanaĝon kaj junaĝon ŝi
trapasis. Li plendetis pri la malriĉeco kaj manko de spaco en lia
hejmo, sed li certe spertis nenion similan al ŝia vivo. Sendube li
kutimis ke najbaroj helpas unu la alian en okazo de bezono, ne
ke ili kraĉas, insultas kaj ĵetas sian rubaĵon antaŭ lian pordon kaj
atakas lin perforte. Li ne povus imagi esti nomata vaganto, tataro,
nigrulo, ciganaĉo, fripono. Kaj supozeble lia familio tenis sin
kune anstataŭ disiĝi pro kvereloj, miskonduto – kaj fine murdo.

Eĉ malpli li dividas la sperton de senpova knabino, ĉifono
uzata de plenkreska viro por ties nekomprenebla plezuro, kiu
ŝajnis naŭzi lin mem same kiel ŝin. De knabino, kiu poste sentas
kulpon pro la mucidaj makuloj sur la vesto kaj korpo. Ne, tion ne
eblus klarigi al li.

Pri Valter ŝi tamen ja povus rakonti. Ke ŝia pli aĝa kuzo
ponardis sian vicpatron kaj trafis en malliberejon; tion supozeble
povus kompreni viro kiel Ture. Eble li mem pretus fari ion tian,
se li ne vivus kun sia vera patro. La sufiĉan malamon li certe
ja havas, sed li direktas ĝin kontraŭ la kapitalistoj kaj faŝistoj.
Kredeble li eĉ mortigis homojn en tiu fora milito, kvankam li
evitas paroli pri tio. Sed kial ŝia kuzo Valter agis tiel, ŝi ne povus
klarigi. Eĉ ŝi mem ne scias sed nur supozas ke tio estis pro ŝi kaj
Annalisa. Jam en la antaŭa jaro, kiam Gullvi estis dekkvinjara,
onklino Milly ja ĵetis ŝin sur la straton, ĉar ŝi laŭdire delogis la

onklon. Tiam ŝi devis mem iel elturniĝi. Kiel nomiĝis tiu ŝoforo, kiu promesis veturigi ŝin al Stokholmo, al Panjo, sed fakte portis ŝin en arbaron? Li tamen kondutis pli tenere ol la onklo, kiam ŝi fine komprenis ke ne indas rezisti. Fakte li neniam diris sian nomon, nur ke ĉiuj nomadas lin "Smolando", ĉar li devenas de tie. Sed de kie en Smolando, li neniam diris.

Ankaŭ ŝi ja venis tien en la sekva jaro. En la korektejon de Viebäck. La detruejon! Fi, ŝi ne plu pensu pri tio. Komence ŝi ne volis klarigi ĉion al Ture sed nur diris ke ne necesas kacingo, ĉar ŝi ne povas gravediĝi. Kiel ĉiuj viroj, li danke akceptis. Evidente li ne kutimis libere ĉuri senzorge. Poste li tamen petis pri detaloj kaj ŝi devis rakonti iomete. Sed vere klarigi tiun aferon ŝi ne kapablas. Eĉ ne al si mem. Kiel ŝi povis permesi al ili pritranĉi ŝin? Ŝi ja sciis, kion tio signifos; tamen ŝi ne vere komprenis, kiel tio decidos ŝian pluan vivon. Apenaŭ dekokjara ŝi pensis ke la operacio malfermos al ŝi sendependan vivon. Nun ŝi jam konscias ke ĝi fakte fermis ĝin.

Ŝi trovas la loĝejon de Ture tute komforta. Ĝi estas ordinara apartamento el ĉambro kaj kuirejo, sed tre moderna kun akvokrano kaj gasfornelo. Sametaĝe ekzistas akvonecesejo, kiun li dividas kun la du najbaraj apartamentoj. Ĝi situas en la tria etaĝo kun fenestroj al la strato, kie preterpasas tramoj kaj iom da aŭtoj. En la ĉambro estas la lito, tablo, komodo kaj librobreto kun kelkaj dekoj da libroj en malmultekostaj eldonoj: romanoj kaj politikaj verkoj kiel Kion fari? de Lenin. Sur la fenestrobreto staras preskaŭ mortinta pelargonio.

"Kiu ino donacis al vi ĉi tiun?" ŝi demandas petole. "Vi devus honti, ĉar vi ne flegas ĝin."

Li rigardas ŝin surprizite.

"Mi ja akvumas ĝin, kiam ĝi estas seka. Krom tio, kion fari?" li kvazaŭ eĥas la pamfleton de Lenin.

Ŝi ne respondas sed forpinĉas kelkajn velkintajn florojn kaj poste iras en la kuirejon. Ture jam en la komenco proponis ke ili kuiru kune. Laŭ ŝia antaŭa sperto viroj tamen ne scias kuiri, do ŝi kelkfoje preparas por li manĝon, kvankam ŝi timas la gason.

Ĝis nun ŝi kutimis nur je forneloj kun lignofajro. Plej timige estas, kiam ŝi unuafoje alumetas la bakujon por kuiri gratenaĵon el terpomoj kaj anĉovoj. La vico de gasbekoj ekflamas per unu fojo subite kaj surprize, tiel ke la fajro bruligas la haretojn de ŝia dekstra brako, disigante naŭzan odoron en la kuirejo.

"Aj!" ŝi akute krias, resaltas malantaŭen kaj lasas fali la alumeton. "Fi! Ĉi tio ja estas danĝera!"

Ture aperas por rigardi, kio okazas.

"La flamo bruligis mian brakon. Rigardu! Ĉiuj haroj forbrulis."

Li ridas.

"Tio estas bona. Vi havas pli da haroj ol mi. Tio ne estas natura. Viaj brakoj kaj kruroj estas same vilaj kiel tiuj de la hispaninoj."

Ŝi rigardas lin spite.

"Kiu do petis vin eniĝi inter la krurojn de hispaninoj?"

Nun li ridas eĉ pli laŭte.

"Sciu ke ni brigadanoj estis sufiĉe popularaj. Kaj ke multaj homoj tie jam decidis ne plu obei la pastrojn. Cetere, tiuj haroj ja neniel ĝenis. Sed vi devus forbruligi ankaŭ tiujn de la maldekstra brako. Se ne, aspektos strange."

Ŝi ne respondas sed nur paŭte elsnufas kaj daŭrigas la kuiradon, singarde ŝovante la gratenaĵon en la varman bakujon.

Unu tagon ŝi ekvidas strangan libron sur lia skribtablo. Dikan, kun amuzaj desegnoj sed en fremda lingvo kun strangaj literoj. Kelkaj literoj ja estas normalaj, sed aliaj aperas kiel spegulitaj N kaj R aŭ eĉ tute eraraj.

"Kio estas ĉi tio?" ŝi demandas. "Kiu lingvo estas tiu?"

Li alkuras, forprenas de ŝi la libron kaj metas ĝin en komodan tirkeston, kiun li ŝlosas.

"Ne zorgu. Ĝi ne estas por vi."

"Sed kio estas?"

"Libro. Rusa libro. Sed diru al neniu ke vi vidis ĝin."

"Ĉu estas fabeloj? Mi vidis komikajn bildojn."

"Simple forgesu ĝin."

"Mi eĉ ne imagis ke vi scias la rusan. Cetere, ĝi tute ne similas viajn politikajn librojn."

"Ĝi estas satira romano, sed lasu tion, damne! Vi nenion vidis, komprenu!"

Ŝi ja komprenas ke tiu romano iel rolas en ia sekreta tasko, kiun li plenumas, kiam ŝi ne ĉeestas. Sed kiel? Ŝi ne povas imagi.

Venontfoje, kiam ŝi vizitas lin, tiu libro ne plu videblas, kaj ŝi ne demandas, por kio li bezonis ĝin. Evidente temas pri ia sekreto. Kaj ŝi preferas ne inciti lin sed ĝui ilian kunestadon.

Kelkfoje ili do kuiras kune, kio estas amuza kaj nova sperto. Male al aliaj viroj, kaj male al tio, kion ŝi atendis, li ne antaŭsupozas ke kuiros ŝi sola. Anstataŭe li mem partoprenas sufiĉe lerte. Postmanĝe ili seksumas, kaj ankaŭ en tio li estas nekutima, ĉar li faras iom da klopodoj por ŝia ĝuado, krom la propra. Ŝi scivolas, kie li lernis tiajn kondutojn, kiujn ŝi antaŭe ne trovis ĉe viroj. Sed ŝi ne volas demandi. Evidente li lernis tion de alia virino. Ĉu de tiuj vilaj hispaninoj?

Gullvi trovas sin bonŝanca, ĉar ŝi renkontis lin. Ŝi supozas ke neniu viro restos kun ŝi dumvive. Eble la viroj ne sopiregas infanojn, sed se ili decidas edziĝi, ili certe deziras veran edzinon, kaj vera edzino kompreneble naskos al ili infanojn. Jen la natura paso de la vivo. Sed ŝi ne estos parto de tia vivo. Ŝi neniam estos natura virino. Jam delonge ŝi konscias tion kaj komprenas ke ŝi devos preni kion ŝi ricevos. Ne indas revi pri io, kio ne estas por ŝi.

Ŝi petas lin rakonti pri sia restado en Hispanio. Tion li tamen ne tre emas.

"Ĉu vi bedaŭras ke vi iris tien?" ŝi demandas, kiam li silentas.

"Tute ne. Tio estis necesa, kaj multe pli da homoj devus aliĝi al la batalo. Sed ni estis senŝancaj. La faŝistoj havis tro fortajn amikojn. Kaj la respublikanoj ne sufiĉe konkordis."

"Ĉu tie vi mortigis homojn?"

"Ne sufiĉe multajn. Male mi vidis tro da kamaradoj morti. Sed mi ne plu volas cerbumi pri tio."

"Kaj se la germanoj venos ĉi tien?"

"Tiam ni devos denove batali. Ne nur kontraŭ la germanoj sed kontraŭ iliaj amikoj ĉi-lande. Tio estos daŭrigo de la sama milito. Sed tro malmultaj homoj komprenas tion."

"Kio do se venos la rusoj?" ŝi demandas.

Li ridas.

"Ili ne venos, krom eble por helpi nin."

Ŝi esperas ke li pravas, sed ŝi tute ne certas ke la rusoj pli bonas ol la germanoj. Laŭ tio, kion ŝi aŭdas en la restoracio, la plej multaj gastoj trovas ilin ambaŭ egale fiaj. Dum la vintro, kiam daŭris la milito en Finnlando, oni plej timis la rusojn, sed ekde la printempo, kiam Hitler atakis Danion kaj Norvegion, la germanoj fariĝis pli proksima minaco, kaj ŝi jam dubas ke Svedio longe plu restos ekster la milito.

Aliokaze ŝi petas lin rakonti pri sia infanaĝo kaj junaĝo.

"Ne estas multe por rakonti."

"Vi venas el la nordo, ĉu ne?"

"Jes. El la kamparo apud Niemisel, en Norda Botnio. La gepatroj posedas bieneton kun iom da arbaro apud la rivero de Råneå. En bonaj jaroj ĝi sufiĉis por travivi, en malbonaj oni devis prunti. Mi havas du pli aĝajn fratojn, kiuj laboras en la arbaro. Ankaŭ mi komencis tie, sed ĉar mi sciis bone legi kaj skribi, mi sendis al la Flamo kelkajn noticojn pri la laborkondiĉoj, kiujn oni publikigis tie. Poste mi ekhavis ŝancon lerni la metion de tipografo."

Ŝi rigardas lian vizaĝon. Li havas mienon iel fermitan.

"Ĉu vivas viaj gepatroj?"

"Jes. Ili plu strebas en la bieneto, kiu jam estas hipotekita ĝis la tegmento kaj kamentubo."

"Ĉu poste vi aŭ viaj fratoj transprenos ĝin?"

"Estas nenio havinda. Nur ŝuldoj kaj magraj kampetoj. Mi estas bonŝanca, kiu eskapis."

Li faras paŭzon, rigardante foren en la nenion.

"Mi havis ankaŭ fratinon, kiu estis la plej proksima al mi laŭ la aĝo. Sed ŝi dronis en la rivero, kiam ŝi estis dekdujara."

"Terure! Kia sorto! Ĉu vi multe amis ŝin?"

Li rigardas ŝin kun rigida mieno.

"Edit estis la plej bona en la familio."

"Kiel tio okazis?"

"Nu, tiufoje ŝi kaj ŝia amikino el la najbara bieneto piediris hejmen de la vilaĝa lernejo, printempe en sia lasta jaro tie. Ili iris la kutiman vojon trans la riveron, sed lastatempe la vetero estis milda eĉ nokte, la akvofluo korodis la glacion de sube, kaj ŝi trafalis. Ŝia amikino kuris por alvoki helpon, sed tiu alvenis tro malfrue."

Gullvi brakumas lin kun la buŝo ĉe lia vango.

"Mi komprenas ke ŝi tre mankas al vi. Estas kruele perdi iun tiel."

"Kiam mi pensas pri ŝi, ia kolero plenigas la bruston. Ŝi ankoraŭ eĉ ne gustumis la veran vivon. Mi ĉiam pensas ke ŝia morto estis tute vana kaj sensenca. Iu devus pagi pro ĝi, mi kelkfoje sentas. Sed tio ne plu okazas same ofte kiel antaŭe."

Gullvi pensas pri sia propra infanaĝo. Se ŝi mem havus veran fratinon, eble ĉio estus alia. La kuzinoj Annalisa kaj Brita ne estis tre proksimaj al ŝi. Aliflanke ŝi ne scias kiel ŝi reagus, se ŝi perdus fratinon. Ne eblas scii tian aferon, antaŭ ol ĝi okazas, ŝi supozas.

Unu tagon, kiam ŝi vizitas la loĝejon de Ture, iu frapetas sur la pordo sed ne restas, kiam li malfermas. Anstataŭe li prenas paperon el sia leterkesteto apud la apartamenta pordo.

"Nun vi devos lasi min en paco dum horo", li diras. "Vi povas resti, sed mi devas iom labori. Do ne ĝenu min."

Ŝi iras kuirejen por lavi la vazaron kaj iom ordigi kaj purigi en liaj ŝrankoj. De temp' al tempo ŝi ĵetas rigardon en la ĉambron, kie li laboras super paperslipoj kaj la mistera libro, skribante ion per krajono tre atente. Ŝi nenion demandas, nek iras en la ĉambron. Pasas horo, kiel li antaŭdiris. Poste li kaŝas la libron kaj venas brakumi ŝin en la kuirejo, ŝajne en bona humoro, bruliginte kelkajn paperpecojn.

"Ĉu vi volas iom promeni antaŭ via deĵorado?"

"La vetero ne tre logas."

"Ne gravas. Se ekpluvos, ni povos iri en kafejon ie."

Do ili tramas en la Sudan kvartalon, trinkas tason da surogato en simpla kafejo ĉe la placo de Adolf Fredrik kaj pluiras direkte al la urbocentro.

"Mi promenos ankoraŭ iom", li diras, kiam ili atingas la tram-haltejon de Slussen. "De ĉi tie vi povas iri per numero ses, se vi ŝanĝos al la dekkvaro aŭ piediros de Stureplan al via laborejo."

Ŝi ridas pri liaj detalaj indikoj.

"Vi jam fariĝis vera stokholmano, ĉu ne? Mi konas preskaŭ nur numeron ses, ĉar ĝi iras al Siberio."

"Nu, vi trovos la vojon. Kaj mi venos al Norma horon antaŭ la komenco de mia laboro."

"Hodiaŭ kredeble estos urĝa vespero. Do mi ne havos tempon por vi."

"Ne gravas. Mi rigardos vin labori."

"Ha, ĉu tio povas esti plezuro?"

"Pli ol plezuro. Ĝuo! Virino laboranta plej belas."

Ŝi trovas tion sufiĉe stulta; tamen plaĉas al ŝi liaj komplimentoj. Ili disiĝas kun kiso ĉe la tramhaltejo, ne atentante ĉu la homoj ĉirkaŭ ili ridetas aŭ paŭtas pro tia senhonta konduto en publika loko.

Naŭa ĉapitro. Paperklipo en butontruo.

Reidar, Hønefoss 1940

Dum la aŭtuno lia rilato kun Synnøve plu daŭras. Ŝi loĝas kiel subluanto de duonkela ĉambro en unufamilia domo situanta en la kvartalo sude de la rivero, sed tien ŝi ne tre emas inviti lin.

"Kial do? Ĉu vi loĝas ĉe parencoj?"

"Ne. Mi ne havas familion ĉi tie. Sed la dommastroj estas religiemaj."

Ŝi parolas sudan dialekton, kaj li ekscias ke ŝi devenas el Kristiansand, sed ĝis nun ŝi rakontis malmulte pri sia familio aŭ la hejma regiono.

"Kiel do okazis ke vi trafis ĉi tien?" li scivolas.

Ŝi ridetas enigme kaj levas la maldikajn ŝultrojn.

"Hazardo. Ĉu vi ne kontentas pri tio?"

Kompreneble li kontentas, kaj fakte ja ne gravas kial aŭ kiel ŝi ekloĝis en Hønefoss. Cetere ankaŭ li iom hezitas venigi ŝin al sia hejmo. Li hontas pro sia laboro en la farbobutiko kaj pro sia vivo en la butikista familio. Malgraŭ tio ŝi fojfoje akompanas lin hejmen, ĉefe por aŭskulti liajn diskojn de ĵazo. Li posedas kvinopon: du kun la bando de Duke Ellington kaj po unu kun Benny Goodman, Count Basie kaj Charlie Parker, kiujn ili kune aŭskultas fojon post fojo. Synnøve preferas "It don't mean a thing" de Duke, dum li mem pli ŝatas "Stomping at the Savoy" de Goodman kaj "One O'Clock Jump" de Count Basie.

"Hejme en Kristansand mi kutimis iri al dancejo, kiam tie ludis ĵazbando", ŝi diras. "Bedaŭrinde tiaj muzikistoj venis tien malofte. Kaj ĉi tie okazas nenio simila."

"Kompreneble. Hønefoss estas pli-malpli vilaĝo. Necesus vojaĝi al Oslo. Nun tio cetere ne gravas, post kiam oni malpermesis dancadon."

"Mi supozas ke oni baldaŭ malpermesos ankaŭ muzikon. Almenaŭ ĵazon, kiu laŭdire estas juda kakofonio de negroj."

Reidar ridas.

"Estas vere ridinde. La nazioj faras ĉion por iĝi eĉ pli mal-amataj."

"Tamen la religiemuloj eble ŝatas la malpermeson. Ili trovas dancadon peko kaj ĵazon tento de la diablo."

Li ĉirkaŭprenas ŝin kaj trenas ŝin sur la liton.

"Do ni rapidu peki antaŭ ol la diabloj malpermesos eĉ tion."

Ankaŭ ŝi ridas, kaj ili karesas unu la alian pli kaj pli aŭdace, ĝis ŝi subite haltigas lin.

"Ne, mi ne povas, ĉar via patrino eble venos en la ĉambron. Mi jam vidis ke ŝi rigardas min suspekteme."

"Ne atentu ŝin. Prefere restu dumnokte. Tiam ili ĉiuj dormas."

Kaj esceptokaze ŝi akceptas fari tion. Poste ŝi ŝtele forlasas la domon en la frumatena krepusko por iri al la telefoncentralo.

Tamen ili plej ofte renkontiĝas eksterdome aŭ en la kafejo de Dahle ĉe Storgata. Tro malofte li sukcesas venigi ŝin sur la arbarajn padojn por ripeti la amoradon sur mola musko. Kiam komenciĝas aŭtunaj pluvado kaj ventegoj, la musko iĝas malseka kiel spongo, kaj tiam ŝi tute rifuzas kuŝiĝi tie, kvankam li jam delonge akiris la necesajn preventilojn.

"Ĉu nur tion vi volas kun mi?"

Kompreneble li volas ne nur tion, sed kiam ili jam komencis seksan rilaton, ĝi iĝas pli kaj pli grava por li, kaj li devas devigi sin ne senĉese tuŝi ŝin en altruda maniero. Li antaŭtimas la vintron, ne nur pro la persekutoj de la germanoj, sed ankaŭ ĉar la frosto kaj neĝo kredeble signifos longan abstinadon. Espereble ŝi tamen akceptos denove viziti lin en lia hejmo de temp' al tempo, aŭ spitos la moralismon de siaj dommastroj.

Meze de oktobro la sporta klubo sub siaj novaj naziaj gvidantoj planas malgraŭ la aŭtuna vetero aranĝi konkurson de orientiĝado en la arbaro, kiu jam iel apartenas al Synnøve kaj li. La rezista grupo decidas fari klopodon por tute fiaskigi tiun planon. Estos bona okazo por montri ke la novaj regantoj havas nenian popolan subtenon.

Eĉ sen membroregistro oni ja konas pli-malpli ĉiujn orient-iĝantojn kaj arbarajn kurantojn de la urbeto kaj ties plej proksima ĉirkaŭaĵo. Ankaŭ la adresojn oni trovas relative facile. La grupo avertas ankaŭ sian kontaktulon en la najbara Jevnaker, de kie povus veni konkursantoj. Poste komenciĝas ampleksa serio da vizitoj en la hejmoj de potencialaj konkursantoj. La plej multaj ŝajne komprenas ke indas bojkoti.

"Ni ja kuru en la arbaro, sed ne en la konkursoj de tiuj kvislingoj", ripetas Reidar dum siaj vizitoj.

Kaj oni ĝenerale konsentas. Tamen jen kaj jen li renkontas malpli da komprenemo. Iuj ja simpatias kun NS, aliaj estas tute indiferentaj pri politiko.

"Mi simple volas konkursi", diras unu knabo loĝanta en bieneto ĉe la rivero. "Kuri sola kun mapo kaj kompaso ne estas la sama afero. Mi volas venki la aliajn."

"Kompreneble. Povas esti ke ni iam povos aranĝi ian sekretan konkurson, sed nun tio estus tro danĝera. Plej gravas montri ke ni ne subtenas la germanojn."

"Kiel tio do tuŝas la germanojn? Ili ne orientiĝas. Ili estas asfaltaj buboj."

Tio efektive estas ofta konstato aŭ almenaŭ aserto. La germanaj soldatoj ne kutimas je la norvega naturo kun montoj, valoj, fjordoj kaj arbaroj. Multaj el ili eĉ iom timas ĝin. Tamen ja ekzistas ankaŭ aliaj, kiuj ŝajne tre ĝuas la belajn pejzaĝojn kaj la purecon de la naturo. Krome ili sendube preferas esti okupantoj en la kvieta Norvegio ol en pli sudaj landoj, kie ili eble devus partopreni en perforta neniigado de diversaj subhomoj. La norvegoj malgraŭ ĉio estas arjaj fratoj, kvankam la plej multaj el ili ne rekonas la fratecon.

Do la grupanoj renkontas ne nur konsentojn de la sportemuloj, tamen ili fidas ke la granda plimulto efektive bojkotos la konkurson. Sed tiam la grup-gvidanto Knut estas arestita de la loka polico, kaj oni provizore paŭzigas la kampanjon. La polico tenas lin dum kelkaj tagoj, ĝis post la konkurso. En la anoncita dimanĉo kelkaj grupanoj traserĉas la arbaron por espereble trovi kaj forigi iujn el la kontrolpunktoj de la konkurso, dum aliaj de ioma distanco observas la vojojn al la societa domo, kie ĝi komenciĝos. Oni kalkulas dekon da junuloj en trejnvestoj, kiuj alproksimiĝas, sed duono el ili ŝanĝas sian intencon, vidante la observantojn, kaj reiras hejmen kiel batitaj hundoj. Fakte ŝajnas ke la konkurso tute ne realiĝas. Plena venko, do, krom tio ke Knut estas arestita. Sed baldaŭ oni lasas lin libera, kaj li povas eksciì ĉion pri la sukceso.

"Kiu denuncis vin?" demandas Anne.

"Mi ne scias. Oni kompreneble ne malkaŝis tion, sed kredeble iu NS-ano inter la organizantoj de tiu konkurso eksuspektis min pro la bojkoto."

Do la grupo povas rekomenci sian agadon. Tamen ne eblas aranĝi propran konkurson, kaj Knut dum kelka tempo devas resti pasiva, ĉar li jam estas suspektata. Anstataŭe Eirik transprenas la gvidan rolon.

Fine de oktobro la ŝipo "Princino Ragnhild" pereas, kiam ĝi trafas britan minon en Vestfjorden norde de Bodø. Jen la sama ŝipo, per kiu Reidar kaj Bjørn revenis de sia soldatservado antaŭ duonjaro. Same kiel tiam ĝi trafikis la tiel nomatan "Rapidan ŝiplinion" laŭlonge de la marbordo. La oficialaj komunikiloj informas ke mortis 81 civilaj norvegoj, kiam ĝi alfundiĝis, kio pruvas la fiecon de la angloj.

"Laŭ BBC mortis kelkaj centoj da germanaj soldatoj", raportas Eirik, kiu zorge sekvas la novaĵelsendojn el Britio. "Tie oni tamen ne menciis la mortintajn civilulojn."

"Kiom gravas cent dronigitaj hunoj, kiam restas centmiloj sur nia tero?" diras Bjørn. "Oni devus prefere bombi la germanajn kantonmentojn kaj instalaĵojn anstataŭ saboti la Rapidan linion kaj mortigi ordinarajn norvegojn."

"Nu", klarigas Eirik, "la minoj kompreneble celas unuarange la militŝipojn sed ankaŭ tiujn, kiuj transportas feron al Germanio kaj diversan materialon al la okupantoj. Sed ne eblas eviti flankajn perdojn."

"Ni pretigu flugfolion por informi pri tiuj mortigitaj soldatoj", diras Anne. "Sed la demando estas, ĉu ni menciu la norvegojn."

"Ĉar la homoj jam aŭdis kaj legis pri ili, estus vane provi silenti pri ili", opinias Synnøve. "Prefere ni donu verajn informojn."

"En ordo", konsentas Anne. "Sed kiel ni sciu, kio efektive estas la vero?"

Tio sendube estas demando, kiu ne havas facilan respondon, pensas Reidar. En ĉi tiu milita tempo absolute ĉiu ajn informo, novaĵo, klaĉaĵo aŭ onidiro povas esti grava vero aŭ intence plantita propagandaĵo, kiu havas nenian realan bazon. Kaj ĉiu homo komprenble elektas kredi tion, kio akordas kun la propraj ideoj kaj deziroj. Li tamen ne eldiras tiujn konsiderojn voĉe. Iu en la grupo eble trovus ke li cedas al defetismo.

"Ni skribu ke la asertoj de la kvislingoj povas esti troigitaj, kiam temas pri la nombro de la norvegaj viktimoj", decidas Eirik. "Kaj ni substreku ke la plej multaj mortintoj estas germanaj soldatoj."

En novembro okazas pli da arestoj, interalie de instruistoj, kiuj rifuzas uzi siajn lecionojn por nazia propagando. Oni komencas sendi homojn al la koncentrejo Grini origine kreita por malliberigi oficirojn de la norvega armeo. Ekde nun la plej gravaj taskoj de la grupo estas trovi kaŝejojn por homoj, kiujn minacas aresto, kaj establi kontaktojn kun la tiel nomataj eksport-firmaoj. Tiel oni nomas la sekretajn retojn, kiuj veturigas homojn al la sveda landlimo kaj gvidas ilin laŭ diversaj vojoj transen, aŭ al la okcidentaj havenoj por pluiri per fiŝistaj barkoj aŭ ŝipetoj trans la Nordan maron, sur kiu minacas ilin germanaj submarŝipoj. Sed la plej multaj celas Svedion, trairante la arbaron en la oriento, la montaron en la nordo aŭ la mallarĝan fjordon Iddefjorden, kiu disigas la landojn en la sudo.

Laŭ onidiroj, kiujn Reidar aŭdas en la grupo, ne ĉiuj rifuĝantoj partoprenis en la rezistomovado. La NS-regantoj komencis enkonduki diskriminadon kontraŭ la malmultaj norvegaj judoj, kaj precipe la eta nombro da judaj rifuĝintoj el centra Eŭropo suferas pro eĉ pli da problemoj, kiuj igas kelkajn el ili deziri plumigri orienten. Krome iuj junuloj provas rifuĝi pro ĝenerala malŝato al la griza vivo en la okupata lando, aŭ por eskapi de ebla puno pro farita krimo. Tamen la svedoj ne permesas al ĉiuj enmigri, kaj iliaj principoj de decido ŝajnas malklaraj. Laŭdire la akcepto aŭ rifuzo dependas de opinioj, humoro kaj kapricoj de la lokaj policestroj en la limregionoj.

Aliflanke oni raportas ke kelkaj, kiuj transiris en la unua tempo por provi rekrutiĝi en la nacia defendo, nun revenas hejmen, esperante ke oni ne persekutos ilin. Kelkaj el tiuj nun aliĝas al la rezista movado kaj dank' al siaj jamaj spertoj povas fariĝi ligo kun la norvegoj en Svedio. Ĉar ili jam dufoje transiris la limon, ili povas multe utili al la eksport-firmaoj per siaj spertoj.

Nun oni krome kreas reton de kontaktoj inter la lokaj rezistaj grupoj pli-malpli spontane estiĝintaj kaj diversaj gvidaj organoj en Oslo, kvankam ŝajnas al Reidar ke tiu centra organizaĵo ankoraŭ ne havas tre firman formon. Sed kompreneble ja gravas teni tiujn kontaktojn kiel eble plej sekretaj. Unu tagon vizitas la grupon la majoro Haneborg Hansen, kiu evidente ludas gravan rolon en la centra organizaĵo. Li aŭskultas, kion Reidar kaj la aliaj rakontas pri la ĝisnuna agado, laŭdas la grupanojn sed admonas ilin zorgi pli multe pri la sekureco kaj sekreteco, ĉar kredeble sekvos pli severa persekutado. Oni jam parolas pri ekzekutoj pro relative bagatelaj agoj de rezisto.

"Aparte atentu la riskon de provokantoj kaj naziaj enfiltriĝ-antoj", diras la majoro. "Unu sola perfidulo, kiun vi naive akcep-tos inter vi, povus neniigi la tutan grupon kaj endanĝerigi ankaŭ aliajn. Do restu tre singardaj kaj suspektemaj. Ne cedu al provok-antoj."

"Tamen la homoj malpaciencas", diras Eirik. "La plej multaj volas fari pli. Ili koleras vidante la germanojn kaj la kvislingojn paŝi tute trankvile sur niaj stratoj. Necesas fari ion pli aktivan. Ni ne venkos la germanojn per paperklipoj!"

Tiu komento aludas la lastatempe furoran kutimon montri sian rezisteman kontraŭ la okupantoj portante paperklipon en butontruo de la vesto. La klipo simbolas kuntenadon de la po-polo. Sed Eirik same kiel Reidar ŝajne trovas tion nesufiĉa.

La majoro tamen klopodas trankviligi lin.

"Ni absolute malpermesas perfortajn agojn kontraŭ germanaj soldatoj aŭ armeaj instalaĵoj. Tio provokus reprezaliojn kontraŭ senkulpaj civiluloj. La germanoj prenos hazarde elektitajn ostaĝojn kaj poste murdos ilin, se ili ne trovos la farintojn de la sabotado. Kaj per tio la simpatio de la loĝantoj turniĝos for de ni. Tion ni absolute ne risku."

"Sed almenaŭ la NS-porkaĉoj devus ne senpune vivi kiel kuko en butero."

"Nu, pri ili jam estas alia afero. Ankaŭ la germanoj ne alte taksas ilin. Sed privataj venĝoj ne estas permesataj."

Kelkaj el la grupanoj iom grumblas sed ne protestas laŭte. Ne plu sufiĉas al ili la etaj simbolaj manifestacioj kun floro aŭ paperklipo en butontruo, ruĝa ĉapo aŭ alturnita dorso, kiam paradas la nazioj. Kaj Reidar pensas pri sia onklo, kiu ne hontas subteni la okupadon kaj la novan ordon. Necesus jam fari ion por bruligi al li la lipharojn.

Dum la rendevuoj kun Synnøve li interparolas kun ŝi pri ĉiutagaj temoj kiel la manko de varoj kaj la klopodoj de la novaj regantoj por naziigi la landon. Kelkfoje li rakontas pri travivaĵoj dum sia soldatservado en la pleja nordo, kaj ŝi prezentas memorojn el sia junaĝo ĉe la maro en la pleja sudo de Norvegio. Li komprenis ke ŝi aĝas tri aŭ kvar jarojn pli ol li, sed tion ŝi evitas aludi. Ankaŭ pri sia familio ŝi malkaŝas preskaŭ nenion, kaj li diras malmulte pri la sia, krom iom da plendetoj pri la ĝenado de la fratino, sed pri tio Synnøve nur ridas. Li ankaŭ ne ŝatas paroli pri sia laboro en la farbobutiko, ĉar li iom hontas pri ĝi. Ŝi siaflanke mencias klaĉaĵojn el la laboro en la telefoncentralo. La komencan esperon de Knut, ke ŝi subaŭskultos sekretojn de la germanoj, ŝi apenaŭ sukcesas plenumi. Anne ja strebas instrui al ŝi pli da germanaj vortoj, sed malgraŭ tio Synnøve ne bone komprenas interparolojn tiulingve. Konversaciojn inter lokaj nazioj ŝi ja komprenas, sed ĝis nun ŝi eksciis tre malmulte el tiuj, krom kelkaj privataj interrilatoj kaj rivalecoj. Pri gravaj sekretoj do tute ne temas, almenaŭ ĝis nun.

"Krome", ŝi diras, "ne eblas subaŭskulti senĉese, nur okaze, ĉar la ĉefo de la telefoncentralo devas rimarki nenion. Li tro timas inciti la novajn regantojn."

Kiam neniu alia homo proksimas, ili do diskutas ankaŭ la agadon de la rezista grupo. Reidar sufiĉe malpaciencas, ĉar ne eblas realigi vere gravajn agojn kontraŭ la okupantoj.

"La bojkoto de la orientiĝa konkurso tamen ja estis sukcesa", ŝi kontraŭas.

"Certe, sed kiom tio gravas? La germanoj verŝajne fajfas pri tio, se ili entute eksciis ion."

"Eble, sed utilas montri al la popolo ke la kvislingoj estas izolitaj."

"Ĉiuj jam scias tion, ĉu ne?"

"Mi ne certas pri tio. Homoj legas la ordinaran gazetaron, kaj en tiuj oni ŝajnigas ke la fiuloj efektive regas la landon."

"Sed ĉiuj, kiuj kapablas pensi, ja vidas ke regas Terboven."

Do ili ne rigardas la situacion en la lando en tute sama maniero. Ŝi estas pli pozitiva, li malpli. Eble influas lian malkontentecon ankaŭ tio ke ilia amrilato ŝajnas al li iom mankohava. Ĉefe ĝenas lin ke ili ne sufiĉe ofte kunestas intime. Ŝi ne volas ke li pasigu pli ol momenton en ŝia ĉambro, ĉar la dommastroj opinias ke ili devas gardi ŝian moralon. Do restas nur lia hejmo, kie ili nur malofte povas seksumi rapide kaj mallaŭte je gramofona akompano de Duke Ellington, timante ke la gepatroj kaj fratino aŭdos ion. Plej ofte temas nur pri longaj kisoj kaj frustraj karesoj.

"Ĉu vere nur tion vi ŝatas ĉe mi?" ŝi plurfoje plendetas.

"Mi amas ĉion ĉe vi", li respondas. "Ĉion."

Deka ĉapitro. Kisu ŝin!

Ture, Stokholmo 1940

La somero jam delonge transiris en aŭtunon. Ture miras ke ĉi-sude en la ĉefurbo la tagoj ankoraŭ sufiĉe varmas, sed vespere ili mallumiĝas pli kaj pli frue, kaj la noktoj jam friskas, kiam li paŝas al kaj de la lasta tramo hejmen. Mesaĝoj alvenas de temp' al tempo, kaj li skrupule ĉifras kaj malĉifras ilin. La ĝibeta libro-butikisto daŭre apenaŭ levas brovon kaj diras nenion, kiam Ture tie lasas siajn slipojn adresitajn al "Viktor Persson". En la mesaĝoj li rekonas vortojn kiel "ŝipoj, trajnoj, instrukcio, artilerio, milito, Germanio, Britio, imperiistoj" kaj plurajn aliajn, sed la rilato inter ili plej ofte restas malklara. Li neniam lernis tre multe da vortetoj kaj finaĵoj. Cetere estas bone tiel. Por pli granda sekureco li devus scii nenion pri la enhavo de la mesaĝoj.

Li pensas pri la maniero, kiel li ekhavis tiun taskon. Jam post du semajnoj en la ĉefurbo li kontaktis kamaradon Sandberg en la loka partia oficejo.

"Bonvenon, kamarado", diris tiu. "Kamarado Holmberg jam informis nin pri viaj spertoj kaj kompetentoj. Vi faris bone, venante al Stokholmo. Ĉi tie ni nuntempe havas gravegajn taskojn, kaj eĉ pli estonte, kiam la klasbatalo pliakriĝos."

Poste li komisiis al Ture iri al la adreso ĉe Västerlånggatan en la Malnova urbo kaj donis al li la bildkarton, per kiu li identigos sin. Krome li konsilis al li formale eksiĝi el la partio, evidente por ne kompromiti tiun en la okazo ke io fuŝiĝus. Kaj Ture efektive plenumis tiun peton, sed li komprenebla ankoraŭ konsideras sin partiano reale. Li aliĝis al la junulara asocio jam antaŭ dek kvin jaroj, kiam li estis dekkvinjara. Dum la skismo de 1929 la asocio perdis la plimulton de siaj anoj, kiuj pasiviĝis, reiris al la socialdemokratoj aŭ aliĝis al la konkuranta ne-kominterna komunista partio, kies restaĵoj lastatempe degeneris en nazian sekton. Sed Ture ĉiam restis fidela al Komintern, kaj en sia koro kaj racio li certe restos komunisto ĝis la morto. Precipe post lia tempo en Hispanio la skismoj kaj frakcioj staras al li en la gorĝo.

Laŭ li necesas fidi ke la gvidantoj scias, kio necesas por la fina venko de la socialismo.

Malgraŭ lia malkonsilo la babilema Manner ankoraŭfoje vizitas lin kaj akceptas botelon da malforta biero.

"Estas stranga milito", opinias Manner. "Nenio ja okazas."

"Pri tio eble ne konsentus la maristoj, kies ŝipojn oni torpedis. Se ili plu povus pensi ion ajn."

Ture ne volas mencii la amasan germanan bombadon de anglaj urboj kaj havenoj, nek la torpedadon de britaj militŝipoj, por ne veki diskuton pri la brita imperiismo. Pro la sama kialo li evitas paroli ankaŭ pri la ĵusa misbombado de parko en Malmö, kiun la britoj unue neis sed poste devis konfirmi. Laŭdire oni celis Ŝtetinon. Ŝajnas al li same neebla eraro preni la svedan urbon Malmö por la germana Ŝtetino trans la Balta maro, kiel tiu antaŭ duonjaro, kiam soveta aviadisto bombis la svedan vilaĝon Pajala, supozante ke ĝi estas la finnlanda Rovaniemi. Bonŝance dum ambaŭ misbombadoj mortis neniuj homoj, kio estas same stranga hazardo.

Malgraŭ tiuj bombadoj li trovas pli kaj pli evidente ke la plej grava minaco kontraŭ la sveda popolo estas la nazia Germanio, kvankam pro strategia motivo necesas silenti pri tio, dum plu daŭras la pakto de neagreso.

"Nu, kompreneble mortas iom da maristoj", koncedas Manner. "Sed veraj bataloj ne okazas. Almenaŭ ne surtere inter armeoj."

"Oni preparas kaj armas sin", diras Ture. "La germanoj faros provon invadi Brition. Aŭ ili rompos la pakton de neagreso. Ne eblas fidi ilin."

"Ili neniam kuraĝos ataki Sovetunion. Stalin frakasus ilin en semajno per sia ŝtala pugno."

"Espereble vi pravas. Pli bone se la faŝistoj kaj imperiistoj tranĉos al si la gorĝojn reciproke."

Post kiam Manner foriris, Ture decidas almenaŭ ne plu regali lin per biero, se li venos denove, sed maksimume per taso da kafosurogato. Eble tio komprenigos al li ke ne estas bona ideo societumi. Li eĉ ŝatus diri al li kiel la ruso: "Ni neniam renkontiĝis".

Ankaŭ Gullvi denove vizitas lin, kvankam ŝi plendetas pri la longa vojo tien.

"Estus pli bone se vi trovus loĝejon en Siberio", ŝi sugestas.

"Ĉi tie estas bone kun centra hejtado kaj gaso. Eĉ ekzistas komuna banĉambro en la kelo. Kaj endoma akvonecesejo. Pura lukso! Mankas nur saŭno."

"La necesejo ja estas bona, sed ĉu vi iam uzas tiun bankuvon? Vi nur parolas pri ĝi kaj eĉ ne montras ĝin."

"Nu, oni devas mem hejti la akvon, kaj brulligno kostas monon. Mi ŝokiĝis eksciante, kiom necesas pagi por ĝi ĉi tie en Stokholmo. Sed se vi volas, ni povus foje bani nin tie."

"Ne gravas. Laŭ mi sufiĉas lavi sin super lavpelvo kaj eble de temp' al tempo viziti publikan banejon. Mi tamen preferas bani min somere en lago, kvankam ĉi tie mi ne konas strandon. Astrid diris ke necesas veturi al la maro, ĉar ĉi-urbe la akvo tro malpuras. Sed verŝajne ŝi troigas, ĉar ŝi estas iom timema. Ĉu mi revarmigu la kafokruĉon?"

"Jes, bonvolu fari tion, se vi ne plu timas la gason!"

"Mi timas nur la bakujon, ne la flamingojn."

Kiam ŝia deĵoro tion ebligas, ili denove vizitas kinejon. En kelkaj lokoj oni nun montras germanajn propagandaĵojn, interalie pri la fieco kaj malsupereco de la juda raso. Tiaj filmoj tamen logas neniun el ili.

"Mi neniam renkontis judon", diras Gullvi. "Kaj mi ne ŝatis, kiam oni diris ke mi similas judinon."

"Kial ne?"

"Nu, mi supozis ke tio estas insulto."

"Sendube. Mi pensas ke la nazia malamo kontraŭ la judoj celas trompi kaj senarmigi la laboristojn. Oni volas ke ni batalu kontraŭ la judoj anstataŭ kontraŭ la kapitalistoj. Do mi miras ke ordinaraj svedoj pagas por spekti tiajn blagojn."

Aliloke prezentiĝas tute novaj svedaj filmoj pri la bravaj soldatoj, kiuj gardas la nacian neŭtralecon. Unu el ili titoliĝas "Herooj en flavo kaj bluo". Gullvi volonte elektus tiun, precipe se ĝi enhavus ankaŭ iom da humuro kaj romantiko. Sed li rifuzas aĉeti biletojn por tia stultaĵo.

"Ankaŭ tio estas naiva propagando", li opinias.

"Nu, ne gravas. Mi eble spektos ĝin kun Astrid. Ŝi certe ŝatus vidi, kiel vivas ŝia koramiko."

Do ili devas kompromisi. Unufoje ili spektas la leĝeran svedan amkomedion "Kisu ŝin!" kun Annalisa Ericson kaj Åke Söderblom. Ĝi enhavas multe da muziko, interalie la popularan kanton "Ni havas tiom por diri inter ni, sed nenio ajn fariĝas dirita", kiu pensigas al li ke ankaŭ inter Gullvi kaj li multaj aferoj ne estas esprimitaj. Interalie li ne rakontis ke li havas etan filon, kiun li ne plu renkontas. Li ankaŭ ne diras tute klare, kion li opinias pri la kino-komedio, vidante kiom ŝi aprezas ĝin. Do, ĉe la fino li tutsimple obeas la instigon de la titolo, kaj tion ili ambaŭ ja ŝatas.

Alifoje ili spektas la usonan dramon "Vinberoj de kolero" pri sentera kaj senlabora proleta familio, kiu migras al Kalifornio. Ture pensas ke ĝi povus fakte temi pri lia propra familio, se la banko prenus ilian hipotekitan bieneton kaj la arbarkompanioj maldungus liajn fratojn, kio ja facile povus okazi.

"Jen vera arto", li poste diras al Gullvi. "Ĝi donas instigon ŝanĝi la realon kaj nuligi la kapitalismon."

"Jes, ĝi estis bona sed tre malĝojiga."

"Tia ja estas la vivo."

"Mi bone scias. Sed ĉu necesas montri tion sur ekrano? Krome mi ne sukcesis legi ĉion, kion oni parolis. Do venontfoje ni spektu svedan filmon, ĉu ne?"

"En ordo. Bedaŭrinde neniu sveda filmisto faras ion seriozan sed nur banalaĵojn. Kelkfoje mi pensas ke en nia lando ne plu la religio sed la kino fariĝis opio de la popolo."

Li supozas ke Gullvi ne komprenas tion, sed ŝi ne demandas, kion li volas diri. Se jes, li povus diri ke la kino male devus esti klerigilo de la popolo, eĉ edukilo. Sed propra iniciate li ne diras tion al ŝi. Li timas ke ŝi trovus lin trofiera kaj malestima.

Li bone konscias ke li mem ne estas klerulo. En la vilaĝa lernejo, kie li pasigis ses jarojn, oni instruis du aĝojn en ĉiu klaso, tiel ke la infanoj ofte devis okupiĝi pri unu tasko, dum la instruisto prezentis ion alian al la pli aĝaj aŭ pli junaj lernantoj. Jam tie li alkutimiĝis ĉerpi sciojn el diversaj fontoj. Poste li eksciis multe pri la mondo en la komunista junularo, kaj ekde kiam li lernis sian metion, li havas abundajn okazojn por daŭrigi tion, legante la artikolojn, kiujn li kompostas. Gullvi male lernis tre malmulte en siaj lernejoj, ŝajnas al li. Li miras ke ŝi pli divenas ol vere legas tekstojn. Sed se li tro multe klopodus eduki ŝin, rezulte li eble perdus ŝin, kaj tion li ne volas.

"Ĉiuokaze tiu filmo montras ke Ameriko ne estas paradizo de la popolo, kiel iuj stultuloj kredas", li tamen resumas la vinberojn de kolero. "Kaj ke ankaŭ tie la laboristoj devas batali por siaj interesoj."

"Nu, mi plej multe kompatis la filon, kiu mortigis la fiulon", diras Gullvi. "Li eĉ ne intencis tion, kaj tamen li devis fuĝi."

Entute Ture ne scias, kial lia koro ligiĝis al ĉi tiu malklera knabino preskaŭ tute sen klaskonscio. Tamen estas klare ke tiel okazis. Li bonfartas estante kun ŝi, same dum leĝera babilado, en promenoj, sidante apud ŝi en kineja salono, kaj kuŝante enlite. Ŝi nenion postulas sed ankaŭ ne faras apartajn komplezojn al li. Ŝajne ŝi nek atendas multon nek vere dependas de li. Eble la rilato al ŝi prezentas ĝuste tian amon, kian li povas doni kaj akcepti sen senti premon kaj katenon. Li dubas ke ĝi povos daŭri dumvive, sed por la nuna tempo li tre ĝojas ke li havas ŝin. Se li iam enpense uzus la etburĝan vorton "feliĉo", ĉi tio sendube estus konvena okazo por ĝi.

Kompreneble alia bona afero pri Gullvi estas ke ŝi ne donos al li plian idon, almenaŭ se ŝia rakonto estas vera. Fakte ĝi estas tiel absurda ke ŝi certe ne povus elpensi ĝin. Ne eblas antaŭvidi, kiel ŝi reagus eksciante ke li jam havas filon. Ŝia pensmaniero ofte estas naivega, sed alifoje li miras ke ŝi reagas tre seniluzie, eble ĉar ŝi jam spertis krudajn kaj kruelajn travivaĵojn kaj eble eĉ pli multe ol ŝi rakontis al li.

En novembro la vizitoj de Manner ĉe Ture ĉesas, kio komence kontentigas lin. Ne plu venas ciferserioj por malĉifri sed nur mesaĝoj por ĉifri kaj lasi en la librejon. Unu tagon venas ankaŭ slipo kun svedlingva instrukcio ke li iru tien morgaŭ je la dua posttagmeze.

La butikisto same silente kiel lastfoje enlasas lin en la malantaŭan ĉambron, kie atendas la ruso.

"Ni perdis nian pianiston", diras la ruso sen ajna enkonduko.

"Sed ni esperas ke baldaŭ trovos alian. Nu, jen nova rutino, kamarado. Vi ne plu ricevos al via domo mesaĝojn, sed ĉiun tagon pasu en ĉi tiu strato. Se aperas en fenestro ĉi tiu libro, vi eniros por ricevi mesaĝon. Se ne libro, vi ne eniros."

Li montras libron kun portreto de Friedrich Engels kaj la titolo "Origino de l' familio, privata proprieto kaj ŝtato".

"Bone, mi komprenas. Kio do okazis al Manner?"

La ruso rigardas lin streĉe.

"Neniuj nomoj. Simple faru donitan al vi taskon."

"Certe. Vi povas fidi je mi, kamarado."

Li forlasas la butiketon, sed dum la sekva semajno eĉ ne unufoje la libro de Engels videblas en la eta montrofenestro plena de aliaj libroj paliĝintaj kaj polvaj. Do li povas nenion fari krom atendi novajn mesaĝojn kaj novajn taskojn. Li tamen fidas ke lia kontribuo al la afero estos bezonata ankaŭ estonte.

La novaĵoj el eksterlando, kiujn li ĉiuvespere kompostas, plenas de militeventoj. Germanio ŝajne devas rezigni la intencon invadi Brition kaj anstataŭe intensigas la bombadon de anglaj urboj. Oni plene ruinigas la gravan industrian urbon Coventry, kaj ankaŭ Londono tre suferas pro sendistinga bombado. Italio atakas Grekion kaj Egiption sed ne tre prosperas pri siaj provoj transformi Mediteraneon en italan "Mare Nostrum".

Li plu legas ke ne nur Hungario sed ankaŭ Slovakio kaj Rumanio formas aliancon kun Germanio, kvankam Hungario ĵus per germana helpo aneksis la sudan kaj orientan partojn de Slovakio kaj la nordan Transilvanion de Rumanio. Cetere ŝajnas ke ankaŭ Bulgario, al kiu Hitler donacis parton de Dobruĝo el Rumanio, baldaŭ devos aliĝi al Germanio, kvankam la bulgara registaro militkomence deklaris sin neŭtrala. Ĉu eble okazos same pri Svedio?

Li trovas malfacile antaŭvidi, kiel evoluos la nova mondmilito. Ĉu Germanio kaj Britio faros packontrakton tiel ke la faŝismo kaj la imperiismo brakumos unu la alian? Ili ambaŭ ja estas logikaj konsekvencoj de la kapitalismo. Ĉu la pakto de neagreso daŭros, aŭ ĉu la longe atendata kunpuŝiĝo inter Germanio kaj Sovetunio finfine komenciĝos? Ĉu Italio konkeros nordan Afrikon kaj Japanio la tutan Ĉinion? Kaj kiel longe Svedio sukcesos resti ekster la milito? La novaĵoj kaj artikoloj, kiujn li pretigas por preso kaj distribuo al la legantoj de Social-Demokraten, ne povas antaŭdiri, kio okazos estonte. Kaj dume li mem povas nur atendi pliajn mesaĝojn por ĉifri aŭ malĉifri, helpante la solan socialisman ŝtaton kontraŭ ĉiuj ties malamikoj, ankaŭ tiuj en lia propra lando.

Kompare kun la presejo en Boden, kie la kreskanta malamo de liaj kolegoj iĝis koroda, ĉi tie regas sufiĉe bona etoso inter la tipografoj. Certe li ja rikoltas mokojn pri Stalin kaj pri la supozata nazi-komunista pakto, malgraŭ lia klarigado ke tute ne temas pri alianco. Tio tamen estas ĉefe babilado por provoki ian reagon ĉe li, do li prenas tion trankvile. Sed li sentas ke oni vere respektas lin pro lia lamado, kiun li ekhavis batalante kontraŭ la faŝistoj en Hispanio. Ĝenerale la kolegoj ĉi tie estas pli bone informitaj kaj pli vastmensaj ol la plej multaj homoj, kvankam neniu alia estas organizita komunisto.

Kelkfoje ankaŭ ĵurnalistoj faras mallongan viziton en la kompostejo por mendi lastmomentan ŝanĝon en artikolo tuj antaŭ la ekpresado. La tipografoj ĉiam kontestas tion, asertante ke jam tro malfruas, sed tion ili diras nur pro formo; praktike ili rapide kaj per lertaj manoj plenumas la deziratan ŝanĝon. Ankaŭ inter la plej multaj ĵurnalistoj kaj la tipografoj regas amika etoso.

La ĉefa kaj preskaŭ sola escepto estas Cederblad, la alta kaj magra ĉefkompostisto. Li estas nekuracebla mizantropo, kiu ŝajne malamas siajn subulojn, la tipografojn, same intense kiel la ĵurnalistojn, kaj eĉ pri la legantoj de la ĵurnalo li esprimas precipe malestimon. Ĉiuj delonge alkutimiĝis al tio kaj ĉiam klopodas laŭeble eviti lin. Sed kiam li eksciis ke Ture estas komunisto, li direktas sian agreson plej multe kontraŭ li. Tiu sinteno tamen ne infektas la aliajn kolegojn. Eble eĉ male, ĉar ili ĉiuj ŝatas moketi

"Cedron", kiel oni nomas lin, almenaŭ kiam li ne ĉeestas. Malgraŭ tio Ture iom maltrankvilas pri sia estonteco en la laborejo, ĉar evidente la ĉefkompostisto povos pli influi la ĉefojn de la ĵurnalo ol la simplaj tipografoj.

Dekunua ĉapitro. Simple forgesu lin!

Gullvi, Stokholmo 1940

Jam de du semajnoj ŝi ne vidis lin, nek aŭdis ion ajn de li. Almenaŭ dum ŝiaj deĵoroj li ne venis por manĝi aŭ trinki ion en Norma. Unu malvarmegan vesperon ŝi iras al lia laborejo, la presejo de la ĵurnalo Social-Demokraten, kie ŝi foje jam antaŭe atendis la finon de lia deĵoro. Ŝi sonorigas ĉe la pordo, sed ĉi-okaze oni ne enlasas ŝin.

"Mi volas nur ekscii, ĉu Ture Haglund deĵoras ĉi-vespere."

La alta maldikulo, kiu rigardas ŝin suspekteme tra la pordo-fendo, ne respondas sed videble paŭtas, gapante al ŝi malamike.

"Se vi ne scias, eble vi bonvolus demandi iun, ĉu li ĉeestas", ŝi reprovas.

"Ĉi tio estas presejo, nenia komunista klubo. Do reiru al la viaj."

Li ne precizigas, kiuj estas la ŝiaj, sed frapfermas la pordon. Do ŝi devas reiri hejmen al sia ĉambro, kie ŝi trovas ke Astrid kaj Ville strabas al ŝi kiel al entrudanto. Sendube ili supozis ke ŝi tranoktos ĉe Ture.

En la sekva tago ŝi tramas la longan vojon al Aspudden, silente malbenante ke li ne havas telefonon. Sed li evidente ne hejmas. Ŝi persiste frapas sur lia pordo, ĝis la maljuna najbarino malfermas sian pordon por klaĉi.

"Li verŝajne ne revenos, fraŭlino. Oni forkondukis lin kaj traserĉis la apartamenton."

Gullvi rigardas ŝin konsternite.

"Kiu? Ĉu la polico?"

"Mi supozas ke jes, kvankam ili estis civile vestitaj. Sed ili ne volis rakonti, kian krimon li faris. Ĉu vi scias, fraŭlino?"

"Li faris nenion!"

Ŝi volas aldoni: "kio koncernas vin", sed anstataŭe ŝi deman-das:

"Kiam okazis tio?"

"La antaŭan ĵaŭdon, mi pensas. Ne, vendrede, ĉar mi ĵus lavis la ŝtuparon, kiam tiuj sinjoroj enpaŝis per siaj malpuraj botoj. Do, demandu ĉe la polico, fraŭlino, aŭ simple forgesu lin! Nuntempe ja svarmas suspektindaj personoj, eĉ eksterlandanoj, kaj oni devas prefere silenti ol babili."

Post tio ŝi evidente ekpensas ke eble indas sekvi la propran konsilon, do ŝi diras nenion plu.

Gullvi tamen ne volas iri al la polico por demandi pri Ture. Eble oni eksuspektus ankaŭ ŝin. Prefere ŝi demandu liajn sam-partianojn, sed ŝi dubas, ĉu ili tre babilemos. Bedaŭrinde ŝi konas neniun el liaj amikoj. En la restoracio li plej ofte sidis ĉe tablo kun kelkaj aliaj komunistoj, sed li neniam konatigis ilin al ŝi. Kaj jam de kelkaj tagoj ŝi ne plu vidas ilin tie. Verŝajne ŝi devos simple atendi ke oni lasos lin libera. Sed ĉu tio okazos? Tre verŝajne temas pri lia iama servado en la hispana milito. Iam ŝi aŭdis ke estis malpermesite iri tien por batali. Sed jam pasis du jaroj post lia reveno, kaj oni nenion faris kontraŭ li. Ĉu la germanoj nun postulas ke Svedio finfine punu tiujn, kiuj batalis kontraŭ la faŝ-istoj?

Aŭ ĉu temas pri lia sekreta laboro super la paperslipoj kaj la mistera libro? Sed kiel tio povus esti krimo?

Ŝi ne trovas la solvon de la enigmo, nek scias kie serĉi ĝin. Eblas nur atendi kaj esperi, dum ŝi plu laboros en la restoracio. Kiam li liberiĝos, li certe venos al Norma por klarigi al ŝi, kio okazis. Aŭ almenaŭ por rigardi ŝin kaj ĝui, dum ŝi laboras.

La tagoj pasas kaj fariĝas semajnoj. Komence de decembro unu gasto aliras ŝin ĉe la kaso, kiam ne estas vico da homoj tie. Ŝi kredas rekoni lin el la iama rondo ĉe la komunista tablo. Li havas sufiĉe karakterizan vizaĝon kun pinta mentono kaj hirtaj brovoj super malvastaj okulfendoj.

"Vi estas Gullvi, ĉu ne?"

"Jes. Kiel vi konas min?"

"Ne gravas, sed kiel vi supozeble scias, kamarado Haglund estas arestita. Pro falsa akuzo. Ĉu oni jam pridemandis vin?"

Ŝi forte kapneas.

"Ne."

"Bone. Se tio okazos, gravas diri absolute nenion. Vi scias nenion. Ĉu vi komprenas?"

"Certe. Mi ja scias nenion!"

"Bone. Restu tiel."

"Ĉu li estos kondamnita?"

"Sendube jes. La kapitalisma ŝtato rigoras. Sed ĝi ne daŭros por ĉiam."

Ŝi volus demandi pli multe pri Ture, sed la nekonata viro turnas al ŝi la dorson kaj eliras sur la straton. Verŝajne li ne revenos por malkaŝi ion pluan. Ŝi forte timas ke ankaŭ Ture ne plu revenos en ŝian vivon.

Do ŝi daŭrigas la ĉiutagajn rutinojn kun laboro en la restoracio, babilado kun kolegoj kaj fojfoje kun klientoj. Astrid kaj ŝi denove eliras por viziti dancejon kaj renkontas junulojn, knabojn, virojn, el kiuj kelkaj traktas ilin dece kaj ĝentile, dum aliaj proponas al ili postdancan kunestadon en maniero pli aŭ malpli insista. Ambaŭ knabinoj rezistas la proponojn. Astrid jam havas sian koramikon, kiu defendas la landon, aŭ almenaŭ pretus fari tion, se oni atakus ĝin. Kaj Gullvi havas la memorojn pri Ture. Nedubeble li estis la plej bona viro, kiu gastis en ŝia vivo, kvankam li ne dancis kaj ne ŝatis la samajn kinofilmojn kiel ŝi.

Tamen la tempo pasas. Unu tagon viro atendas ŝin post la fino de ŝia deĵoro en Norma, kaj ŝi akompanas lin al bona hotelo kontraŭ la centra stacidomo. Evidente li estas vizitanto en la ĉefurbo, kaj pri la celo ŝi ekscias nur ke temas pri komerco. Plej gravas al ŝi ke li ne igos ŝin vipi lin, kaj tio tute ne okazas. Preskaŭ male, almenaŭ dum momento. Li puŝas ŝin en la liton kaj komencas kuspi ŝian jupon, dum li peze anhelas.

"Atendu iomete", ŝi sukcesas interveni. "Ne tiel rapidu. Lasu min demeti la vestaĵojn, kaj mem senvestiĝu."

La viro konsterniĝas pro ŝia reago, kaj kiam ŝi efektive sukcesas malvesti sin mem kaj lin, montriĝas ke li impotentas. Ŝi preskaŭ ekridas, sed bonŝance ŝi bridas sin. Ŝi ja komprenas ke neniu viro vidus la humuron en tia situacio.

"Lasu min", ŝi do diras, kaŭrante antaŭ lia limakosimila vira fiero. "Mi provos aranĝi tion."

Kaj tion ŝi faras kun la atendebla efiko. La viro moliĝas; lia virilo male. Kaj post koito ne pli perforta ol ordinare, li tiel kontentas ke li mendas ĉampanon de la hotela pordisto per la telefono staranta sur tablo. Ĉi tio estas luksa ĉambro kompare kun tiu, kie ŝi devis vipi postaĵon.

La ĉampano alvenas, ili trinkas, kaj ŝi fariĝas sufiĉe ridema de tiu unuafoja sperto. Malpleniginte la botelon ili ripetas la seksumadon sen interveno de obstakloj, se ne mencii ke li meze de la afero endormiĝas en ŝiaj brakoj.

"Bedaŭrinde mi devas reiri al Gotenburgo jam morgaŭ", li diras matene, kiam ŝi revestas sin. "Sed eble mi revenos iam post Novjaro. Tio dependas de la komerco."

"En ordo. Mi plu laboros en Norma."

Kelkan tempon post tiu ĉampana nokto la nekonata komunisto kun la pinta mentono revenas al ŝi ĉe la kaso de la restoracio.

"La proceso kontraŭ kamarado Haglund kaj aliaj okazos post nelonge en la Urbodomo", li diras. "Sed ĝi estos nepublika. Tamen ni ne dubas ke sekvos malliberigo."

"Kion li do faris?"

"Nenion. Temas pri politika proceso. Kaj memoru ke vi scias nenion."

Dirinte tion li foriras. Kaj certe ne malfacilos memori ke ŝi scias nenion.

La diraĵo de la nekonata komunisto pensigas ŝin pri ŝia kuzo Valter. Ŝi scivolas, kie li nun troviĝas kaj kiel prosperas al li la vivo en libereco. Poste ŝi ekpensas pri Panjo kaj la juna duonfrato Sture. Dum momento ŝi denove demandas sin, ĉu ŝi provu serĉi Panjon ĉe la ĉokoladfabriko, sed baldaŭ tiu ideo forvelkas kaj iĝas nur fantazio. Tamen estas strange ke ŝi neniam renkontas siajn familianojn. Eble ŝia mortinta patro havas parencojn en la ĉefurbo. Ŝi povus serĉi sian familian nomon Rosengren en la telefonlibro.

Sed kredeble multaj homoj portas tiun nomon sen ajna parenceco al ŝi. Se ekzistus iuj, kiuj volas havi kontakton kun la vidvino kaj filino de la mortinto, Panjo sendube jam antaŭlonge konus ilin kaj prezentus ilin al ŝi.

Aliflanke ŝia patro ja estis vaganto, do eblajn parencojn ŝi devus serĉi ne nur en Stokholmo sed en la tuta lando. Kaj eĉ se ili ekzistus, ili tre verŝajne ne havus telefonon, do la telefonlibro neniel helpus.

Kiam komenciĝas la dua sinsekva ege severa vintro, ŝi plimalpli ĉesas promeni en la urbo, krom laŭ la plej rapida vojo inter la ĉambro kaj la laborejo. Ankaŭ Astrid plej ofte estas hejme, kiam ŝi ne laboras. Unu vesperon tuj antaŭ Kristnasko ili kuŝas ĉiu sur sia lito, plene vestitaj tamen sub duoblaj kovriloj, ĉar la hejtado ne estas abunda, babilante pri ĉiuj plezuroj, kiujn ili spertus, se ne estus tia diabla malvarmo.

"Mi sopiras la someron, kiam estos suno kaj varmo kaj Ville liberiĝos", diras Astrid. "Ni iros al la maro por sunumi kaj bani nin. Mi aĉetos novan bankostumon. Aŭ eble mi rekomencos kroĉeti kaj mem faros ruĝan, kiu bone sidos sur miaj formoj. Tion Ville ja ŝatus."

Gullvi ridas. Ŝi facile imagas ke Ville ŝatus la molajn formojn de sia koramikino nur leĝere kaŝitajn en strikta ruĝa kroĉetaĵo. Sed li eble ne same ŝatus ke aliaj viroj dividus tiun vidaĵon.

"Se vi kroĉetos ĝin tiel maldense kiel la ĉapon, li certe admiros ĝin."

"Ha, tio estis nur provo. Mi volis esplori, ĉu mi memoras kiel kroĉeti. Sed la fadeno estis tro dika."

"Nu, ĝi estas maldensa kiel reto. Estus iom tikla bankostumo, se vi farus simile."

Nun ili ambaŭ ridas sub siaj kovriloj.

"Cetere ankaŭ mi devas aĉeti novan", aldonas Gullvi. "La malnova aspektas mordita de tineoj. La lastan someron mi eĉ ne unufoje banis min. Sed mi ne scias kroĉeti. En la korektejo oni instruis trikadon, sed ankaŭ tion mi ne plu memoras."

"Se mi sukcesos pri mia propra, mi povos fari duan por vi. Sed tiun mi kroĉetos eĉ pli maldense."

Sekvas novaj rideksplodoj. Sed baldaŭ Astrid reserioziĝas.

"Se Ture trafos en malliberejon, vi devos simple forgesi lin. Vi komprenas tion, ĉu ne?"

Gullvi ne scias kion respondi. Jen jam la dua virino, kiu diras ke ŝi forgesu lin. Ja ne tiel facilas forgesi amaton! Dum la ĉampana nokto ŝi tute ne pensis pri Ture, sed poste li iel reaperis kaj ĝis nun ne forlasas ŝian menson.

"Ĉar kun krimulo vi neniam havos bonan vivon", daŭrigas Astrid. "Fakte, eĉ se oni lasos lin libera, vi prefere trovu iun, kiu ne estas komunisto. Iun fidindan ulon."

"Mi fidas lin. Li estas la plej bona viro, kiun mi konis."

Astrid suspiras.

"Bone, tamen li ne estas fidinda. Li ĉiam trovos aliajn aferojn pli gravaj ol vin. Stalinon aŭ mi ne scias kion. Ĉu li iam proponis ke vi geedziĝu?"

"Ni ne parolis pri tio."

"Kompreneble ne. Jen kion mi volas diri. Prefere trovu iun alian. Iun, kiu edzinigos vin."

"Mi dubas, ĉu ekzistas tia ulo."

"Certe ekzistas. Multaj uloj volas havi hejmon kun edzino, kiu mastrumas kaj ĉiam ĉeestas tie. Kaj vi povos adopti infanon. Ne necesas mem naski ĝin. Multaj knabinoj gravediĝas kaj devas fordoni la bebon. Precipe nun, kiam la uloj revenas de sia soldat-servado plenplenaj de suko."

Ŝi paŭzas por denove subridi. Gullvi pensas pri ŝiaj vortoj sed ne komentas ilin.

"Kompreneble", daŭrigas Astrid, "se mi mem gravediĝus, mi ne pretus fordoni la idon. Ni devus geedziĝi subite, kaj mi ĉesus labori en Norma. Li ne perlaborus multe en la aŭtoriparejo, sed ni ekonomius, kaj espereble li iam trovos pli bonan laboron aŭ ricevos pli altan salajron ol antaŭe. Gravas nur ke finiĝu la damna soldatado. Cetere ni devus peti permeson por geedziĝi, ĉar li ankoraŭ ne estas dudekunujara. Ni estas samaĝaj krom unu monato, bonŝance. Li eble ne ŝatus, se mi estus pli aĝa ol li. Sed li estas fidinda. Li certe ne forkurus de sia respondeco. Mi tute ne timas tion. Tamen ni klopodas por prokrasti la aferon, ĝis li estos libera kaj plenaĝa. Kompreneble li kelkfoje tro malfruas, aŭ pli ĝuste tro fruas."

Post tiu longa kaj sinua monologo ankaŭ Gullvi povas partopreni en la ridado. Ŝi ŝatus diri ke ŝi iam aŭdis la amikinon krieti ke li ĉuras tro frue, sed ŝi rezignas diri tion voĉe.

"Vi estas bonŝanca, kiu ne devas timi tion", plu babilas Astrid. "Nu, pardonu. Tio eble estis stulta diraĵo. Sed fakte vi povos adopti. Ĝoju ke vi eĉ ne devos suferi pro naskodoloroj."

"Mi ne kredas ke oni permesus al mi adopti infanon", finfine diras Gullvi.

"Kial ne? Se vi edziniĝos oni certe permesos tion. Multaj beboj bezonas gepatrojn. Kaj ekde nun estos eĉ pli da soldatidoj."

"Sed la sociala servo ne akceptos min por adopti. Mi jam estas stampita kiel malbona. Jen kial oni pritranĉis min."

"Mi ne kredas tion. Se vi edziniĝos al bona viro, ne al krimulo aŭ komunisto, oni certe permesos. Kaj vi ne povos dumvive servi en Norma."

Gullvi denove silentas. Astrid jam scias ke ŝi estas vaganto, sed ŝi eble ne komprenis, kion tio signifas. Ŝi ne povas konscii ke Gullvi estas nedezirata rubaĵo kaj ŝarĝo por la sveda nacio. Rubaĵo, kiun oni volas forbalai, ne plimultigi.

"Ĉiuokaze tio ne gravas ĉi-momente, ĉar mi havas nek bonan nek malbonan viron", ŝi diras post kelka tempo.

Ankaŭ Astrid prokrastas plu paroli, kaj kiam ŝi rekomencas, ŝi sonas dormema.

"Tamen vi baldaŭ trovos iun. Mi certas. La uloj ja freneziĝas vidante vin. Ili trovas viajn malhelajn harojn ege pli ekscitaj ol miaj pajlokoloraj."

Gullvi pripensas. Fakte viroj ofte amindumas ŝin, sed ĝis nun neniu proponis geedziĝon.

"Eble por unu nokto", ŝi diras. "Sed por la tuta vivo la viroj certe preferas blondulinon kiel vi."

Dum kelka tempo ili ambaŭ silentas, kaj Gullvi pli-malpli supozas ke Astrid endormiĝis. Sed poste la amikino denove ekparolas per tirata voĉo, preskaŭ murmure.

"Mi ne scias, ĉu vi pravas pri ĉiuj viroj", ŝi diras. "Sed espereble pri Ville. Mi eĉ pensas ke li iomete timas vin."

Gullvi ekridas, sed ŝi ne demandas, kial li timus ŝin, ĉar efektive ŝi havas similan senton. Kaj plej multe li eble timas ke ŝi logos lian koramikinon al ia miskonduto.

"Ĉu Ville estas via unua?" ŝi anstataŭe demandas.

Astrid faras ian malkontentan sonon, sed post kelka tempo ŝi respondas.

"Vi ne rajtas diri tion al li, sed hejme en Harbo mi havis alian ulon. Sed li ne traktis min bone."

"Kion li do faris al vi?"

"Li mokis min, dirante ke mi estas stulta anserino. Kaj... li estis tro kruda kiam ni seksumis. Perfortema, fakte. Jen kial mi eklaboris unue en Upsalo kaj poste ĉi tie. Sed mi nenion rakontis pri tio al Ville, ĉar li evidente havis neniun antaŭ mi."

"Nu, bone ke vi venis ĉi tien. Kaj Ville estas pli tenera, ĉu ne?"

"Certe. Li estas bona. Komence ŝajnis ke li eĉ timas la piĉon."

Gullvi ekridas. Ĉu tio eblas? Tian viron ŝi ankoraŭ ne konis, krom se la hotelĉambra ploranto eble suferis pro tia timo kaj tial ne permesis al ŝi senvestiĝi.

"Fakte", daŭrigas Astrid, "li ne volis tuŝi ĝin permane. Sed nun li jam lernis kiel fari. Ni ambaŭ lernis."

"Mhm", murmuras Gullvi. "Mi kelkfoje aŭdis tion."

Kaj ankoraŭfoje ili ambaŭ gaje ridas ĉiu sub sia kovrilo en la malvarmeta ĉambro.

"Nu", poste diras Astrid, "mi baldaŭ devos ellitiĝi por povi enlitiĝi."

"Same mi", konstatas Gullvi ridante.

Ŝi rimarkas ke la amikino ne demandas ŝin reciproke pri ŝiaj antaŭaj spertoj de viroj. Tio cetere ne necesas. Ŝi neniam kaŝis ke ŝi jam havis kelkajn. Unufoje Astrid eĉ diris ke decus iom pli rezisti la virojn, sed Gullvi trovas nenian sencon en tio, almenaŭ en sia propra vivo. Jam delonge tro malfruas por tia deco, kiu estus nura hipokrito.

Ankaŭ la sperton kun la unua perfortinto, kiun ŝi volus forgesi, se tio eblus, ŝi jam aludis al la amikino. Tiam Astrid kompatis ŝin kaj koleris pro la okazintaĵo kaj eĉ diris ke la kuzo pravis pri sia ago, ĉar tiaj fiuloj ne rajtas vivi. Verŝajne ŝi diris tion pensante pri sia propra unua viro. Ĉiuokaze tion supozas Gullvi.

Dekdua ĉapitro. Kie ni estas?

Reidar, Hønefoss–Öreryd 1941

Komenciĝas nova jaro. Al Reidar la pasintaj festotagoj ŝajnis iom magraj, se temas pri la tradicia festa manĝo.

"Mi supozas ke la plej granda parto de la buĉitaj porkoj iris al la germana armeo", li plendis ĉe la familia tablo.

Por la familio Halvorsen kaj aliaj norvegoj la kutima kristnaska ripaĵo efektive fariĝis rara. Kelkfoje lastatempe malfacilas trovi eĉ la sekigitajn moruojn, per kiuj Norvegio jam delonge provizas la mondon, aŭ almenaŭ Italion kaj Hispanion, kvankam la germanaj soldatoj verŝajne ne tro ĝuas ilin. Kaj laŭ lia patrino oni povas plej ofte nur revi pri diversaj viandaĵoj, butero, kremo kaj kafo. Tiel do okazis ke la ŝafaĵo kun brasiko fariĝis ĉefa kristnaska plado, kaj ĝi ja bongustas sed ne ŝajnis al Reidar tre festa, ĉar oni jam kelkfoje manĝis ĝin dum la aŭtuno.

Por li bato eĉ pli kruela ol la manko de festa manĝo tamen estas la malapero de Synnøve. Li tute ne estis preparita por tio.

"Mi ricevis novan oficon en la telefoncentralo de Kristiansand", ŝi rakontas, jam kun pli aŭdeble sudnorvega akĉento ol antaŭe. "Kaj mi decidis akcepti ĝin. Tie plu loĝas miaj gepatroj kaj aliaj parencoj kaj amikoj. Mi vere bedaŭras. Vi ja mankos al mi. Ĉiuj en la grupo mankos al mi."

Li ne scias kion diri. Ĉu ilia rilato do estis nur ia portempa distraĵo? Ĉu li estas nur unu el "ĉiuj en la grupo"?

"Ni tamen klopodu plu teni kontakton", ŝi konsolas lin. "Sendu leterojn, mi petas, kaj mi provos telefoni al vi el la laborejo, en kvietaj horoj. Sed kompreneble ni ne povos telefone interparoli pri la rezistado."

La rezistado! Dum momento li sendas la rezistadon al la diablo. Poste li resobriĝas.

"Bone", li diras tute idiote per ŝancela voĉo.

Ja ne estas bone. Estas mizere. Katastrofe. Krime.

"En ordo", li reprovas. "Ankaŭ vi tre mankos al mi. Sed eble mi povus trovi laboron tie sude. Ĉu vi loĝos ĉe la gepatroj?"

"Komence jes. Sed ne faru ion senpripense, Reidar. Atendu. Post la milito estos pli bone. Eble tiam..."

Ŝi ne precizigas, kio povos okazi postmilite. Kaj cetere, kiam kaj kiel finiĝos ĉi tiu damna milito? Hitler regas la eŭropan ĉefteron kaj minacas konkeri ankaŭ Brition. Kaj en la oriento Stalin kovas la unuan eblan okazon por enmiksiĝi. Ne facilas imagi Eŭropon aŭ eĉ nur Norvegion postmilitan. Do la disiĝo de Synnøve plej probable estos por ĉiam. Kaj tio eble estas ŝia vera intenco, kvankam ŝi nebulumas pri "post la milito" por iel indulgi liajn sentojn.

En la grupo Anne rakontas pri persekutoj kaj premo kontraŭ la instruistoj. La plej multaj el ili daŭre rifuzas prezenti al siaj lernantoj la mondon el nazia vidpunkto. Aliflanke ili ne povas en la lecionoj senkaŝe kritiki la germanojn kaj la kvislingojn, ĉar tio povus endanĝerigi la infanojn kaj ties familiojn. Kaj ankaŭ la instruistojn mem, kompreneble. Pluraj jam estas arestitaj.

Post la transloĝiĝo de Synnøve Reidar komencas pli ol antaŭe pensi pri la norvegaj trupoj, kiuj formiĝas en Britio. Li vere volas fari ion pli konkretan ol tion, kio eblas en la loka rezista grupo. Sed kiel do agi por veni tien? Knut kaj Eirik insiste petas lin forgesi tiujn ideojn, aŭ almenaŭ prokrasti ilin. Laŭ ili la grupo havos gravajn taskojn ĉi tie, kaj la norvegaj soldatoj en Britio eble neniam havos okazon reale batali.

Ĉi tio estas la dua sinsekva vintro kun nekutime malalta temperaturo kaj relative malmulte da neĝo. Mankas karbo kaj koakso, do oni devas anstataŭigi ilin per brulligno, kaj ĉie en la urbeto same kiel en kamparaj bienoj altiĝas ŝtipostakoj por garantii la hejtadon. Samtempe transportoj suferas pro manko de benzino kaj dizelpetrolo, do multaj maljunaj ĉevaloj devas malemeritiĝi por denove treni veturilojn kun varoj por la homoj.

Ĉi-vintre li ne povas sketadi kiel antaŭ du jaroj, ĉar la rapidsketejo estas regata de la NS-organizaĵo kaj do sub bojkoto de la rezista grupo. Li provas anstataŭe skii laŭ la padoj en la arbaro, sed ankoraŭ la neĝotavolo sufiĉas nur por skii sur ebena senarba tereno – krom eble se li povus supreniri sur la altaĵojn okcidente de la urbo. En la plej proksima arbaro Hovsmarka li cetere ne ŝatus preterpasi la rokon, kie li iam kuŝis kun Synnøve. Tio vekus amaran memoron.

Fine de januaro Patrino avertas lin okaze de la familia vesper-manĝo.

"Henrik petis min certigi ke vi ne enmiksiĝos en ion kontraŭleĝan, ĉar tio finiĝus malbone por vi."

Reidar demetas la kuleron sur la supteleron, tiel ke la ter-pomsupo plaŭdas.

"La onklo devus ne paroli pri leĝo. Ĉu la germanoj okupis nian landon laŭleĝe? Ne aŭskultu lin, Panjo!"

"Tamen estu singarda", admonas ankaŭ la patro. "Faru nenion, kio povus esti danĝera."

"Ne lasu la onklon timigi vin. Ne mi sed li finiĝos malbone."

"Henrik ne estas malbona", kontraŭas la patrino. "Li volis averti vin, por ke vi ne trafu en malfeliĉon."

Reidar skuas la kapon kaj reprenas la supkuleron.

"Diru al li ke li zorgu pri sia propra feliĉo."

Poste li rekomencas manĝi la supon. Ne indas diskuti kun la gepatroj. Ili estas tro timemaj.

Sed en la grupo oni parolas pri nova ondo de arestoj, kaj pluraj personoj preparas sin por kaŝiĝi aŭ rifuĝi. En ĉi tiu malvarmega sezono tamen ne facilus longe kaŝi sin en la arbaro. Por eviti refojan areston Knut forlasas la urbeton kaj provizore kaŝas sin ĉe sia frato en Drammen. Kaj fine venas la vico ankaŭ al Reidar. Kiam li survojas hejmen en unu vespero, lia fratino Kristine gardostaras sur la neĝa tero ĉe la stratangulo. Ŝi surmetis du trikitajn ĉapojn kaj la pelton de Patrino, kaj ŝia nazeto kaj vangoj lumas ruĝe super la lana koltuko.

"Ne iru hejmen, Reidar! La polico atendas vin."

"Ĉu en nia domo?"

"Jes! Mi elŝteliĝis tra la ĝardena pordo. Rapidu for ien!"

Do li agas rapidege, irante grandpaŝe en flankstraton kaj plu ekster la urbeton. Kie li povas kaŝi sin? Ankaŭ la aliaj grupanoj povas esti suspektataj. Post iom da konsiderado li decidas provi ĉe Anne. Ŝi ĵus transprenis la ĉambron, kiun antaŭe luis Synnøve. Do li turnas sin, reiras en la urbeton, kuras sur la ponto trans la riveron, kies torenta akvo vaporas inter masivaj glacikolonoj, dum li senĉese turnadas la kapon por ekvidi, ĉu oni persekutas lin. Poste li paŝas plu suden iom pli trankvile ĝis la strato Bloms gate kaj la domo kun la duonkela ĉambro. Li tamen ne volas frapeti sur la pordo sed alproksimiĝas al ŝia fenestro. Mallarĝa strieto da lumo eliĝas ĉe la rando de la nigruma kurteno, do ŝi supozeble ne dormas. Li kolektas neĝon kaj formas molan bulon, kiun li ĵetas sur la fenestron. Nenia reago. Dua bulo, jam iomete pli malmola. Li kredas aŭdi ian sonon de interne, kaj jen la pordo malfermiĝas je fendo. Anne gvatas eksteren, verŝajne vidante nenion en la mallumo. Li fajfetas mallaŭte el sia loko inter du ornamaj arbustoj, kiuj nun triste senfolias, kaj ŝi ekvidas lin.

"Kiu estas?"

"Reidar", li flustras.

"Rapidu enen."

Li alkuras kaj eniras. Anne estas plene vestita sed kun libere pendantaj haroj. Unuafoje li vidas ŝin sen la plektaĵkrono.

"Kio okazis?" ŝi demandas maltrankvile.

"La polico serĉas min hejme. Ĉu ili estis ankaŭ ĉe vi?"

"Tute ne. Aŭ eble mi diru ankoraŭ ne."

"Ĉu mi povas resti ĉi tie kelkan tempon?"

"Certe."

Li sidiĝas sur unu el la du seĝoj.

"Ĉu eblas iel eskapi, se la polico venos ĉi tien?"

"Mi pensas ke jes. Ĉu vi ne konas ĉi tiun loĝejon?"

Ŝi sonas amuzite aŭ eĉ mokete, kaj li kapneas.

"Ne tre. Synnøve ne volis ke mi restu tre longe ĉi tie, pro la dommastroj, mi supozas."

"Nu, ili estas iom malnovstilaj. Sed de mia kuirejeto pordo kondukas al la kela lavejo, kiun ankaŭ mi rajtas uzi. Kaj de tie eblas eliri tra kela pordo, supren laŭ ŝtupareto kaj plu tra la ĝardeno. Certe eblus transsalti la barilon kaj eskapi tra la najbara parcelo kaj plu trans la fervojon. Do ni restu pretaj kaj maldormaj, kaj ni ne demetu la vestojn."

"Kompreneble."

Li sentas ke li ruĝiĝas, sed Anne montras nenian embarasiĝon.

"Ni tamen eble estingu la lumon", ŝi aldonas. "Ĉu ĝi videblas de ekstere?"

"Nur iomete."

"Sed unue mi malfermos tiun eskappordon."

Ŝi iras prepari la vojon elen.

"Cetere, ĉu vi volas ion manĝi?" ŝi demandas reveninte.

"Ne dankon. Mi estas tro nervoza."

"Do vi sidu tie kaj mi kuŝos sur la lito, sed ni klopodu interparoli, ĉu ne? Por ne endormiĝi. Tamen ni parolu mallaŭte."

Kaj tiel pasas parto de la nokto. En la malluma ĉambro ili parolas pri la grupo, pri la situacio en la urbeto kaj en Norvegio ĝenerale. Ŝi rakontas pri siaj lernantoj, li pri sia familio, inkluzive de la nazia onklo.

"Li tamen avertis vin, ĉu ne? Do li ne povas esti tute fia."

"Ne defendu tiun NS-porkon."

Anne demandas lin ankaŭ pri Synnøve.

"Ĉu vi parolis kun ŝi telefone?"

"Ankoraŭ ne."

"Ankaŭ mi ne. Venis nenia signo. Ni tamen ja estis proksimaj amikinoj, kaj mi sendis al ŝi leteron. Estas iom strange. Mi ne komprenas, kial ŝi subite reiris tien."

"Nek mi. La maro ŝin tiris, eble."

Anne ekridas, kaj ili plu babiletas dormeme.

Post kelktempa silento, ŝi diras iom hezite:

"Mi eble devus ne rakonti ĉi tion. Sed antaŭ ol foriri al Drammen Knut demandis min, kiom mi scias pri Synnøve. Ĉu ŝi efektive venis el Kristiansand, kaj ĉu mi scias pri iu alia, kiu konas ŝin."

"Nu, kio do?"

Pasas kelka tempo, eble duonminuto en silento.

"Li suspektas ke ŝi estas nazia spiono", ŝi poste diras per streĉita voĉo.

"Kio? Spiono? Synnøve? Kia stultaĵo!"

"Jes, mi scias. Sed li trovas strange ke ŝi ekloĝis ĉi tie sen koni iun de antaŭe, kaj poste subite malaperis senspure. Kaj post kiam ŝi foriris, komenciĝis la arestoj."

"Tute ne. Ili komenciĝis jam antaŭe, interalie per li mem. Kaj ŝi ekloĝis ĉi tie jam antaŭ la okupado. Ŝi simple ricevis tiun oficon en la telefonkompanio. Jen kial ŝi venis al Hønefoss. Vi mem ja konas ŝin de tiam, ĉu ne? Kaj nun ŝi trovis oficon en sia hejma urbo. Jen la simpla klarigo. Mi timas ke Knut fariĝis tute paranoja."

Anne silentas dum kelka tempo, dum Reidar klopodas kompreni, kiel eblas suspekti lian koramikinon pri tia falseco kaj trompo.

"Tamen ja estas strange ke ŝi malaperis tiel subite", ŝi denove diras hezite. "Knut diris ke telefonisto estas perfekta profesio de spiono. Li eĉ asertis ke ŝi ne vere parolas kiel la homoj en Kristiansand."

Reidar elsnufas.

"Jen nova stultaĵo! Ĉu mi ne rekonus sudan dialekton? Post la aresto Knut iĝis tro nervoza kaj suspektema. Li neniam rakontis detale, kiel la polico traktis lin, sed ŝajnas ke oni iel rompis lian spinon."

Anne suspiras sed diras nenion.

"En la komenco Knut mem estis la plej entuziasma pri ŝia profesio", aldonas Reidar. "Li trovis ĝin tre utila por la rezista movado."

"Jes, vi pravas."

Poste ili ambaŭ silentas. Denove pasas minuto. Li preskaŭ pensas ke ŝi endormiĝis.

"Tamen gravas esti singarda", ŝi fine diras.

"Certe. Sed ni ne permesu al ili disigi nin, tiel ke ni komencos senkaŭze akuzi unu la alian."

Je la tria horo Reidar decidas forlasi la ĉambron de Anne.

"Mi iros hejmen por preni iom da mono, vestaĵoj kaj aliaj aferoj. Poste mi serĉos la eksport-firmaon de Hadeland en Jevnaker.

Tien mi povos bicikli ĉi-nokte, kaj mi esperas ke oni poste helpos min pluen."

"Ĉu en Svedion?"

"Jes. Kien alie?"

"Sed eble la polico nur pridemandus vin kaj poste lasus vin libera."

"Mi ne riskos tion. Se mi atingos Stokholmon, mi povos aliĝi al la norvegaj trupoj en Britio. Oni flugas tien. Tio estus pli bona ol vendi farbojn kaj kvereli kun orientiĝantoj ĉi tie. Mi jam tediĝas vane batali per paperklipoj."

"Nu, vi eble pravas. Espereble vi sukcesos transiri. Mi mem devos resti ĉe miaj lernantoj."

Li stariĝas.

"Ĉu mi iru per la fronta pordo aŭ la eskapvojo?"

"Per la fronta. Alie estus spuroj sur la neĝo de la ĝardeno. Fronte la vojo estas senneĝigita."

"Bone do. Ĝis iam, Anne!"

"Ĝis! Bonŝancon al vi!"

Ili brakumas unu la alian iom plumpe, kaj li miras kiel malsame li povas senti brakumojn de virinoj. Se estus Synnøve, jam simpla ĉirkaŭpreno ekscitus lin. Kun Anne li sentas nenion krom dankemo ke li rajtis sidi dum kelkaj horoj en ŝia ĉambro, se ne mencii ke ŝiaj lozaj haroj tiklas lian nazon tiel ke li preskaŭ ternas.

Dum unu semajno li estas kaŝita en bieno norde de Jevnaker, apud la lago Randsfjorden. Poste li aliĝas al grupo, kiun oni veturigas per kovrita ŝarĝaŭto tra Kongsvinger al lago en la Finna arbaro. Tie oni provizas ilin per malnovaj skioj.

"En la arbaro estas malmulte da neĝo, sed vi skios sur la lago. Vi sekvos la nordan bordon, ĉar laŭ la suda iras vojo. Se vi aŭdas ion de la suda flanko, tuj eniru en la arbaron, ĉar povos okazi ke oni uzos lumĵetilojn. La orienta fino de la lago jam estas en Svedio. De ĉi tie estas deko da kilometroj tien."

Ili estas sep viroj, kiuj skias nerapide antaŭen sur la nokta lago. Kvin estas sufiĉe lertaj skiantoj, du malpli lertaj, sed la nekutimaj malnovaj skioj kaj la nekonvenaj ŝuoj ĝenas la iradon.

Dek kilometroj tamen ne estas longega distanco. Ĉar ili sekvas la kurban bordon, ili eble eĉ iras dek du aŭ dek kvin, ĝis la lago finiĝas. Dum la irado okazas nenio maltrankviliga. Aŭdiĝas nur la ritma susurado de la skioj sur la neĝokovrita glacio, kiam la viroj antaŭeniras en vico kaj de temp' al tempo haltas por atendi la postrestantojn. La lago kaj la arbaro silentas. Senteblas neniu vento, nur la malvarmego de la nokta aero. La landlimon ili ne rimarkas. Ĉu ili efektive transiris ĝin? Ĉio restas sama kiel antaŭe: la silento, la neĝokovrita lago, la nigraj siluetoj de piceoj, la malhela ĉielo – nenio indikas, ĉu ili troviĝas en lando okupita aŭ pli-malpli libera.

"Ĉi tio ja devas esti la ĝusta loko. Aŭ ĉu oni trompis nin?" duone flustras unu el la viroj nomata Trond.

"Ni serĉu la vojon kaj pluiru laŭ tiu ĝis ni venos al loĝata loko", proponas alia.

La ĉielo sudoriente iom pli hele grizas ol la cetera nigro, kiam ili atingas dometon.

"Ni lotu por sendi tien unu, kiu frapetos", proponas Trond. "Por la okazo ke estas ia eraro."

"Ne indas loti. Mi iros", diras alia kaj demetas la skiojn.

Li paŝas ĝis la pordo kaj frapetas. La frapoj sonas obtuze en la nokta silento. Pasas minuto, pasas du, tri, ĝis aperas virino en noktoĉemizo.

"Ĉu norvegoj?" ŝi diras.

Ne eblas aŭdi, ĉu ŝi parolas norvegan aŭ svedan dialekton.

"Kie ni estas?"

"En Röjdåfors. Do en Svedio. Kiom vi estas? Mi ne havas multe da spaco, sed bonvolu eniri. Estas tro malvarme ekstere."

Fakte temas pri sveda dialekto. Supozeble vermlanda, ĉar ĉi tio devas esti Vermlando.

Evidente la virino loĝas sola, krom se ŝia edzo nur okaze forestas, kaj la domo vere ne estas granda. Ili ripozas sur seĝoj kaj surplanke, dum la mastrino hejtas la kuirfornon. Pasas kelkaj horoj. En la dometo baldaŭ fariĝas varme kaj humide pro la fajro kaj la homaj korpoj kaj vestoj. Oni tre malmulte parolas sed simple atendas.

Matene, post malforta kafo kuirita per la feĉo de hieraŭ, aŭ eble de antaŭhieraŭ, trinkata laŭvice el la kvar tasoj de la domo, kaj iom da propra pano kunportita, ili pluiras laŭ la vojo al la unua domo kun telefono. De tie ili devas voki la lokan policestron, kiu decidos pri ilia sorto.

La policestro sendas aŭton por veturigi ilin al Torsby. Sed pro longa atendado de tiu aŭto ili alvenas tien nur vespere. Oni loĝigas ilin en ĉambregon de lernejo, kun matracoj surplanke. Jen sendube jam kelkfoje dormis antaŭaj rifuĝantoj. Post iom da tempo oni donas al ili varman supon.

"Ho, kiom da viando en la supo! La svedoj ne malsatas, ŝajnas", diras Trond.

"Nu, ili ne devas nutri centmilojn da grasiĝantaj parazitoj", seke komentas viro iom pli aĝa ol la ceteraj.

En la sekva tago komenciĝas la burokrata proceduro. La policestro Engström ŝajnas ege tedita jam antaŭ ol komenci la pridemandadon. Ĉiu el ili devas montri siajn dokumentojn, pasporton aŭ alian identigilon, kaj klarigi, kial li volas enmigri en Svedion, kvazaŭ tio ne estus memkomprenebla. Milito aŭ paco. Okupado aŭ libereco. Ĉu necesas plia klarigo?

Jes, necesas. Ili prezentas siajn kialojn. Polica minaco, aresto, persekutado, diskriminado. Timo eĉ de mortopuno pro agoj de rezistado. La plej mallerta skianto nun montriĝas esti judo el Oslo nomata Simon Uhl, kiu volas eskapi de la kreskanta molestado fare de la norvegaj nazioj. Sed pri ĉio komisaro Engström volas vidi pruvojn, kaj kiel do eblus pruvi ion ajn? Li simple devas kredi ilin. Ili ja ne rifuĝas pro sia plezuro!

La policestro tamen opinias alie. Lia demandado daŭras dum du tagoj, tamen kun longaj paŭzoj. Kelkfoje li foriras por telefone konsulti iun nekonatan aŭtoritaton aŭ pro alia urĝa tasko. Krimoj ja povas okazi en lia distrikto eĉ sen la ĉeesto de norvegoj. Fine li sciigas sian decidon. Kvar el la viroj rajtos resti en Svedio kaj estos senditaj al ia rifuĝejo. La tri ceteraj, Reidar, Uhl kaj juna knabo nomata Sindre, devos reiri al Norvegio.

"Sed oni arestos nin!"

"Se vi ne rompis la leĝon, vi sendube estos sekuraj. Kaj ni ne lasos vin, kie estas germana trupo aŭ polico. Do neniu scios ke vi senpermese forlasis la norvegan teritorion."

Evidente tiu sveda policestro komprenas nenion pri la okupita najbara lando. Sur kio baziĝas liaj malsamaj decidoj tute ne estas klare. Tamen li ne aŭskultas iliajn protestojn sed simple foriras al aliaj taskoj, eble pli plaĉaj. Ankoraŭ unu nokton, kaj poste oni reveturigos la triopon.

Vespere ili diskutas kiel agi. Sed unu subalterna policisto klopodas trankviligi ilin.

"Mi veturigos vin morgaŭ al loko, kie vi estos sekuraj. Ne tien, kie vi transpasis la limon, sed pli suden. Engström estas sufiĉe burokrata, sed en Gräsmark kaj Eda oni laŭdire ne tiel komplikas la aferon. Do iru pli suden kaj provu denove tie. Sed ne diru ke vi jam estis ĉi tie en Torsby."

Malgraŭ tiu konsilo, matene Simon Uhl estas malaperinta. La dompordo estis ŝlosita de ekstere, sed li malfermis fenestron. Oni vidas la kavon en la neĝo, kien li saltis, kaj la spurojn foren.

"Li ŝajne ne prenis la skiojn", diras Reidar.

"Li certe prosperos pli bone sen ili", ridas Trond. "Eble li trovos helpon por iri al Stokholmo aŭ Gotenburgo, kie liaj samkredanoj povos kaŝi lin."

"Nu, se li estas judo, li verŝajne havas monon, kaj la riĉuloj ĉiam elturniĝas", supozas alia viro.

Neniu alia komentas tion. Reidar pensas ke ne plu estas tre amuze ŝerci pri judoj, post kiam la nazioj traktas ilin tute ne ŝerce. Sed li nenion diras.

Post bona matenmanĝo la restanta sesopo preparas sin por disiĝi.

"Bonŝancon al vi!" diras Trond al Reidar kaj Sindre. "Espereble ni revidos nin ie en Svedio."

"Jes. Do, ĝis!"

Dum ne tre rapida aŭtoveturo la bonvola policisto klopodas kuraĝigi ilin per rakontoj pri aliaj norvegaj rifuĝantoj, kiuj pasis tra la regiono kun la plej diversspecaj historioj kaj motivoj por esti akceptitaj. Li ŝajnas trovi la aferon amuza distraĵo. Ke povas temi pri vivo aŭ morto, li eble ne komprenas.

Haltiginte la aŭton li ellasas ilin ĉe la fino de alia lago, kiu kondukas trans la landlimon simile kiel tiu, sur kiu ili skiis.

"Oficiale vi devas reiri en Norvegion de ĉi tie. Mi mem ne rajtas transiri. Sed kompreneble, sen mia scio vi povus iri suden, ĉi-flanke de la limo, kaj anonci tie ke vi transiris de Austmarka aŭ alia loko."

Do Reidar kaj Sindre sekvas lian konsilon. Ili skie laŭiras la vojon kaj baldaŭ venas al malhelruĝa ligna preĝejo, kie ili eniras. Post iom da serĉado ili trovas la pedelon, kiu tuj komprenas ke ili estas norvegaj rifuĝantoj kaj do iras por telefoni.

Ĉi-foje la procedo estas pli rapida. Alvenas policisto, kiu aŭte veturigas ilin al Gräsmark. Post mallonga intervjuo, dum kiu ili ambaŭ emfazas ke ili aktivis en la rezistomovado kaj riskas severajn punojn, oni donas al ili dokumentojn de rifuĝantoj kun restadpermeso kaj plusendas ilin al Sunne, de kie ili pluiras trajne al Kil kaj Karlstad. Poste, en la trajno de Karlstad ili surprize kaj ĝoje reunuiĝas kun la kvaropo, kiun akceptis komisaro Engström, kaj kun kelkaj aliaj norvegaj rifuĝantoj, kiuj transiris diversloke. Oni sendas ilin al rifuĝejo nomata Öreryd, situanta ie en la okcidenta parto de la provinco Smolando.

La rifuĝejo konsistas el kelkaj barakoj apud vilaĝeto kun blanka ligna preĝejo. Krom tio troviĝas nenio en la vilaĝo Öreryd. Ĉirkaŭe etendiĝas nur arbaro, torfejoj kaj lagetoj. Laŭdire la rivero Nissan fluas oriente de la vilaĝo, sed ĝi nenie videblas. Kvankam Smolando situas pli sude, ĉi tie estas pli da neĝo ol en Ringerike, la hejma regiono de Reidar.

"Kion mi faru ĉi tie?" tuj demandas Reidar. "Mi volas esti sendita al norvega kompanio en Britio."

"Pri tio parolu kun la oficisto de via ambasado", diras la estro de la rifuĝejo. "Dume ni serĉos por vi laboron en la proksimaĵo. Ĉu vi jam laboris en arbaro, faligante arbojn?"

"Tute ne."

"Nu, printempe, kiam degelos la neĝo kaj glacio, oni bezonos laboristojn sur la torfejoj, por ĉerpi torfon. Tian laboron ĉiuj povas fari. Kaj ekzistas kelkaj industriaj firmaoj ne tro malproksime. Do, ni vidos."

Sinjoro Iversen, la nomita oficisto de la norvega ambasado, pridemandas la novajn rifuĝintojn, ĉefe por elsarki naziajn enfiltriĝantojn, kiuj celas spioni pri la rezistomovado. Se oni trovos tiajn, la svedaj aŭtoritatoj sendos ilin al aparta rifuĝejo en Dalekarlio.

Reidar tuj ripetas sian deziron al sinjoro Iversen. Sed tiu strebas dampi lian energion.

"Mi komprenas. Multaj volas iri al Britio, sed ni povas sendi nur etan nombron. Do paciencu, mi petas."

"Sed mi preferus dume iri al Stokholmo. Mi povus fari aliajn servojn. Mi havas kontaktojn en la rezistomovado."

"Tre bone. Tamen atendu. Mi notos kaj kontaktos vin, se ni bezonos vin."

Provizore li devas akcepti tion. Sed la tagoj pasas sen laboro kaj sen tasko. Fine li perdas la paciencon.

"Ĉu estas devige resti ĉi tie?" li demandas alian rifuĝinton, kun kiu li iomete amikiĝis. "Ĉu ni estas malliberuloj?"

"Mi pensas ke formale ne, sed se vi forkuros, vi ne trovos loĝejon kaj verŝajne ne ricevos porciumajn kuponojn. Kaj certe ne senpagan manĝon kiel ĉi tie."

"Baf! Tio devas esti solvebla iel. Mi mem perlaboros, kion mi bezonos."

"Nu, povas esti. Sed mi preferas atendi."

Sed Reidar malkonsentas. Ĝuste la atendado jam delonge staras al li en la gorĝo. Li parolas kun la junulo Sindre, kaj ili interkonsentas kune forlasi la rifuĝejon. Reidar havis okazon ŝanĝi parton de sia mono en svedajn kronojn, do frumatene en ordinara mardo ili ekmarŝas la naŭ kilometrojn al la fervojstacio de Hestra, de kie li aĉetas por ili triaklasajn trajnbiletojn al Stokholmo. Kiam ili alvenos tien, ĉio espereble solviĝos.

Dektria ĉapitro. Ne por societumi.

Ture, Stokholmo 1941

La pridemandado estas neimageble teda. Ĝi okazas ĉe la Sekureca Servo aŭ alinome la Sesa Sekcio en la stokholma policejo sur la insulo Kungsholmen. Li kompreneble neas ĉion kaj uzas la unuajn tagojn por provi dedukti el la demandoj, kiom oni scias, kaj de kie oni eksciis ion. Baldaŭ li komprenas ke oni malkovris la radiosendilon kaj arestis la najbaron, ĉe kiu la aparato estis kaŝita. Supozeble ankaŭ Manner mem estas arestita. Pli malfacilas kompreni, kiel povis okazi ke oni trovis la spuron al Ture. Sed sendube Manner estas la sola, kiu povus denunci lin. Neniu alia escepte de la ruso kaj kamarado Sandberg konas lian rolon. Krom se ili informis ankaŭ iun alian, sed tio ŝajnas absolute nekredinda. Kial ili farus tion? Enpense li malbenas la mallertan organizon, kie ĝuste la "pianisto" Manner kredeble estis la malforta ĉenero. Kaj kial oni entute devis uzi kurt-ondan sendilon, se tiu ruso servas en la ambasado? Ĉu diplomatoj ne disponas pli sekurajn komunikilojn?

Post kelka tempo li ekpensas ke eble la tuta afero estis nur preparo por la situacio, se Svedio militos kontraŭ Sovetunio kaj la ambasado en Stokholmo estos fermita. Dum la Vintra milito ĝi plu funkciis, ĉar tiam Svedio ne estis oficiale militanta kvankam ankaŭ ne neŭtrala. Laŭdire la stokholma ambasadoro Aleksandra Kollontaj ludis gravan rolon por ebligi intertraktadojn kaj fine packontrakton inter Finnlando kaj Sovetunio.

Dum momento li eksentas koleron, ĉar li eble estis arestita pro partopreno en nura prepara ekzerco. Sed tuj li komprenas ke ĝi estis grava kaj eĉ necesa. Oni devas esti preta por ĉia eventualaĵo. Kaj espereble li kaj Manner estis nur unu el pluraj teamoj, kiuj uzeblas por sendi gravajn informojn al la ŝtato de la proletaro.

La plua pridemandado tiras lin el liaj konsideroj.

"Sciu ke via bona amiko Ernst Olofsson malkaŝis ĉion. Ni konas vian rolon detale. Do ne plu indas nei ion ajn."

Li trovas tiujn asertojn ridindaj. Se oni konas ĉion detale, kial do entute pridemandi lin?

"Mi konas neniun Olofsson kaj havas nenion por kaŝi. Mi estas honesta laboristo."

"Vi estas komunista spiono. Sed se vi konfesos, vi povos havi pli mildan punon."

"Ekzistas nenio por konfesi. Kaj mi membras en neniu ajn partio."

"Ne blagu. Ni bone konas viajn agadojn por la komunistoj, ne nur ĉi-lande sed ankaŭ aliloke."

Kiam Ture ne komentas tion, la demandanto levas lian ekzempleron de Ŝvejk, kiun oni trovis en lia loĝejo kaj konfiskis.

"Vi ja parolas ruse, ĉu ne?"

"Nur iomete. Mi ŝatus lerni pli multe. Ĝi estos la lingvo de la estonteco."

"Por kio vi uzis ĉi tiun libron?"

"Por lerni pli bone la lingvon, komprenble."

Ankaŭ la uzado de tiu libro estis malbone planita, li nun pensas. Ĝi estis lia sola ruslingva libro kaj ne povis ne veki atenton, kuŝante en la ŝlosita komodo, kiun la sekurecanoj enrompis.

"Ni scias ke ĝi rolis en via ĉifro. Se vi montros kiel, vi faros servon al Svedio kaj al vi mem."

"Mi ne scias, pri kio vi parolas. Ĝi estas anti-militisma satiro pri la mondmilito. Tio estas: ne pri la nuna, sed pri la unua."

"Ĉu vi jam vojaĝis al Rusio?"

"Bedaŭrinde ne. Sed mi esperas iam viziti Sovetunion."

"Nu, vi jam batalis por la rusoj en Hispanio, ĉu ne?"

"Tute ne. Mi batalis por la hispanoj, por mi mem kaj por ĉiuj progresemaj personoj. Eĉ por vi, sinjoro, krom se vi estas faŝisto."

La vizaĝo de la policisto ruĝiĝas kaj li faras malbelan grimacon.

"Fermu vian fian komunistan faŭkon! Ne pensu ke tia perfidulo kiel vi gajnos ion per insultoj. Simple respondu la demandojn, kaj jen ĉio."

Ture efektive diras nenion, ne pro la admono, sed ĉar tio ne estis demando. Cetere li ne komprenas, ĉu estis insulto imagi ke la sekurecano povus esti faŝisto, aŭ ke li povus ne esti faŝisto. Eble la dua alternativo pli kredindas, ĉar li iam eksciis de kamarado Sandberg ke la sveda Sekureca Servo, interalie ĝia policintendanto Martin Lundqvist, intime kunlaboras kun la nazia germana Gestapo.

"Vi gajnos nenion per rifuzo", rekomenciĝas la pridemandado. "Konfesu ĉion, jen via sola eblo. Kiuj aliaj estis en la komploto, krom Ernst Olofsson?"

"Mi konas neniun komploton."

"Kiuj en via partio estas enmiksitaj?"

"Mi ne estas partiano kaj scias nenion pri ia enmiksado."

"Ĉu Edvin Sandberg partoprenis?"

Li hezitas. Ĉu nei ke li konas kamaradon Sandberg? Ĉu triafoje insisti ke li ne estas partiano? Tamen li decidas ke ne indas kaŝi pli multe ol necese.

"Sandberg estas honestulo, kiu certe ne komplotas."

"Sven Linderot?"

"Mi supozas ke ne. Li ja estas parlamentano."

"Kiu donis al vi la rusan libron?"

"Neniu. Mi mem aĉetis ĝin."

"Kie?"

Li ne antaŭpreparis respondon al tiu demando, sed li pensas sufiĉe rapide. La librejon ĉe Västerlånggatan li devas ne mencii. Espereble ili ne konas ĝian rolon, almenaŭ ne detale, kvankam ĝi ja estas konata pro sia proponado de marksisma literaturo. Cetere ne gravas eta paŭzo antaŭ ol respondi. Sendube ili ambaŭ scias ke ĉi tio estas nura teatraĵo. Tamen necesas aktori plu.

"En Parizo. Ĉe la rivero Sejno."

La viro elsnufas.

"Ne blagu. Vi ricevis ĝin de via rusa agento."

"Mi konas neniun agenton. Mi trapasis Parizon revenante el Hispanio kaj ekpensis ke post la hispana mi lernu ankaŭ la rusan."

La demandanto iom kurbigas la supran lipon. Ĉu li eĉ havas senton de humuro? Ne, tio verŝajne estas nur komenco de grimaco pro malkontento.

"Stultaĵo. Ĉu vi donis la spionmesaĝojn al Olofsson? Aŭ ĉu al Valfrid Sundell?"

"Mi konas neniujn kun tiuj nomoj."

"De kiam vi estas komunisto?"

"De antaŭ mia naskiĝo."

Kompreneble li devus denove ripeti ke li ne estas membro de la komunista partio. Tio ja estas vera, ĉar oni igis lin eksiĝi, kiam li ricevis la taskon ĉifri mesaĝojn. Sed li trovas tion tute vana. Ĉu formale partiano aŭ ne, li ĉiuokaze estas kaj restos komunisto, kaj tion evidente konscias la demandanto.

"Ne kredu ke vi rajtas moki la Sekurecan Servon. Diru la veron!"

Ture rigardas rekte en la okulojn de la oficisto, kiu preskaŭ kriis la lastan admonon. Li jam certas ke ĉi tiu ulo ne sukcesos rompi lian kontraŭstaron, nek lian trankvilon.

"Mi jam diris. Mi sciis jam en la ventro de mia patrino ke la kapitalismo nepre estos anstataŭita de pli justa sistemo."

La pridemandanto ekkoleras, denove ruĝiĝas, pugnobatas la skribtablon, stariĝas kaj svingas la dekstran brakon por alvoki la gardantan subulon.

"Remetu ĉi tiun pedikon en la arestejon!"

Ture stariĝas por esti forkondukita.

"Ne imagu ke vi povos moki nin kaj amuziĝi pri ni", la oficisto krias post li. "Mi ŝtopos al vi la faŭkon kaj kantigos vin, ne dubu pri tio."

Tio eĉ estas humura, sed Ture ne sentas emon ridi. La gardanta policisto ne tuŝas lin sed iras apud li tute kviete ĝis la arestejo. Dum momento Ture pensas ke valorus la penon alparoli lin por eble ekscii ion pri la aliaj arestitoj, sed li prokrastas tion. Certe sekvos multaj pluaj pridemandadoj.

"Kio estis la enhavo de la spionmesaĝoj?"

Oni interŝanĝis la demandanton. Ĉi tiu nova estas malpli koleriĝema ol la antaŭa.

"Mi neniam vidis spionmesaĝon."

"Ĉu temis pri militistaj sekretoj?"

"Mi scias nenion pri tio."

"De kiu vi ricevis ilin? Ĉu de la partio?"

"Mi ricevis nenion."

"Ĉu vi spionis ankaŭ por la germanoj?"

"Nek por ili nek por iu ajn."

"Vi tamen adoras Sovetunion, ĉu ne? Kaj Stalin kaj Hitler ja estas aliancanoj."

"Mi adoras nenion, sed mi certas ke la proleta revolucio estas neevitebla."

"De kiu vi ricevis la militistajn sekretojn?"

"Mi neniam konis tian sekreton."

"Mi povas rakonti al vi ke ni jam kaptis kelkajn mesaĝojn kaj baldaŭ malĉifros ilin. Via metodo estas tre inĝenia, sed neniu ĉifro estas tute imuna kontraŭ solvado. Kiu instruis ĝin al vi?"

"Mi scias nenion pri ia ĉifro aŭ metodo."

"Kiom oni pagis pro viaj servoj?"

"Mi estas tipografo en la presejo de Social-Demokraten kaj vivtenas min per la magra salajro de tiu honesta laboro. Aliajn enspezojn mi ne havas."

Fine la pridemandadoj ĉesas, kaj restas nur atendi en la arestejo. Kaj post kelkaj semajnoj okazas la juĝafero en la urba tribunalo, tamen tute nepublike, por ne malkaŝi naciajn sekretojn al la mondo. Li scivolas, pri kiaj sekretoj temas, ĉar ĝis nun li aŭdis neniun. Eble la sekreto estas ke la Sekureca Servo malsukcesis ekscii iajn sekretojn.

Dum la proceso la prokuroro Ryhninger ripetas pli-malpli la samajn demandojn kiel tiuj de la Sekureca Servo, kaj ankaŭ la respondoj de Ture samas. Ĉeestas kiel akuzatoj ankaŭ Manner, kies vera nomo estas Ernst Olofsson, kaj ties najbaro Valfrid Sundell. Ili ambaŭ konfesas la sendadon de mesaĝoj per sekreta kurtonda sendilo, celitaj al stacio en Sovetunio, sed iliaj roloj laŭdire estis tute malgravaj. Nun oni malkaŝas ke agento de la Sekureca Servo gvatsekvis la suspektaton Olofsson al la adreso de Ture, antaŭ ol konfiski la radiosendilon kaj aresti la triopon. Evidente tio sufiĉis por rompi la reziston de Manner-Olofsson en la pridemandadoj. Verŝajne oni krome uzis la simplan trukon aserti al li ke Ture siaflanke konfesis sian rolon en la spionado. Dum la proceso tio ne estas klare eldirita, sed kelkaj vortoj de Olofsson supozigas tion. Do, la vera ĉefulo de la spionado estis Ture Haglund, laŭ Olofsson, dum Sundell ne scias, kiu organizis la aferon. Ili ambaŭ supozis ke temas pri informoj pri la germanoj, tute ne pri svedaj aferoj.

Olofsson denuncis ankaŭ kvaran personon nomatan Ruben, kiu laŭdire taskis al li aŭskulti kaj sendi la mesaĝojn. Nun oni pridemandas ilin ĉiujn por malkaŝi, kiu troviĝas malantaŭ tiu kaŝnomo, tamen vane. Evidente Olofsson mem ne scias liajn verajn nomon kaj rolon.

Ture demandas sin, kio igis tiun duopon entute konfesi ion ajn. Kompreneble malfacilus al Sundell nei la ekziston de la radiosendilo, kiun la Sekreta Servo trovis en lia fotelo per siaj porteblaj radiobiriloj. Kaj laŭ la akuzo de la prokuroro ŝajnas ke Olofsson ne sukcesis aŭ eĉ ne zorgis forigi ĉiujn slipojn kun ciferserioj, kio denove pruvas lian diletantecon. Sed kial ili ne tutsimple neas ĉion? Tio estas homa mistero, kiun Ture ne komprenas. Ĉu ili esperas pli mildan punon, se ili sukcesos ĵeti la kulpon sur lin? Ĉiuokaze li mem konservas la saman strategion kiel antaŭe. Do li konas neniun el ili, nek la misteran Rubenon, kaj li scias nenion pri spionado aŭ radiomesaĝoj, nek pri ĉifroj.

Tamen ĉio estas vana. La trovita sendilo, la konfeso kaj denunco fare de Manner, la suspektinda ruslingva libro kaj la antaŭa membreco en la partio, kiun la Sekureca Servo delonge registris, sume sufiĉas por kulpigi ankaŭ lin. La urba tribunalo de Stokholmo kondamnas la tri akuzatojn je malliberigo, tamen dum pli mallongaj tempoj ol kiom postulis la prokuroro. Ture kaj Olofsson ricevas kvar jarojn da punlaboro pro spionado, Sundell nur unu jaron kaj duonon pro helpo kaŝi la malpermesitan radiosendilon. Do la singardemo de Ture tute ne helpis lin. Kaj tuj oni transportas lin de la arestejo en la malnovan urban malliberejon sur la insuleto Långholmen meze de Stokholmo. Jen li do pasigos la venontajn kvar jarojn en izolo, se nenio intervenos. Li tamen supozas ke lia sorto, same kiel la tiel nomata sveda neŭtraleco, dependos ankaŭ de ontaj okazaĵoj en la ĉirkaŭa

milito. Nek parcoj nek nornoj ŝpinos lian vivofadenon, sed gvid-
antoj kiel Hitler, Stalin kaj Churchill decidos pri ĝi, negrave kion
opinias pri tio la juĝistoj de la tribunalo.

La ĉelo estas rektangula, tri metrojn alta, kun malpure verdbrunaj
muroj plenaj de skribaĉoj apenaŭ plu legeblaj. Surmure pendas
tabulo kun regularo por la malliberuloj. En unu fino estas
malgranda fenestro kun fortika krado, tiel alte situanta ke eblas
vidi nur la ĉielon. Kontraŭ ĝi estas la kiraspordo kun eta vazistaso.
Laŭ unu muro staras lito nemovebla kun maldika matraco,
kuseno, maldensaj littukoj kaj feltkovrilo. En angulo estas fiksita
breto, sur kiu kuŝas biblio, kruĉo da akvo kaj lavpelvo kun sapo.
Sub ĝi staras sitelo rolanta kiel necesujo. Krome la ĉelo enhavas
skabelon, kiu estas la sola movebla meblo. Ŝovante ĝin sub la
fenestron li povas stariĝi sur ĝi por vidi la arbojn kaj murojn sub
la ĉielo. Tio tamen estas malpermesita laŭ la surmura regularo.
    Laŭ tio, kion li aŭdis de sampartianoj, kiuj pasigis monatojn
en la malliberejo pro perfidaj aŭ ribeligaj gazetartikoloj, li atendis
ke oni laborigos lin pri kudrado de poŝtosakoj. Sed la ĉefprovoso
havas alian planon.
    "Haglund, laŭdire vi estas tipografo."
    "Jes."
    "Do vi laboros pri librobindado. Morgaŭ oni alportos la ilojn,
kaj alia bindisto montros al vi kiel fari."
    Kaj tiel okazas. Baldaŭ post la matenmanĝa avensupo kun
tranĉaĵo da sekala pano alvenas du provosoj kaj du malliberuloj,
kiuj plenŝtopas la ĉelon, alportante aron da iloj. Oni muntas
tabulon sur la liton, transformante ĝin en stablon. Poste foriras unu
provoso kaj unu malliberulo. La dua provoso stariĝas gardante
kun la dorso al la pordo, dum la restanta malliberulo dismetas la
aferojn sur la stablon. Li estas mezaĝulo kun krudaspekta vizaĝo
kaj cikatro inter la harostoploj sur la verto, sed li manipulas la
diversajn ilojn preskaŭ ameme.
    "Mi estas Gustav Håkansson", li flustras nelaŭte.
    "Ture Haglund."
    "Nenia privata konversacio", lace admonas la provoso. "Nur
pri la laboro."

Do Håkansson komencas montri kaj klarigi. La tasko estos bindi aron da grandaj folioj, presitaj formularoj kun inke manskribitaj nomoj kaj aliaj informoj. Temas pri la fiska popolregistro de Stokholmo, tenata mane en la ĉefurba gubernia administrejo, kaj nun bindota de Ture por elteni la ĉiutagan manipuladon kaj la postan arkivadon.

Do li lernas kunmeti la paperfoliojn en netajn arojn en la ĝusta vicordo laŭ paroĥo kaj aĝo de la loĝantoj. Unue aperas la plej aĝaj civitanoj kun nomoj kaj naskiĝdatoj. Li miras trovi ke la fisko registras eĉ centjarulojn. Sur la foliaron, aŭ blokon, kiel nomas ĝin Håkansson, li devas surmeti ŝirmofolion. Poste li kunkudros la blokon per fortikaj fadenoj kaj kungluos ĝin.

"Nun ni devas tranĉi la blokon. En libroj oni tranĉas kape, antaŭe kaj piede, sed ĉi tie sufiĉas antaŭe. Tio estas por ke la sinjoroj impostoficistoj povu foliumi per siaj delikataj fingroj."

"Nenia politika propagando!" admonas la provoso.

Evidente li aŭskultas atente, malgraŭ sia laca aspekto.

La tranĉilo havas preskaŭ metrolongan pivotan klingon.

"Atentu ne mallongigi la fingrojn", diras Håkansson malgaje.

Nur tiam Ture rimarkas la kripletajn fingrojn de lia maldekstra mano. Evidente li havas sperton pri la efikeco de tiu tranĉilo.

Sekvas la kovrilo, kiu estas kartona sed kun ia ŝtofa tegaĵo. Inter tiu kaj la bloko oni algluas rubandon el gazo ĉe la spino. Necesas sufiĉe detala fingrumado por alglui la fadenojn sur la internon de la kovrilo. Poste la ŝirmofolioj estas algluitaj al la kovrilo.

"Kaj nun la titoloj sur la antaŭo kaj spino."

Jen la sola tasko, kiu iomete similas laboron de tipografo. Laŭ indikoj sur la unua paĝo de la bloko, oni stampas sur la kovrilo la jaron 1940 kaj mallongigon de la paroĥa nomo per helpo de plumbaj tipoj similaj al tiuj uzataj por presi titolojn en ĵurnala presejo, kiujn Ture bone konas.

"Ne forgesu ke necesas munti ilin spegule en la tipingon", atentigas Håkansson.

Aŭdante tion Ture ridetas, verŝajne la unuan fojon en longa tempo. Kiel eblus forgesi tion?

"Bone. Do nun ni vidu, ĉu vi povas bindi la sekvan sen helpo", diras Håkansson, aldonante pli mallaŭte: "Ĉi tio estas sufiĉe kruda speco de bindado."

Li ĵetas rapidan rigardon al la provoso, sed ĉi-foje tiu ŝajne ne trovis lian kritikon politika. Do Ture laŭ sia kapablo ripetas la procedon pri la sekva foliaro, dum Håkansson jen kaj jen atentigas pri ia detalo, aŭ diras simplan "bone" por aprobi la laboron.

Tre baldaŭ ĉio en la malliberejo fariĝas rutino, en kiu ne eblas distingi unu tagon de la alia. La simpla kaj sengusta manĝo, la laboro pri bindado, la devigaj dimanĉaj diservoj, la noktaj koŝmaroj sur la malmola lito. Kaj unue kaj laste la ĉiama restado sur la kelkaj kvadratmetroj de la ĉelo, inter la malpuraj muroj, sub la kradita fenestreto.

Antaŭe li supozis ke li terure sopiros al la libereco, kaj sendube li ja sopiras, sed ial li ne sentas tion tre forte. Iel lia menso eniras en staton de paralizo, en kiu la tempo kvazaŭ haltis kaj etendiĝas senfine. Li ne pensas pri kiel longe li devos resti en la ĉelo, nek pri kiam li liberiĝos. La nuna estado iel ŝvelas kaj plenigas lian tutan konscion. Li iĝis malliberulo ankaŭ spirite.

Li do ne pensas tre multe pri la ekstera mondo, pri la partio, pri Gullvi, pri sia laboro. El ceteraj aferoj plej multe premas lian menson la fakto ke li ne plu povas pagi alimenton por sia filo Jan-Olof. Li komprenas ke tio estos granda problemo por Sigrid, sed ne eblas ŝanĝi tiun aferon. Li skribas al ŝi klarigan kaj pardonpetan leteron, esperante ke ĝi efektive atingos ŝin. Venas neniu respondo, sed li ne povas scii, ĉu ŝi ne skribis al li, aŭ oni ne tralasis ŝian leteron. Cetere, kial ŝi do respondus? Ekzistas nenia motivo por fari tion. Li supozas ke por ŝi la ĉeso de alimentado signifas lastan ŝtupon en lia perfido. Ŝi kredeble ne povas kompreni ke li devas fideli al pli grava afero.

Unufoje ĉiutage escepte de dimanĉoj provoso venas por konduki lin al eksterdoma korteto, triangula spaceto, kie li devas dum duonhoro marŝi tien-reen kiel tigro en kaĝo. Li ne rajtas halti por stari senmove. De ambaŭflanke trans la tabulaj vandoj li aŭdas paŝojn de aliaj malliberuloj en la najbaraj triangulaj kaĝoj, sed ĉia provo komuniki estas tuj malhelpata de la provoso.

Ankaŭ en la ĉelo komunikado estas malpermesita; tamen ja okazas provoj per klakado sur la dikaj muroj. Sed tio estas tro malglata metodo de kontakto, kiu ŝajnas al li kvazaŭ la interparolo de surdblinduloj. Li baldaŭ ekscias ke la plej multaj malliberuloj post certa tempo – kiu povas esti unu jaro aŭ malpli, depende de la respektiva krimo, kaj eble de ilia konduto en la malliberejo – laboras ne plu en sia ĉelo sed en komuna laborejo. Tie la eblo de komunikado sendube estas pli granda, eĉ se ĝi estas malpermesita. Kiam li mem spertos tian favoron, se iam ajn, oni ne sciigas al li.

Ĉiudimanĉe okazas diservo, en kiu la ĉeestado estas deviga ankaŭ por Ture. Pri ia konstitucia libereco de kredo oni ĉi tie ŝajne neniam aŭdis. Sed li volonte akceptas tiun devon por havi okazon estadi inter aliaj homoj. Ankaŭ dum la diservo ĉia komunikado estas malpermesita, sed ne eblas tute malhelpi ĝin. Flustre aŭ per anstataŭigo de vortoj en la komuna kantado de himnoj, oni interŝanĝas salutojn, mesaĝojn, petojn, informojn, eĉ minacojn. Tiel Ture ekscias ke la gvidantoj de lia partio en la ĉefurbo laŭdire agas por lia liberiĝo per ia amnestio, sed ke li devas pacienci. Manner troviĝas en la malliberejo de Västerås; evidente oni ne volas teni ilin en la sama loko. La mondmilito plu furiozas en kaj ekster Eŭropo, sed Sovetunio ankoraŭ restas ekster ĝi. Dume Usono komencis helpi Brition per militmaterialo sed mem ne eniris la militon. Li ĝojas pro la eblo ekscii ion pri la ekstera mondo; tamen li ne sukcesas senti intensajn emociojn pri la novaĵoj – nek ĝojon nek koleron. Ŝajnas al li ke la muroj de la malliberejo penetris ankaŭ en lian menson kaj iel baras liajn sentojn. Li ne havas grandan esperon pri la ideo ke la komunista partio povos iel helpi lin. La dekstruloj ĵus proponis ke oni malpermesu ĝin, sed la parlamenta plimulto ne trovis tion utila. Oficiale ja plu regas libereco de pensoj.

La noktoj estas plej malfacilaj. Malgraŭ la dikaj brikaj muroj, kiuj ĉirkaŭas lian ĉelon, ofte vekas lin sovaĝaj krioj el la apudaj ĉeloj, pro angoro, kolero, mensa perturbo aŭ li ne scias kio. Aldoniĝas krioj de provoso, kiu postulas ke la malliberulo silentu. Kelkfoje, kiam tiu ordono havas nenian efikon, oni malŝlosas la pordon kaj forkondukas la ulon al ia pli severa izolejo, kiun Ture ankoraŭ ne konas.

Kiam male regas nokta silento, turmentas lin koŝmaroj. Li trovas sin en senfina tunelo, kie li klopodas eskapi de nekonata danĝero, sed la piedoj fiksiĝas en ia tenaca ŝlimo. Aŭ li sidas fiksita per rimenoj en seĝo sub fortega lumo, timante ke li perfidos siajn kamaradojn al ia monstro, kiu torturas lin. Aŭ li simple spertas teruran angoron sen videbla aŭ komprenebla kialo, kaj vekiĝas plene malseka pro malvarma ŝvito.

Komence li suferis de laksoj, ĉu pro la malbona manĝo, ĉu pro sia propra timo kaj maltrankvilo pri la estonteco. Tiam li devis uzadi la neces-sitelon, kaj poste ties fetoro plenigis la ĉelon. La sitelo estas malplenigata ĉiumatene de du malliberuloj sub gardado de provoso. En tiu komenca tempo tamen ŝajnis al li ke la fetoro neniam malaperas sed miksiĝas kun la odoroj de bolkuiritaj brasiko, faboj kaj napoj el la tagmanĝoj. Post du semajnoj li tamen alkutimiĝis kaj jam ne plu flaras ion ajn. Cetere ankaŭ lia stomako iom post iom alkutimiĝis kaj de tiam kondutas pli normale.

Je okazo li demandas la ĉefprovoson, ĉu li rajtas renkonti vizitantojn.

"Vi povas peti permeson de la direktoro. Edzino, gepatroj, gefratoj eble rajtos veni. Infanojn plenaĝajn vi supozeble ne havas. Aliajn oni ne allasos, precipe ne al spiono. Ĉiuokaze temus pri gardata vizito, sed mi dubas, ĉu oni permesos. Vi ne estas ĉi tie por societumi."

Do li devas rezigni tiun ideon. La familianoj restas mil kilometrojn fore kaj ne povus facile vojaĝi ĉi tien. Edzinon li ne havas. Kaj cetere li ne volus ĝeni iun ajn per invito en ĉi tiun depriman konstruaĵon. Necesas kontentiĝi per memoroj. Li imagas sin ree infano en la bieneto inter neĝokovritaj piceoj, sur la glacio de la rivero, kiu glutis lian fratinon Edit, ĉe la tablo manĝante frostmorditajn terpomojn, en la arbaro helpante treni la pezajn trunkojn kaj levi ilin sur sledon tiratan de forta ĉevalo el la malvarmsanga nordsveda raso. Li sentas rimorsojn pro sia nekapablo plu kontribui mone al la bonstato de sia filo kaj ties patrino. Li memoras la sabatajn noktojn kun Saara en Luleå kaj la teruran krakon, kiam oni eksplodigis la domon de la Nordluma Flamo. Kaj li pensas pri la tagoj kun Gullvi, la promenoj, la tramveturoj, la kuna kuirado kaj manĝado en lia eta apartamento, kaj la noktoj kun ŝi en lia mallarĝa lito. Ĉio nun ŝajnas al li okazinta en alia vivo, en alia mondo.

Dekkvara ĉapitro. Ĝangala bleko de simio.

Gullvi, Stokholmo 1941

"Ĉu vi ŝatas ĵazon, fraŭlino?"

Evidente la viro provas paroli svede, sed lia norvega akĉento perfidas lin. Rezulte li sonas preskaŭ kiel vermlandano. Tamen ne precize el ŝia hejmurbo Kristinehamn, sed eble el la okcidenta parto de la provinco.

"Povas esti", ŝi diras ridetante.

Tiel ŝi respondas ĉefe por ne tuj rifuzi la belan junulon preskaŭ atletan, kiun ŝi jam vidis du-trifoje ĉe la tablo, kie kutime kolektiĝas norvegaj rifuĝintoj. Fakte ĵazo ĝis nun ne tre interesis ŝin. Ŝi preferas svedan akordionan muzikon, kiel la valsojn "Revo pri Elin" kaj "Vivo en la Finna arbaro" de Karl Karlsson el Jularbo. Sed ĉi tiu knabo ja aspektas tre bone. Alta, blonda, bluokula – kiel ia reklamulo de la nazioj, sed estante rifuĝinto el la okupita Norvegio, li kompreneble malamas la germanojn. Pri tio ŝi povas esti sufiĉe certa. Kaj ŝajne ŝi plaĉas al li malgraŭ sia tute ne arja aspekto.

"Bone", li daŭrigas, videble iom nervoza. "Do vi akompanos min al Nalen iutage, ĉu ne? Eble al matineo?"

Ŝi jam oftege aŭdis pri la dancejo National, kiun ĉiuj karesnomas Nalen, sed ĝis nun ŝi ne vizitis ĝin. Neniu invitis ŝin tien. Ture verŝajne interesiĝis nek pri ĵazo nek pri dancado, eble pro sia vundita kruro, kiu devigis lin lami. Ĉiuokaze li neniam parolis pri tiaj distraĵoj. Kun alia gasto de Norma ŝi ja dufoje antaŭ jaro vizitis la dancejon Bal Palais ĉe Kungsgatan, sed tie oni ludis mezaĝan muzikon por mezaĝuloj, konvenan por brakuma dancado, neniajn frenezajn ritmojn por ĵeti knabinojn tien-reen tra la aero. Ĉiuokaze tiel ŝi imagas la ĵazan dancadon. Kaj ankaŭ kun Astrid ŝi iris al pli tradicia dancejo.

"Kiam mi ne deĵoros ĉi tie, mi ja povos iri tien", ŝi diras, ŝajnigante indiferenton. "Sed mi ne toleras tian svingohopan ĵetadon."

Li ridas, kio donas al li eĉ pli belan vizaĝon.

"En ordo. Fakte ankaŭ mi ne tre ĝuas svingon. Mi preferas bluson kaj bugion. Aŭ la plej modernan ĵazon, kiun la usonanoj nomas bopo."

Ŝi tute ne scias, pri kio li parolas, sed ne necesas montri tion.

"Do kiam? Nun mi devas labori."

"Ĉu vi povas sabate? Aŭ dimanĉe posttagmeze, kiam estas matineo?"

"Dimanĉe eblos posttagmeze, sed vespere mi deĵoros ĉi tie."

Ili interkonsentas renkontiĝi ekster la "Nacia Palaco" ĉe Regeringsgatan, kie situas la fama Nalen. Dume ŝi devas pripensi kion surhavi. Ŝia elekto ne estas granda. Gravos ankaŭ tio, kion ŝi portos sub la jupo, se li tamen provos ĵeti ŝin en tia svingado. Aŭ se sekvos io plua, kvankam tio apenaŭ eblos pro ŝia vespera laboro. Reirante al sia ĉambro tiuvespere ŝi ekkonscias ke ŝi eĉ ne konas lian nomon, ĉar ili ne prezentis sin. Nu, tio ja ne gravas. Dum sekundo ŝi pensas pri Ture, sed kion do fari? Ŝi ja intencis espiori, ĉu ŝi rajtas viziti lin en la malliberejo, sed ĝis nun ŝi prokrastis tion. Ankaŭ la kuzon ŝi neniam vizitis. Ŝi eĉ ne scias, kie li pasigis sian punon. Malliberejoj ĝenerale teruras ŝin. Enirante en tian lokon ŝi sentus angoron ke oni poste ne ellasos ŝin.

Ville, la koramiko de Astrid, ĉeestas ĉi-vespere, sed ili jam ĉesis embarasiĝi, kiam la lampoj estas estingitaj. Do Gullvi kuŝas enlite, aŭdante la spiregojn, la ĝemojn kaj la ĉiam pli rapidan grincadon de la alia lito, dum ŝi mem diskrete karesas sin, pensante unue pri Ture kaj poste pri la atleta juna norvego.

"Gullvi! Ĉi tie mi estas!"

Ŝi neniam ŝatis sian nomon, kiu eble konvenus al ora blondulino sed ne al ŝi. En lia buŝo kun la leĝera norvega akĉento ĝi tamen sonas preskaŭ bele. Ŝi kuretas al li apud la enirejo kun la granda nomŝildo "National". Li surhavas kompleton iomete tro malgrandan, eble pruntitan, kaj li ŝmiris la blondajn harojn per ia grasa pomado. Male al la plej multaj junuloj ĉirkaŭ ili li ne surhavas ĉapelon. Dank' al siaj belaj haroj li cetere ne bezonas tion.

"Kiel vi scias mian nomon?"

"Mi demandis vian koleginon. Pardonu, mi nomiĝas Reidar. El Norvegio."

"Nu, tio aŭdeblas. Do, saluton, Reidar!"

"Saluton, Gullvi! Mi ĝojas ke vi venis. Ĉu ni eniru?"

Li pagas por ili ambaŭ per dukrono, kaj ili enpaŝas en la paradizon. Ĝi estas vastega, kaj malgraŭ la frua horo preskaŭ plena de gejunuloj. Knabinoj kun zorge frizitaj haroj en koloraj jupoj kaj bluzoj, knaboj plejparte en kompletoj, kun longaj kravatoj kaj mallongaj haroj.

"Plezure, populare, plenplene", diras Reidar.

Ŝi rigardas lin demande.

"Tio estas la kliŝa reklamo de Nalen", li klarigas. "Jen rigardu! Tiajn modo-pupojn oni nomas Nalen-ŝikuloj", li ĉiĉeronas. "Kaj tiuj dekstre, kun longaj haroj ĉe la nuko kaj tro grandaj jakoj, estas svinguloj."

Gullvi rigardas la knabojn kaj iliajn amikinojn. Ŝi sentas sin kiel ĉifono kompare kun la aliaj knabinoj, sed ŝi diras nenion.

"Ni iru pli proksimen", proponas Reidar, gestante al la scenejo, kie kelkaj viroj aranĝas kaj agordas siajn instrumentojn por baldaŭ ekludi. "Laŭ la afiŝo hodiaŭ muzikos la orkestro de Lulle Ellboj el Auditorium. Mi ne konas ilin. Normale ĉi tie ludas tiu de Seymour Österwall."

Kiam la bando ekludas, ŝia nervozeco malaperas. La muziko estas tute en ordo, sen iaj strangaj ritmoj. Eble tio estas malsovaĝigita sveda ĵazo. Ŝi devas kelkfoje alpuŝeti sin al Reidar antaŭ ol li petas ŝin danci, kaj baldaŭ ŝi rimarkas ke li estas ne tre lerta kondukanto, kiu tutcerte ne ĵetos ŝin tra la aero tiel ke ŝia kalsoneto videblos. Fakte li trotetas iom rigide, tenante ŝin per ŝvitaj manoj. Tio trankviligas ŝin.

Post du dancoj li dankas ŝin kiel ĝentila knabo.

"Bedaŭrinde oni vendas nenion alkoholan ĉi tie", li diras. "Sed vi eble ŝatus limonadon?"

"Se vi volas."

Ili trinkas grosan limonadon, dum li balbutas ion pri la muziko. Ŝajne li opinias ke tio ne estas vera ĵazo.

"Hejme mi havas kelkajn diskojn de usonaj bandoj", li diras, "Tio estas hejme en Norvegio. Sed kompreneble mi ne povis kunporti ilin."

"Ĉu vi do devis fuĝi tre subite?"

"Jes. Mi biciklis nokte kaj poste skiis tra la arbaro."

"Ĉu la germanoj persekutis vin?"

Li trinkas kaj ŝajne pripensas kion diri.

"Oni volis aresti min. Sed detalojn mi ne rajtas rakonti. Ekzistas tro da scivolaj oreloj."

Li kapsignas al la ĉirkaŭantoj, eble por aludi ke temas ne pri ŝiaj oreloj sed tiuj de nekonataj spionoj.

"Bonŝance la germanoj mallertas pri skiado", li aldonas ridetante.

Gullvi rigardas lin. Ŝi pli kaj pli ŝatas lin, precipe kiam li ridetas.

"Nun oni ludas ion pli viglan, ŝajne", ŝi diras.

Li tuj komprenas kaj kondukas ŝin reen en la dancejon.

Post la matinea dancado Reidar akompanas ŝin al ŝia laborejo, kie ili tre dece disiĝas kun manpremo. Sed jam merkrede li reaperas en Norma, kaj vespere li kondukas ŝin en alian lokalon ĉe Tegnergatan.

"Tyrolita estas nur kafejo", li diras. "Do ne eblos danci. Sed kutime estas bona ĵazo tie."

Ili trinkas bieron kaj aŭskultas la muzikadon de triteto. Gullvi ne povas diri, ĉu ĝi estas bona aŭ malbona.

"La saksofonisto malsaniĝis", li sciigas iom ekskuze post informiĝo ĉe iu konato. "Ĉu vi trovas ilin teruraj?"

"Tute ne. Vere ne gravas. Ni povas babili, ĉu ne?"

Tiel do daŭras la vespero, kaj ŝi ekscias pli multe pri li. Ke li devenas el regiono proksime de la ĉefurbo. Ke li soldatservis tuj antaŭ la germana invado sed ne havis okazon mem batali en la milito. Kelkajn aferojn li tamen plu vualas per nebulo.

"Nuntempe mi faras kelkajn servojn al nia ambasado. Nenion kontraŭleĝan, sed principe rifuĝinto en Svedio ne rajtas okupiĝi pri politiko. Tamen dum la milito kaj okupado ĉio fariĝis politiko."

"Eble. Mi ne komprenas tiajn aferojn."

"Vi tamen scias, kion faras la nazioj, ĉu ne?"

"Mi scias ke ili malamas homojn kiel mi. Sed mi supozus ke vi plaĉus al ili."

Li mienas konsternite.

"Ĉu mi plaĉus? Kial do?"

"Nu, ĉar vi estas blonda kaj... Nu, alta. Dum mi estas eta nigrulo."

Nun li rigardas ŝin grandokule kaj ridegas per vasta buŝo, montrante belan dentaron.

"Verŝajne vi neniam vidis veran nigrulon. Aŭskultu, iu denaska stokholmano diris al mi ke Gösta Törner, la sveda trumpetisto, iam ludis en Nalen tute nigrigita per ŝuŝmiraĵo."

Gullvi ekridas.

"Ĉu tio helpis lin trumpeti pli bone?"

"Tio estis nura ŝerco, ĉar mankas ĉi tie veraj negroj, precipe nun, kiam ne eblas vojaĝi pro la milito. Gösta tamen ludas sufiĉe bone, por svedo. Sed laŭ mi nur nigruloj scias vere ludi ĵazon. La sama ulo rakontis ke kiam Satchmo ludis en Stokholmo, en Auditorium ĉe Norra Bantorget, kie nun kutime ludas Lulle Ellboj, iu ĵurnalo nomis tion ĝangala bleko de simio. Tio estis en 1933, mi pensas."

"Kiu do estas tio?"

"Satchmo? Tio estas Louis Armstrong, la plej mirinda trumpetisto de la mondo. Se vi venos al mia loĝejo, mi ludos al vi diskon kun li. Mi loĝas kun aro da aliaj norvegoj, iom dense, sed unu el ili akiris malnovan gramofonon kaj kelkajn diskojn."

"Bone, do mi iam akompanu vin tien."

Ŝi klopodas diri tion mole, por aludi ion alian ol gramofonan trumpetadon, sed li ŝajne ne rimarkas tion.

"Sed kial vi nomis vin mem nigrulo?" li demandas.

Ŝi hezitas.

"Nu... Pro la haroj."

"Ili ja estas belaj. Mi preferas brunajn ol blondajn. Blondaj estas tiel ordinaraj."

Ŝi decidiĝas. Finfine pli bone mem diri tion, ol se iu alia diros al li.

"Kaj... Ĉar mi estas vaganto."

"Vaganto? Kia vaganto?"

"Tiel oni nomas niajn familiojn. Krom aliaj nomoj, kiujn mi ne volas diri."

"Ĉu vi estas judino?"

"Tute ne."

Li cerbumas videble.

"Ĉu cigano? Aŭ tataro?"

"Tio estas nur moknomoj. Ni estas svedoj, kvankam iuj el ni parolas propran lingvon kaj ne havas fiksan loĝlokon. Kelkaj el ni eĉ estas sufiĉe blondaj, sed mi ne. Fakte mi ne scias, kial oni malamas nin."

Li movas sian seĝon pli proksimen kaj metas la brakon ĉirkaŭ ŝiajn ŝultrojn.

"Tio estas nur nazia stultaĵo, mi pensas. Ni devas rezisti ilin kune, ĉu ne? Laŭ mi vi estas bela!"

Li videble embarasiĝas, dirinte tion, sed ŝi tre kontentas pro liaj vortoj. Ŝi klinas sin al li, kaj tiam finfine li kisas ŝin. La fona ĵazmuziko kunfandiĝas kun la biero kaj la kiso, kaj ŝi denove sentas veran amon. Sed ĉu ĉi tiu bela junulo efektive akceptos ŝin tia, kia ŝi estas?

Ĉi-vespere ja ŝajnas ke jes. Hodiaŭ ili ne iras al lia homplena loĝejo por aŭskulti trumpetadon el gramofono sed al ŝia ĉambro ĉe Roslagsgatan, kie Astrid oportune forestas pro vespera laboro en Norma. Kaj tie li fariĝas ŝia. Ŝi antaŭtimis ke li estos tute sensperta kaj mallerta, sed tiel ne estas. Fakte li same dolĉas kaj delikatas kiel Ture, kiu estis la plej bona antaŭa, kaj ŝi sentas sin benita de la sorto. Dank' al la ĵazo, kiu antaŭe signifis al ŝi nenion, ŝi jam proksimas al la feliĉo.

Baldaŭ ŝi devas klarigi al li ke ne necesas kaŭĉuka preventilo, ĉar ŝi neniel povos gravediĝi.

"Kial do?"

"Nu, tio simple ne eblas. Neniam."

"Do vi neniam havos infanojn, ĉu?"

"Ĉiuokaze mi mem ne naskos."

"Ĉu kuracisto konstatis tion?"

Ŝi pripensas kiel prezenti la aferon.

"Ne nur konstatis. Oni operaciis min."

"Ĉu vi do suferis pro ia grava ina malsano?"

Denove ŝi devas pripensi. Kiel do klarigi? Pri malsano ja ne temis. Do pri kio? Ŝi eĉ mem ne komprenas tion.

"Ne, nenia malsano. Estas komplike. Mi diros alifoje."

Per tio li devas provizore kontentiĝi. Kaj ŝi supozas ke la nebezono uzi kondomon estos eĉ pli kontentiga por li. Tion ŝi jam delonge rimarkis ĉe aliaj.

Kompreneble ŝi baldaŭ vizitas lin en la simpla duĉambra apartamento, kie loĝas sume kvin junaj norvegoj. Ĝi situas en la Suda kvartalo, ĉe la strato Långholmsgatan kondukanta al la ponto super la insulo Långholmen kaj ties malliberejo. Ne eblas eviti pensi pri Ture, sed ĝis nun ŝi ne menciis lin al Reidar. Kompreneble li konscias ke ŝi jam havis virojn antaŭ li, sed ŝi jam rimarkis ke li ne ŝatas la komunistojn.

"Ili neniel agas kontraŭ la germana okupado de nia lando, ĉar Stalin estas en alianco kun Hitler. Estas hontinde! Sendube ĉiuj diktatoroj similas, kaj la komunistoj estas same fiaj kiel la nazioj."

Ŝi ŝatus diri ke la komunisto Ture tamen malamas Germanion kaj la naziojn sufiĉe por trafi en malliberejon, ĉar tiel ŝi komprenas tion, kio okazis al li. Sed ŝi ne volas riski sian novan amrilaton. Pro ĝi ŝi ankaŭ aŭskultas la trumpetadon de Satchmo per antikva funela gramofono kaj silente ĉeestas senfinajn diskutojn inter la norvega kvinopo pri la situacio en ilia lando kaj kion fari kontraŭ la germanoj.

"Ni ĉiuj volas esti senditaj per aviadilo al Skotlando aŭ Kanado por aliĝi al la nova norvega armeo, kiun oni kreas tie", deklaras Reidar. "Sed oni povas sendi nur malmultajn."

Gullvi preskaŭ paraliziĝas pro timo. Ĉu li do iros en la militon kaj estos mortigita?

"Ĉu ne estas danĝere flugi tien?" ŝi demandas.

"Milito ja estas danĝera. Ankaŭ okupado. Ni devas riski ion por liberigi nian landon."

Reidar rakontas ke li plej ofte laboras frumatene en la bazaro de Hötorget, malŝarĝante kaj portante varojn, kiuj alvenas per diversaj veturiloj. Ankaŭ la aliaj norvegoj havas laborojn, kiuj iĝis vakaj pro la mobilizado de svedaj junuloj. Krome Reidar de temp' al tempo plenumas taskojn por sia ambasado.

"Ekzistas reto por peri kontaktojn trans la landlimon", li klarigas post kelka tempo. "Oni sendas mesaĝojn kaj varojn, kaj oni helpas homojn, kiuj devas forlasi Norvegion same kiel mi."

Ofte li parolas pri la trajnoj, kiuj transportas germanajn soldatojn tra Svedio. Ankaŭ Gullvi aŭdis plendadon de la restoraciaj gastoj pri tiuj transportoj.

"Laŭdire oni veturigas soldatojn hejmen al Germanio dum forpermeso", ŝi diras.

"Kaj reen al la okupita Norvegio. Sed temas ne nur pri tio. Oni portas soldatojn kaj armilojn inter la sudaj kaj nordaj partoj de Norvegio."

"Ĉu tra Svedio?"

"Jes. Ni ne havas fervojon tra la tuta lando, kaj eĉ la vojoj estas nesufiĉaj pro la montoj kaj fjordoj. La germanoj volas konstrui fervojon al la plej fora nordo, sed mi dubas, ĉu ili sukcesos. Kiam ili ŝipe transportas trupojn kaj materialon laŭ la marbordo, la britoj povas ataki ilin. Do, intertempe niaj okupantoj uzas la svedajn fervojojn. Jen la tiel nomata neŭtraleco de Svedio. Oni devus haltigi tion."

Provizore li tamen devas restadi ĉi tie en Stokholmo, atendante la eblon fari ion gravan. Dume li plu klopodas igi ŝin ĵazamanto. Li invitas ŝin al tiel nomata teo-ĵazo en ejo nomata Cecil ĉe Stureplan.

"Kial teo?"

"Mi ne scias. Pli eleganta ol kafo, mi supozas. Sed tio ne gravas. Ludos tie la bando de Sven Arefeldt, la fama pianisto, kiun mi ĝis nun neniam aŭdis."

Kompreneble ŝi akompanas lin al la eleganta restoracio kaj dancejo, des pli ĉar li ĉiam pagas ankaŭ por ŝi. Ili trinkas teon, kio estas duafoja sperto en ŝia vivo. La pastoredzino en Gävle kutimis trinki malfortan teon, kaj unufoje Gullvi provis tiun trinkaĵon, sed tiam ŝi ne volis ripeti la provon. Nun la kunestado kun Reidar tamen igas ĝin pli tolerebla. Kun la teo ili manĝas ion nomatan skonoj kun marmelado, kaj poste ili dancas en la supra etaĝo. Post la dancado ili promenas brako ĉe brako en la varma printempa vespero tra la sveda ĉefurbo, kie la milito rimarkeblas ĉefe per la fetoraj gasogenoj de la malmultaj aŭtoj. Benzino ja ne plu disponeblas, precipe ne por privatuloj, do oni funkciigas la motorojn per gaso el brulantaj ŝtipoj aŭ lignokarbo.

Ekster la limoj de la paca Svedio plu daŭras kaj eĉ disvastiĝas la milito. Gullvi nur malofte legas ĵurnalon, kaj radio ne ekzistas en la ĉambro, kiun ŝi dividas kun sia kolegino Astrid. Sed en la restoracio ŝi ĉiutage aŭdas gastojn diskuti la lastajn novaĵojn pri la milito. Fakte, labori en restoracio signifas ricevi amason da klaĉaĵoj kaj informoj – aŭ misinformoj. Kelkfoje eble eĉ superfluon.

"Mi ĝismorte tediĝas de ĉia senĉesa gurdado pri tiu diabla milito", suspiras Astrid unu tagon, kiam ili esceptokaze forlasas la laborejon samtempe.

"Jes, estas terure", konsentas Gullvi. "Tamen ni estu feliĉaj, dum ĝi ne venas ĉi tien."

"Ankaŭ Ville tediĝas de la longa soldatservado. Li nun estas ie en la insularo. Ej, tion mi eble ne rajtas diri, sed ekzistas ja miloj da insuloj, kaj mi tute ne scias, sur kiu li estas. Li nur gardas, gvatas kaj ludas kartojn. Somere li tamen liberiĝos, krom se la rusoj atakos. Sed ĝis nun li vidis eĉ ne unu ruson."

"Iam Ture diris al mi ke ili ne venos, krom eble por helpi nin."

"Kia helpo?" ekkrias Astrid. "Eble ili helpus la komunistojn sed neniun alian. Sed li mem ja estis tia, ĉu ne?"

"Jes. Ĉiuokaze mi pli timas la germanojn."

"Baf, Stalin kaj Hitler estas egalaj fiuloj, laŭ mi."

Vole-nevole Gullvi ekscias novaĵojn pri la mondmilito per diraĵoj de Reidar kaj aliaj restoraciaj gastoj. En aprilo li rakontas ke Germanio atakis kaj okupis Jugoslavion, kaj ke ankaŭ Italio kaj Bulgario uzis la okazon por deŝiri kelkajn pecojn de tiu lando, kiel hienoj post ĉasanta leono. El alia parto de ĝi oni kreas apartan faŝistan Kroation. Ĉiuj ĉi nomoj zumas en ŝia kapo, kvankam ŝi ne kapablus loki ilin sur mapon. Antaŭe ŝi eĉ ne sciis ke tiuj landoj ekzistas.

"Kaj nun la germanoj pluiras suden por okupi Grekion", li rakontas. "Ĉar la italoj jam malsukcesis venki la grekojn."

En majo alia gasto tamen mencias ke la reĝa brita aerarmeo nun bombas celojn en Germanio, kio indikas ke la germanoj eble tamen ne estas tute nevenkeblaj.

Pro la malsamaj deĵoraj horaroj ne okazas oftege ke Gullvi kaj Astrid havas liberan vesperon samtempe. Sed kelkfoje ili ja povas eliri kune por amuziĝi, jen dumtage en magazeno, jen vespere en dancejo. Nun Gullvi venigas la amikinon al Nalen. Estas iom alia sperto iri tien sen vira akompano. Ili devas mem pagi la eniron, sed poste ili ambaŭ havas okazon danci kun pluraj diversaj junuloj de varia dancotalento. Krom la ĉefa orkestro de Seymour Österwall oni aranĝas ankaŭ konkurson inter amatoraj bandoj, sed tiam la du amikinoj preferas sidiĝi por dividi botelon da limonado.

"Fi", diras Astrid. "Tiu lasta ulo estis sufiĉe senhonta. Li volis akompani min hejmen, eĉ kiam mi diris ke mi havas koramikon, kiu soldatservas."

Gullvi ridas.

"Ankaŭ mi ricevis tian proponon. Ili ne povas deteni sin, mi supozas. Verŝajne ili pensas ke tio estas komplimento."

"Kia komplimento! Krome li ŝovis la kruron inter miajn femurojn."

"Ĉu vi certas ke tio estis la kruro?"

Nun ankaŭ Astrid ekridas.

"Tamen estas amuze", diras Gullvi. "Sed ni ne rakontu al Reidar kaj Ville ke ni estis ĉi tie sen ili."

"Certe ne. Ili nepre miskomprenus tion."

Restas tempo por ankoraŭ kelkaj dancoj kaj por ricevi pliajn invitojn. Tamen ili fine piediras sen akompanantoj la rektan vojon hejmen tra la varmeta maja vespero, gaje mansvingante al la tramo, kiu preterpasas ilin mezvoje.

Duafoje Reidar kaj ŝi vizitas la kafejon Tyrolita ĉe Tegnergatan. Ili trinkas bieron kaj babilas, dum la sama ĵazbando kiel lastfoje ludas fone, sed nun la saksofonisto resaniĝis, do ĝi jam estas kvarteto. Gullvi ekŝatas la sonon de la saksofono, kiu ŝajnas al ŝi ia besta blekado.

Ĉe la apuda tablo sidas paro kun iom apartaj aspektoj: svelta viro kun delikataj trajtoj, kiu ne demetis sian kaskedon, kaj virino sufiĉe dika, abunde ŝminkita kaj kun granda kaj bukla rufa hararo. Subite fulmo flugas tra la kapo de Gullvi. Ŝi ja konas tiun virinon! Ne povas esti iu alia!

Ŝi turnas sin al la alia tablo.

"Siv! Estas vi, ĉu ne?"

La alia rigardas ŝin malvarme sen respondi.

"Mi estas Gullvi! Gullvi el... Ni konis unu la alian en Smolando."

Ŝi ne volas diri "Viebäck". Eble Siv ne rakontis al tiu viro pri siaj antaŭaj vivospertoj.

Nun la ruĝega buŝo de Siv formas larĝan, iom ironian rideton, kaj ŝiaj okuloj vastiĝas.

"Ĉu vere? La eta Gullvi el la korektejo! Saluton, damne! Do ankaŭ vi plu vivas, malgraŭ ĉiaj diablaĵoj. Kaj eĉ havas belan kavaliron. Gratulon! Ni tostu!"

Ŝi kaptas kaj levas sian bierkruĉon kaj turnas sin al sia amiko, kiu iomete retiriĝis ĉe sia flanko de la tablo. Tiam Gullvi ekvidas ke la amiko tute ne estas viro sed virino en pantalono kaj jako kun la haroj kaŝitaj sub la kaskedo.

"Levu la glason, Nik!" diras Siv al sia amikino. "Ni tostu je tio ke Gullvi kaj mi ambaŭ eskapis el tiu damnita smolanda prizono."

Ili ĉiuj levas la glasojn kaj trinkas, ankaŭ Reidar, dum la saksofonisto fone erupcias en ia klimaksa solo. Sed poste sekvas nenia kora fratiniĝo. Siv diras nenion plu, ŝia vizaĝo reakiras sian senemocian malvarmon sub la ŝminko, kaj ŝia amikino plu silentas. Ankaŭ Gullvi ne scias kion demandi aŭ rakonti. Ŝi vidas ke Siv ja parolas al tiu Nik, sed la ĵazo superas ŝian voĉon. Kaj baldaŭ la kurioza duopo eltrinkas siajn bierojn, stariĝas kaj forlasas la kafejon. Elirante tra la pordo Siv direktas al Gullvi degnan kapsaluton, pli-malpli puŝante antaŭ si la amikinon en la vira kompleto.

"Kuriozajn geamikojn vi havas", komentas Reidar kun hezita rideto dum paŭzo en la muziko.

"Jes, sufiĉe. Fakte mi ne vere konas ŝin. Tio estas ne plu. Sed ŝi ŝajnas la sama kiel iam."

Ŝi jam menciis al Reidar la korektejon sed ne priskribis ĝin detale, nek rakontis pri la aliaj knabinoj tie. Ial ŝi pensas ke tio ege superus lian komprenpovon. En sia antaŭa vivo li certe ne konis tian lokon.

"Mi ŝatas tiun saksofonan sonon", ŝi diras.

Reidar vigle konsentas.

"Jes, li tre lertas, tiu saksofonisto. Eble li iam povos ludi kun usona bando."

Jen io, pri kio li evidente kompetentas.

Fine de majo Reidar havas neatenditan peton al ŝi.

"Mi ŝatus lui dometon en la kamparo, ie fore de aliaj domoj. Simplan somerdometon. Sed estus pli bone kaj facile fari tion en via nomo, ĉar vi estas svedino."

"Mi tute ne havas monon por lui somerdomon."

"Ne zorgu pri tio. Pagos mi."

Ŝi rigardas lin nekredeme.

"De kie vi do akiris tiom da mono?"

"Ne zorgu", li ripetas. "Ni metu anonceton en ĵurnalon, ĉu ne?"

Dirite, farite. Venas kelkaj respondoj, sed Reidar elsarkas plurajn pro laŭdire maloportunaj adresoj.

"Ĉi tiu ŝajnas interesa. Ni iru rigardi ĝin, ĉu ne? Sed vi estu la ĉefa parolanto, por ne veki suspektojn."

Ili vojaĝas per trajneto suden kaj eliras en Ösmo. Necesas piediri pli ol tri kilometrojn, sed tio estas eĉ avantaĝo, laŭ Reidar.

"Poste ni akiros biciklojn por pli rapide atingi la trajnon."

"Biciklojn? Mi ne scias bicikli!"

Li rigardas ŝin konsternite.

"Vi ŝercas! Ĉiuj svedoj scias bicikli!"

"Ne mi. Mi neniam havis biciklon."

"Nu, ne gravas. Mi instruos al vi. Gravas ĉu la domo situas oportune."

La luebla dometo staras en arbaro inter granitaj dorsoj, cent metrojn de ŝlima lageto, el kiu venas malfreŝa odoro. Nenia alloga loko por somera ripozado, laŭ Gullvi, sed Reidar ŝajnas kontenta. Do ŝi interkonsentas kun la luiganto, kiu estas duonsurda maljunulo, kaj pagas por la unua monato per la mono, kiun Reidar donis al ŝi. Ĉio estas sufiĉe bizara.

Post kiam la posedanto transdonis la ŝlosilon kaj trotis for, Reidar entuziasme esploras la dometon kaj la ĉirkaŭaĵojn.

"Perfekte!"

"Nu, se oni ŝatas kulojn kaj ombron de piceoj."

"Sed imagu! Ĉi tie ni estos tute en paco, ne ĝenataj de aliaj homoj."

"Sendube."

"En via sekva libera tago ni alportos biciklojn trajne, kaj mi instruos al vi. Estas facile. Intertempe, ĉu vi povus helpi min aĉeti kelkajn varojn?"

"Certe. Kion do?"

Li elpoŝigas slipon kun notoj.

"Atendu. Mi faros apartan liston por vi. Sed aŭskultu. Temas pri varoj el apotekoj kaj farbobutikoj. Sed aĉetu ĉiun varon en alia vendejo. Kaj ne montru la liston al iu alia."

"Por kio vi do bezonas tion?"

"Ne gravas. Mi faros iajn eksperimentojn, sed ni ne parolu pri tio."

Li skribas sur nova slipo kaj transdonas ĝin al ŝi. Ŝi legas: hidrogena peroksido, acetono, parafinoleo, klorida acido.

"Kio estas ĉi tio? Kion vi faros?"

"Ne zorgu. Estas nur por iaj eksperimentoj. Kaj montru al neniu. Tio gravas."

"Ĉu estas venenoj?"

Li ridas.

"Venenoj? Tute ne. Estas nenio danĝera, se vi ne malfermos kaj tuŝos ilin. Atendu. Jen mono por tiuj aĉetoj. Se tio ne sufiĉos, avertu min kaj vi ricevos pli multe."

Ŝi rigardas la monbiletojn.

"De kie vi ricevis tiom da mono?"

"Ne zorgu", li diras ankoraŭfoje. "Mi perlaboris ĝin."

"Kaj kiel vi akiros biciklojn?"

"Mi aĉetos brokante. Tio ja facilos."

Ŝi falas de la biciklo almenaŭ kvinfoje, kiam li forprenas sian stabiligan manon de la sidilo sub ŝia postaĵo. Bonŝance la gruza vojo de Ösmo al la dometo ĉe la lago Muskan plejparte konsistas el mola sablo kaj herbo, kaj la randoj de la vojfosaĵoj plenas de frusomeraj floroj kiel geranioj, saksifragoj kaj lotusoj. Fine ŝi tamen iel magie ne plu falas. La malnova nigra biciklo, kiun Reidar akiris kaj donis al ŝi prunte, serpentumas antaŭen sed restas sur siaj du radoj, almenaŭ dum ŝi pedalas. Estas nekompreneble sed plezure. Kaj bonŝance alia trafiko tute forestas, ĉar certe ne eblus al ŝi eviti kunpuŝiĝon, se iu aperus fronte al ŝia ŝancela irado.

Ĉe la dometo ŝi kuiras kafon kaj ripozas sur seĝo en makuleto de suno, kiu atingas la teron inter la altaj piceoj. Ŝi devas iom post iom ŝovi la seĝon flanken por resti en la suno. Dume Reidar okupiĝas pri siaj eksperimentoj. Jam antaŭ la unua krakego ŝi komprenis, pri kio efektive temas. Eksplodaĵo! Li intencas eksplodigi ion. Kion? Ŝi ne demandas. Komprenible temas pri la germanoj. Li reiros al sia lando kaj sabotos ion por batali kontraŭ la okupantoj. Ŝi tute ne kontraŭas tion. Ŝi simple esperas ke li ne krevigos sin mem, kaj ke li poste sukcesos reveni al la relativa sekureco ĉi tie. Se ĉi tiu loko efektive restos sekura. Eble li krevigos ankaŭ ŝin kaj la luatan dometon.

Bum! La krako anoncas ke li denove sukcesis.

"Gardu vin, Reidar!" ŝi krias.

Post iom li aperas inter la piceoj kun nigra brulmakulego sur la ĉemizo kaj odoro de fumo kaj ia kemiaĵo.

"Ne timu. Mi scias, kion mi faras."

Li daŭrigas siajn tiel nomatajn eksperimentojn en la densa neflegata arbaro malantaŭ la dometo, dum ŝi admonas lin esti singarda.

Meze de junio komenciĝas varma vetero, kaj sur la bordo de la lago ŝi trovas etan varfon duone kadukan, de kiu eblas subeniĝi por naĝi en la nigrebruna akvo. Ĉe la surfaco ĝi estas plaĉe varma, sed kiam ŝi lasas la piedojn sinki en la profundon, ili trafas en malvarmon, kaj ŝi ne povas vidi la propran korpon pli ol tridek centimetrojn tra la akvo. La fundo estas ege ŝlima kaj plena de duone putraj branĉetoj, kaj el ĝi supriĝas bobeloj, kiuj fetoras naŭze atingante la surfacon. Do ŝi elakviĝas levante sin perbrake sur la grizajn tabulojn de la varfo, envolvas sin en bantukon kaj nudpiede plandas al li sur la tero plena de piceaj pingloj kaj musko.

"Venu bani vin, Reidar!" ŝi vokas lin.

"Ne, mi ne ŝatas tiun ŝliman lagon. Kaj mi devos ankoraŭ elprovi ion."

Kiam ŝi atingas lin, ŝi vidas lin ŝovi ĉifitan paperbulon en la kolon de botelo duonplena de malklara flavbruna ĵeleo.

"Atentu!" ŝi diras. "Ne krevigu la dometon, mi petas. Nek vin mem."

"Ne timu. Ĉi tio estas por alia celo."

"Ĉu por la germanoj?"

"Se ne, por kiuj do?"

"Ĉu vi do reiros en Norvegion?"

Li pretas pri sia paperbulo kaj prenas alian botelon.

"Povas esti. Ankaŭ eblas ke la germanoj venos ĉi tien. Sed nun gardu vin. Iru al la dometo, mi petas."

"Kaj vi? Ĉu vi intencas krevigi vin?"

"Ne timu. Iru, mi tuj venos."

Ŝi agas laŭ lia indiko, kaj baldaŭ li postsekvas ŝin. Dum kelka tempo ili staras sur la ŝtupareto de la domo, atendante. Envolvite en sian bantukon ŝi observas lin. Li gvatas intense kaj streĉe en la densejon kaj de temp' al tempo rigardas sian brakhorloĝon.

"Mi devas lerni, kiom da tempo la acido bezonos por trairi la paperbulon", li diras klarige.

Fine sonas laŭta krako tra la arbaro kun eĥoj de dekstre kaj maldekstre, kaj Reidar senvorte kapjesas, ŝajne kontenta.

Dekkvina ĉapitro. En fojnamaseto.

Reidar, Stokholmo 1941

Li jam bone rilatas al sinjoro Sunnhaug, lia kontaktulo en la ambasado. Kelkfoje li renkontas tie ankaŭ sinjoron el la brita ambasado, kies nomon li tamen ne ekscias. Ĉiuokaze li supozas ke temas pri diplomato. Ankaŭ eblas ke tiu sinjoro reprezentas iun malpli oficialan britan organizaĵon. Fojfoje oni parolis pri SOE, la "plenumantoj de specialaj agadoj". Sed ankoraŭ Reidar ne eksciis precize, kion oni atendas de li.

La du sinjoroj kontrastas inter si en maniero preskaŭ komika – la norvego muskola, moviĝema, kun sunbruna haŭto, kaj la anglo rigida, pala, kun brosformaj lipharoj.

"Estu preta", diras sinjoro Sunnhaug. "Kaj ekzercu vin pri la boteloj. Ni sciigos al vi kie agi, kaj kiam venos la ĝusta momento."

Pri transporto okcidenten al la norvega kompanio en Skotlando, kio estis lia origina deziro, oni ne plu parolas.

"Estos multaj gravaj taskoj ankaŭ ĉi tie, malantaŭ la germanaj linioj", diras sinjoro Sunnhaug.

Laŭ li Svedio estas pli-malpli regata de Germanio.

Reidar tamen kuraĝas iomete pridubi la metodojn.

"Tiaj boteloj kun paperbulo ŝajnas al mi sufiĉe amatoraj kaj neefikaj", li diras. "Ĉu ne ekzistas pli efikaj varoj?"

Sinjoro Sunnhaug interpretas al la anglo, kiu donas mallongan respondon, el kiu Reidar kaptas ĉefe la vorton "tempo". Tiu sinjoro parolas rapide, per voĉo iom knara kaj akĉento, kiu ne similas tiun de lia gimnazia instruisto, kaj cetere liaj tiamaj notoj estis nekontentigaj, ne nur pri la angla lingvo.

"Ja ekzistas", interpretas sinjoro Sunnhaug. "Kaj en okazo de bezono, vi ricevos siatempe. Dume ne malestimu la pli simplajn hejmajn kuiraĵojn."

La anglo aldonas ion.

"Kaj restu tre singarda", klarigas sinjoro Sunnhaug. "Ni ne volas ke la svedoj rimarku ion. Precipe ne la ĵurnaloj. Ankoraŭ ne. Kiam venos la ĝusta momento, oni jam povos distrumpeti la aferojn."

La 22-an de junio la svedoj estas plene okupataj de sia Somer-meza festado kun spicita vodko, haringaĵo kaj dancado ĉirkaŭ alta stango ornamita per folioj kaj floroj, anstataŭ ekbruligi lignofajron, kiel oni ĉiam faras dum la festo de Sankta Johano hejme en Norvegio. Reidar mire rigardas la ekzotajn lokajn kuti-mojn en la granda parko de "Blankaj Montoj". Kaj ĝuste en tiu tago la germana armeo surprizatakas Sovetunion.

Post kelkaj tagoj li ekscias ke ankaŭ Finnlando aliĝis al la germana atako, sed Svedio daŭre restas ekster la milito. Eĉ pli ol antaŭe ĝi estas izolita kiel neŭtrala kaj paca insulo ĉirkaŭata de militanta Eŭropo. Kaj ekde nun ŝajnas ke Hitler pli kaj pli defias tiun neŭtralecon. Laŭ sinjoro Sunnhaug Germanio jam en la unua tago de la ofensivo postulis trajne transporti la plenan 163-an infanterian divizion kun soldatoj, armiloj kaj municio laŭ la svedaj fervojoj al norda Finnlando por ataki Sovetunion de tie. Sed pri tio la svedaj radio kaj ĵurnaloj mutas.

Preskaŭ tuj disvastiĝas en Stokholmo onidiroj, laŭ kiuj la maljuna reĝo Gustavo la kvina, kiu ĵus festis sian 83-jariĝon, denove enmiksiĝis en la politikon por ke Svedio subtenu la germanan militadon. Li faris tion lastfoje dum la unua mond-milito, kaŭzante registaran krizon, sed post tio li devis akcepti la parlamentisman demokration, en kiu li havas nur ceremonian rolon. Tamen estas konate ke li favoras Germanion eĉ sub ties nuna nazia reĝimo, kaj lia jam mortinta edzino ja estis germanino. Male, oni ĝenerale rigardas lian filon, la kronprincon Gustavo Adolfo, kiel simpatianton de Britio, kaj efektive li havas jam sian duan anglan edzinon.

Nu, estu kiel ajn pri tiuj onidiroj el la reĝa kortego. Al Reidar pli gravas la fakto ke ekde nun tute ŝanĝiĝas la sinteno de la komunistoj – en Norvegio same kiel alilande. Denove ili faras plenan turniĝon, deklarante ke la nazia Germanio jam estas la ĉefa malamiko de la tutmonda proletaro. Pri la brita imperiismo oni subite eksilentas. Anstataŭe necesas alianciĝi kun la aliaj landoj kaj grupoj, kiuj batalas kontraŭ la nazioj, do precipe kun Britio kaj kun la rezistomovadoj en la diversaj okupataj landoj. En la ambasado li eksias ke en Norvegio la komunistoj jam plenumas sabotajn agojn kontraŭ la okupantoj kaj la NS-gvidantoj. Tamen apenaŭ temas pri vera kunlaboro kun la cetera rezista movado, kaj ties gvidantoj eĉ kondamnas la perfortaĵojn kontraŭ la okupantoj, ĉar ili timas ke la germana venĝo estos severa kaj trafos hazarde elektitajn civilulojn.

Reidar senpacience daŭrigas siajn arbarajn eksperimentojn per botelbomboj. Espereble oni baldaŭ taskos al li fari ion konkretan. Sed ankaŭ ĉi-lande la norvega ambasado evidente hezitas provoki venĝon de la germana flanko. Laŭ sinjoro Sunnhaug la neokupita kaj nemilitanta Svedio, kiu almenaŭ oficiale restas sendependa, eĉ se ĝia neŭtraleco pli kaj pli kliniĝas suden, funkcias kiel baza nodo de la norvega rezistado, kaj ĝi estas grava centro de kontaktoj kun la aliancanoj. Se Svedio estus okupita de Germanio, la situacio fariĝus ege pli malfavora ankaŭ por la norvegoj.

Do la tagoj pasas kiel antaŭe. Matene Reidar ŝvitas pro la somera varmo en la bazaro de Hötorget, portante skatolojn da fruaj terpomoj ĵus rikoltitaj, kaj aliajn varojn kiel napoj, betoj kaj kapobrasikoj el la pasinta jaro. Poste li vegetas en la plenŝtopita apartamento ĉe Långholmsgatan, kie li diskutadas kun la aliaj junaj viroj temojn jam centfoje traktitajn kaj aŭskultas la diskojn jam milfoje aŭskultitajn per la gramofono de Odd. La junulo Sindre, kun kiu li faris la kromvojon por esti akceptita kiel rifuĝanto kaj poste trajnis de Hestra al Stokholmo, jam antaŭ monato tediĝis de la nenifarado en Svedio kaj reiris en Norvegion, do eble komisaro Engström fakte pravis, trovante ke li ne havas kialon rifuĝi. La kunloĝantoj ja scias ke Reidar okupiĝas pri ia speciala tasko, sed ili ne konas la detalojn, ĉar sinjoro Sunnhaug admonis lin sekreti eĉ al samlandanoj.

Ofte li sidas en la restoracio Norma ĉe Sveavägen, atendante ke la deĵoro de Gullvi finiĝos. Nun post la festo de Somermezo urbaj plezuroj kun ĵazo kaj dancado preskaŭ ne okazas. Do, kiam tio eblas, ili trajnas al Ösmo kaj biciklas al sia luata dometo, kien ili alvenas plenaj de ŝvito kaj polvo. Finfine li akompanas ŝin en la malhelan akvon de la lageto por iom refreŝiĝi malgraŭ la naŭze ŝlima kaj fetora fundo. Poste ili kune reiras nudaj en la dometon, kaj ne pasas longa tempo ĝis ili denove estas kovritaj de ŝvito kaj devas enakviĝi duafoje.

Verŝajne sinjoro Sunnhaug opinius ke lia aranĝo kun Gullvi estas tro riska kaj ke ŝi jam eksciis tro multe. Sed li mem trovas ĝin ege utila. Se sola norvego pasigus tagojn en la arbaro, tre eblas ke la luiganto suspektus ion kaj scivolus, kio efektive okazas tie. Sed ke du geamantoj volas havi komunan amneston dum kelkaj someraj monatoj, tio povas surprizi neniun, kiu scias kiel dense loĝas la neriĉaj homoj de Stokholmo.

En la unua semajno de julio li ricevas taskon transporti paketon al adreso en Austmarka proksime de Kongsvinger en Norvegio, tuj post la landlimo. Oni provizas lin per legitimilo de limloĝanto kun falsa nomo kaj per mapo de la sveda kaj norvega limregionoj, kiun li tamen ne rajtas kunporti trans la landlimon. Li ekiras trajne tra Kil al la urbeto Sunne kaj sendas sian biciklon la saman vojon. De Sunne li posttagmeze biciklas nordokcidenten tra Gräsmark kaj la paroĥo Bogen en la tiel nomata Finna arbaro. Tio estas la sama regiono, kie li eniris Svedion antaŭ duonjaro. Ĉi-foje li tamen zorge evitos kontakton kun la regiona polico.

La gruza vojo estas seka kaj polvoplena. Li baraktas sur la deklivoj supren kaj ĝuas la venton, ruliĝante malsupren de la altaĵoj. Tamen li preferas tiun polvon kaj ŝviton ol la severa frosto, kiam li skiante sur glacio kaj neĝo alvenis ĉi tien en la pasinta vintro. Li rekonas la malhelruĝan lignan preĝejon de Bogen, kiu tiam estis ĉirkaŭata de blanka neĝo sed nun enkadrita de foliaro en ĉiaj verdaj nuancoj. Tuj post tiu preĝejo li preterpasas etan trupon da svedaj soldatoj ripozantaj sur la floroplena rando de la vojfosaĵo. Li gaje mansignas al ili kaj pedalas plu, en ĉiu momento atendante ordonon elseliĝi por identigi sin, sed la pigraj soldatoj evidente fajfas pri li. Eble ili jam kutimas je kurieroj trapasantaj la landlimon, aŭ li sukcesas imiti la figuron de loka vermlanda kamparano, kiu ial ne estas vokita por soldatservi, eble ĉar lia laboro tro esencas por la nacia nutraĵoproduktado.

Ĉe arbara vojeto markita sur la mapo li haltas. Li kuŝigas la biciklon malantaŭ migra bloko sub kelkaj densaj piceoj kaj studas la mapon por laŭeble parkerigi ĝin. Li taksas la distancon al la landlimo je du aŭ tri kilometroj. Dume li maĉas la kunportitajn buterpanojn kaj glutas akvon el sia ladbotelo. Restas nur atendi la nokton, kvankam tiu estos apenaŭ pli ol mallonga krepusko, ĉar pasis nur du semajnoj de la somera solstico.

Do dum ankoraŭ du horoj li kuŝas surdorse sur la musko, de temp' al tempo svingante la brakojn por forpeli la kulojn. Li eĉ bedaŭras ke li ne fumas, ĉar tio kredeble pli efikus kontraŭ la pikemaj insektoj. Dum momento li memoras alian vivon, en kiu li kuŝis sur musko fumante la cigaredon de Synnøve post ilia amorado. Li eĉ kredas denove flari ŝian konvalan parfumon, sed li tuj subpremas tiun dolorigan memoron. En la lasta lumo li denove rigardas la mapon, kaŝas ĝin kaj siajn svedajn dokumentojn sub ŝtono apud la biciklo, prenas la sakon kun la paketo kaj ekiras per silentaj paŝoj sur pado sub la arboj.

Pasas duonhoro. La ĉielo inter la arbopintoj estas nuba, do videblas nek luno nek steloj. Dum kelkaj minutoj li staras rande de strio da tero, kiu estas senarba sed plena de arbustoj kaj arbidoj, kredeble betuletoj. Li aŭskultas intense. Ĉio silentas krom susureto de la vento en la foliaro de kelkaj tremoloj. Poste li transiras la senarban strion kaj denove venas en la duonobskuron de densa arbaro. Jen do lia hejmlando! La sama krepuska nokto, la samaj nigraj piceoj, la samaj odoroj de musko, miriko kaj konifera rezino. Kaj pro tiaj limoj la homoj mortigas unu la alian, kvankam jam de jarcentoj ĝuste ĉi tiu limo ne plu kaŭzis militon. Tamen konflikto ja estis proksima, kiam liaj gepatroj estis adoleskuloj kaj Norvegio secesiis de la altrudita unio kun Svedio. Laŭ Patrino ŝi tiam fakte timis ke Svedio ekmilitos por konservi la union kaj tre ĝojis, kiam tio ne okazis.

Li pluiras sur pado apenaŭ videbla en la noktomeza krepusko ĝis vojo iom pli granda. Laŭ la enmemora mapo li devas sekvi tiun dekstren dum kvar kilometroj. Li paŝas kun streĉita atento. Sur ĉi tiu vojeto ne eblas iri tute sensone, ĉar la gruzo kraketas sub la plandumoj. Do li ne tro rapidas, jen kaj jen aŭskultante inter ĉiu tria aŭ kvara paŝo. Baldaŭ la birdoj jam rekomencas kanti en la nokto. Li kredas rekoni la babiladon de kantoturdo, sed sonon de homoj li ne aŭdas. Li estas preta en ĉiu momento ĵeti sin flanken en la arbaron, for de la vojo.

Fine li atingas domaron kaj trovas tiun, kiu espereble estas la ĝusta. Li supreniras laŭ la ŝtupareto kaj premas la manilon suben. La pordo malfermiĝas sen grincado aŭ knarado, kaj li eniras en vestiblon tute malluman. Odoras je fumo, seka ligno kaj io alia, kion li ne tuj identigas. Ĉu malnovaj pomoj?

Alia pordo malfermiĝas, kaj li pli sentas ol vidas nigran figuron en la nigro.

"De kiu vi venas?" mallaŭte demandas la figuro en ia orient-norvega dialekto, kiu preskaŭ same bone povus esti okcident-sveda.

"De onklo Severin", respondas Reidar laŭ la ricevitaj indikoj.

"Kiel fartas la kuzoj?" diras la alia.

"Ili baldaŭ resaniĝos."

"Bone. Ĉu vi havas ion por mi?"

"Jen."

Reidar etendas la sakon kun la paketo, kies enhavon li ne konas. La alia prenas ĝin kaj anstataŭe transdonas koverton kun fasko da paperoj.

"Jen por la onklo."

"Dankon. Mi portos ĝin al li."

Li enpoŝigas la koverton. Per tio finiĝas lia tasko, kaj li turnas sin por eliri.

"Atendu. Prenu tason da kafo", diras la alia.

Li malaperas, sendube en sian kuirejon. Aŭdiĝas tintado kaj verŝado, kaj la nigra ombro revenas.

"Ĉi tie. Ĝi ne estas varmega."

Li enmanigas al Reidar tason.

"Ne gravas. Dankon."

Reidar trinkas la duonvarman enhavon per kelkaj glutoj. Ĝi estas surogato, kompreneble, sed ĉi-okaze tio vere ne gravas.

"Do mi reiros."

"Bonŝancon! Paŝu singarde."

Jam estas multe pli da lumo ekstere, aŭ tiel ŝajnas post la endoma mallumo. La nuba ĉielo sufiĉe helas inter la nigraj siluetoj de arboj. Li paŝas iom pli rapide ol antaŭe. Espereble li rekonos la lokon, kie la arbara pado trafas la vojon. Jam antaŭ ol atingi tiun punkton li tamen ekaŭdas ion, ian sonon, kiu distingiĝas de la kutima birdokantado. Dum momento li pensas ke tio estas la stranga ŝpinrada zumado de kaprimulgo, sed ne, tio sendube estas motoro. Li rapide rigardas ĉirkaŭ si. Ĝuste ĉi tie ne estas multe da arboj, sed trans la vojo konturiĝas ia pufaĵo, eble fojnamaseto. Li saltas trans la fosaĵon, surteriĝas malbone, tiel ke la dekstra piedo ekdoloras, sed ĵetas sin plu ĝis malantaŭ la fojnostako. Jes, la odoro klare atestas ke tio estas fojno falĉita antaŭ nelonge.

Li kuŝiĝas surtere malantaŭ la fojnamaso, preta enfosiĝi en ĝin se necese, dum la motorbruo proksimiĝas. Li atendas spirhalte. Jen nigra ombro ekvideblas, kaj de ĝia fronto eliĝas du tre mallarĝaj strioj de flava lumo sur la gruzon de la vojo. Sendube oni maskis la lumĵetilojn, lasante nur etajn fendojn. Sed kion tio signifas? Ĉu estas germanoj? Kvislingoj? Aŭ rezistantoj? Ĉu eksport-firmao, kiu helpas homojn transiri la limon? Ne eblas scii. Ĉiuokaze li devas resti kaŝita.

Li kuŝas senmove, dum la aŭto preterpasas malrapide. Tro pigre, li pensas. Fine ĝi tamen malaperas trans vojkurbiĝon. Li restas kuŝanta dum ankoraŭ kvin minutoj, aŭ eble dek. Li ne povas konsulti sian brakhorloĝon en la avara lumo. Fine li stariĝas tuj apud la fojnostako kaj restas staranta tie dum ankoraŭ kelka tempo, aŭskultante. Poste li finfine kuraĝas repaŝi al la vojo. La piedo doloras. Evidente li tordis ĝin saltante, sed ne eblas fari ion krom plu lami per la vundita piedo, kiel eble plej silente.

Post kelkaj pluaj minutoj sur la vojo li atingas la padon. Ĉu la ĝustan? Li forte esperas ke jes. Li devas retransiri la limon antaŭ la mateno kaj retrovi sian biciklon. Alie li devus kuŝi ie kaŝite ĝis morgaŭ nokte.

La piedo doloras pli kaj pli intense, sed li atingas la senarban strion, kiu estas la landlimo. Li eĉ ne haltas por gvati kaj aŭskulti sed rapidas transen. Poste li sidiĝas por palpi la piedon. Se li almenaŭ havus ion per kio vindi ĝin! Sed li devas pluiri, ĝemante nur silente, enpense. Finfine li retrovas la blokon kun la biciklo kaj la kaŝejo, prenas siajn aferojn kaj surseliĝas. Li ŝatus simple kuŝiĝi por ripozi, sed ĉi tie ne plu estas bona loko por tio. La paperoj, kiujn li portas, devos trafi rekte al lia ambasado, ne al la sveda armeo, kiu sendube proksimas. Se sveda oficiro metus siajn manojn sur ilin, ekzistus neniu garantio ke ili ne likiĝus al Gestapo.

Do li pedalas senhalte, ĉefe per la maldekstra piedo. Plej malfacile estas sur la deklivoj supren, kie ankaŭ la dekstra devas helpi. Tamen li ne cedas sed plu klopodas laŭ sia plena kapablo, dum la suno leviĝas inter la arboj antaŭ li kaj brilas en liajn okulojn.

Laŭ la admonoj de sinjoro Sunnhaug li ne reiru de la sama stacio, kien li trajnis hieraŭ. Do li studas la mapon por trovi la vojon suden al Arvika. La suno jam staras alte sur la ĉielo, kaj li komencas senti la varmon reveni. Sude de Gunnarskog li haltas ĉe dometo por peti akvon de maljunulo, kiu sarkas sian legombedon. La viro bonvole krankas sitelon da akvo el sia puto kaj rigardas lin kun scivola miro.

"Ĉu vi venas bicikle el Norvegio?"

Reidar kapneas.

"Mi delonge loĝas en Svedio."

Poste li avide trinkas kaj plenigas sian ladbotelon, dum la viro plu rigardas lin kun konspira mieno.

Fine li tamen atingas la urbon Arvika, trovas la stacidomon sen demandi pri la vojo kaj povas aĉeti trajnbileton reen al Stokholmo kaj sendi tien ankaŭ la biciklon.

Dum la horoj de vojaĝo neniu ĝenas lin nek kontrolas lian identecon sed nur la bileton, kaj alveninte li rapidas al sinjoro Sunnhaug en la ambasado por transdoni la koverton.

"Do, ĉio pasis bone, mi supozas?"

"Senprobleme."

"Perfekte. Restu preta, ĉar povas esti ke vi baldaŭ ricevos taskon pli gravan."

"Mi esperas ke jes."

La julia varmo plu daŭras, kaj li pasigas pli kaj pli da tempo en la dometo. Ankaŭ Gullvi ofte liberas de deĵoro en la restoracio kaj povas tranokti kun li tie. Ŝi esprimas iom da miro pro lia lamado, sed li ne klarigas, kie li tordis la piedon. Cetere ĝi baldaŭ pliboniĝas. En la urbo multaj butikoj, kafejoj kaj restoracioj estas tute fermitaj pro la somero. La svedoj ferias, kaj ŝajne ĉiuj, kiuj povas, forlasis la urbon. En lia Suda kvartalo ĉirkaŭ la apartamento de la norvegaj rifuĝantoj tamen svarmas nenifaraj infanoj sur la strato, kaj en la postkortoj sidas grupetoj da viroj kun boteloj da biero. Ne eblas rimarki ke ĉirkaŭe tondras kruela milito.

Tamen ĵus Åge, unu el la kunloĝantoj, ricevis permeson transiri, ĉu al Skotlando, ĉu al Kanado, oni ne malkaŝis. Anstataŭe nova knabo tre juna prenis liajn lokon kaj liton, kaj tiu junulo devas elteni iom da moketoj pro siaj vizaĝaj aknoj kaj manko de knabinaj spertoj. Sed Reidar nur de temp' al tempo vizitas la apartamenton. Malgraŭ la ŝlimo kaj densa picearo la kampara dometo havas pli da freŝa aero ol la urbaj domoj kaj stratoj.

Li antaŭe ne konis detalojn pri la sveda neŭtraleco. Nun li ekscias ke dum la tiel nomata Vintra milito inter Sovetunio kaj Finnlando antaŭ jaro kaj duono Svedio ne deklaris sin neŭtrala. Tiam oni subtenis Finnlandon ne nur humanitare sed ankaŭ per militmaterialoj, armiloj, municio, eĉ aviadiloj, kaj per organizado kaj rekrutado de volontuloj en la svedaj regimentoj. Sed nun, kiam Finnlando aliĝis al la germana atako kontraŭ Sovetunio, jam temas pri nova fronto en la mondmilito, en kiu Svedio konsideras sin neŭtrala malgraŭ la germanaj militistaj transportoj sur la svedaj fervojoj. Denove kelkaj svedoj volontulas por batali kun la finnlandanoj kontraŭ Stalin, sed laŭdire tio allogas nur malmultajn, interalie aktivajn naziojn kaj aventuristojn. La ĵurnaloj tamen raportas ke Svedio ja denove donas civilan helpon al Finnlando. Krom tio miloj da finnlandaj infanoj estas sendataj ŝipe kaj fervoje kun nomslipo fiksita ĉirkaŭ la kolo al familioj en Svedio, kvankam la svedaj zorgantoj plej ofte ne scias eĉ unu vorton de ilia lingvo. Sed ĉi tie la infanoj ricevos sufiĉe da manĝo kaj ne devos timi bombojn.

La 12-an de julio li aŭdas per la radio ke reprezentantoj de Britio kaj Sovetunio subskribis interkonsenton pri reciproka helpo. Do, en kelkaj semajnoj la Eŭropa mapo ŝanĝiĝis. La germana-rusa pakto de neagreso jam estas nur historio, kaj anstataŭe angloj kaj rusoj nun estas aliancanoj. Sed intertempe la germana armeo avancas per rekorda rapideco sur la ebenaĵoj de orienta Pollando, Belorusio, Ukrainio kaj la baltaj respublikoj. Ŝajnas ke Sovetunio ne povos kontraŭstari la germanojn pli sukcese ol Francio antaŭ unu jaro aŭ Jugoslavio kaj Grekio antaŭ du monatoj. Ĝis nun nur Britio prosperis pri tiu tasko, verŝajne plej multe dank' al tio ke ĝi estas insulo, li supozas.

Baldaŭ oni raportas ke ankaŭ la finnlanda armeo avancas, kvankam malpli rapide. Ĝia origina celo laŭdire estis restarigi la landlimon de antaŭ la Vintra milito, sed evidente la apetito kreskas dum la manĝado. Baldaŭ temas krome pri "liberigo de frataj popoloj" kiel kareloj kaj vepsoj en la tiel nomata Fora aŭ Orienta Karelio. Jen popoloj, pri kiuj Reidar antaŭe ne aŭdis. Li demandas sin, ĉu eble Finnlando estonte provos "liberigi" ankaŭ la finnlingvajn kvenojn en norda Norvegio, kiujn li ekkonis dum sia soldatservado ĉe Kirkenes.

Denove sinjoro Sunnhaug kaj la anonima brito vokas lin al kunveno por diskuti novan taskon.

"La situacio jam estas iom alia", diras sinjoro Sunnhaug. "Estas tempo montri al la germanoj, la svedoj kaj entute ĉiuj, kion ni povas fari. Do vi ricevos detalan planon, tamen nur buŝe. Ni ne riskos ke iaj dokumentoj pro eraro trafos en malĝustajn manojn. Jen rigardu, sed atentu ke ĉi tiu mapo ne forlasos mian oficejon. Ankaŭ ĉi-foje vi devos parkerigi ĝin. Ĉu vi kapablas tion?"

Reidar rigardas la mapon. Ĝi montras urbeton aŭ vilaĝon apud granda rivero kun fervojoj en kvar direktoj. Pro tio ĝi pensigas lin pri lia hejmurbo, kies rivero tamen pli sinuas ol ĉi tiu.

Li malrapide kapjesas, kaj la sinjoro metas sian bone flegitan montrofingron sur la kruciĝon de la fervojoj.

"Ĉi tie pasas praktike ĉiuj trajnoj kun germanaj soldatoj, armiloj kaj municio. Vi ricevos precizan horaron de unu tia trajno, denove nur buŝe. La detalojn, sur kiu trako troviĝos la trajno, kiel oni gardas ĝin kaj tiel plu, vi devos mem espoli. Ĉu vi komprenas?"

"Absolute. Sed... ĉu mi ricevos pli efikan varon?"

Sinjoro Sunnhaug ĵetas rigardon al la anglo sed ne parolas al li. Kaj tuj li denove renkontas la rigardon de Reidar.

"Bedaŭrinde tio ne eblas. Estus tro granda risko de kompromitiĝo. Vi certe komprenas ke se io misfunkcios, ni scios nenion pri la afero kaj konsideros ĝin pura provoko. Tio estas normala en la diplomatia mondo."

Reidar ja komprenas, do li denove kapjesas.

"Sed ne necesas pli efika varo. Temos pri trajno portanta municion. Do sufiĉos doni al ĝi la komencan fajreron. Kaj se ĉio iros glate, vi povos kalkuli je tio ke ni poste aranĝos ion por vi."

Reidar scivolas, kio sekvos se la afero ne iros glate, sed li ne demandas pri tio. Anstataŭe li zorge studas la mapon kaj enmemorigas ĝin. La precizajn daton kaj horon sinjoro Sunnhaug tre baldaŭ sciigos per kodita mesaĝo. Kaj per tio finiĝas la kunveno. La brita sinjoro diris eĉ ne unu vorton sed nur de temp' al tempo frotis siajn lipharojn per du fingroj, aŭskultante la norvegan interparolon. Eĉ ne klaras, ĉu li iom komprenis tiun aŭ ne. Tamen Reidar certas ke li estas la efektiva komisianto.

Restas kelkaj tagoj por plani la aferon. Li jam scias, kiel li preferos aranĝi ĝin por ne veki superfluajn suspektojn. Estas la mezo de julio, kiam la svedoj ferias. De tri jaroj la laboristoj havas leĝan rajton je dusemajna libertempo, kaj dum tiu oni ŝatas fari turistajn ekskursojn en la kamparon kun siaj familioj kaj karuloj. Tion faros ankaŭ li kaj lia amikino. Espereble ŝi konsentos tion, ĉar sola viro en feria ekskurso vekus ege pli da suspektoj ol enamiĝinta paro.

Deksesa ĉapitro. Krakego en Krylbo.

Gullvi, Krylbo–Stokholmo 1941

Kiam ajn ŝia deĵora horaro tion permesas, Gullvi tranoktas en la luata dometo. De kelka tempo Ville liberiĝis el la soldatservado kaj revenis al sia antaŭa laboro en aŭtoriparejo. La manko de benzino por privatuloj tamen signifas ke malpli da aŭtoj bezonas riparon, kaj tial oni donis al li somerajn feriojn. Do li preskaŭ ĉiutage kaj ĉiunokte vizitas sian koramikinon Astrid. Kvankam la du geamantoj jam delonge ne embarasiĝas pro la ĉeesto de Gullvi, tamen ŝi preferas ne rigardi ilian baraktadon sub littuko en la siberia ĉambro, precipe nun, kiam la noktoj estas tre helaj. Ŝi ege preferas mem amori kun Reidar en la kamparo, des pli ĉar ili tute certe estas solaj inter la piceoj ĉe la ŝlima lageto. Regas somera kalmo ne nur tie, sed ankaŭ en la senmova aero super la str_toj de Stokholmo, kaj eĉ en la restoracio ĉe la kruciĝo de Sveavägen kaj Kungsgatan.

Lastatempe ŝi iom miris ke Reidar lamas, same kiel faris Ture, kvankam evidente ne pro simila kialo. Do ŝi surpriziĝas, kiam li subite petas ŝin liberigi sin de Norma por kelktaga turista biciklado kun li.

"Ĉu via piedo ne ĝenos vin biciklante?"

"Tute ne. Tio estas nenio."

"Bone, mi demandos. Espereble ne estos problemo, ĉar la gastoj nun ne venas tre amase, kaj mi ja rajtas havi feriojn, ĉu ne?"

"Mi kalkulas je tio. Se ne eblos, vi povus anonci vin malsana, ĉar mi vere bezonas vin."

Ŝi miras pri liaj vortoj, sed ja plaĉas al ŝi esti bezonata. Lia fervoro kaj persvademo flatas ŝin.

"Kien vi volas bicikli?" ŝi demandas.

"Mi aŭdis ke Dalekarlio estas bela provinco. Do ni iru tien."

"Ho, tio ja estas malproksime! Mi supozas ke ni bezonus kelkajn tagojn nur por iri tien. Cetere mi iom timus bicikli sur grandaj vojoj, kie aŭtoj povus preterpasi rapidege, ĉar mi ankoraŭ ne tre lertas bicikli rekte."

"Ne timu. Ni trajnos tien kaj poste rondiros bicikle sur vojetoj. Kaj Gullvi, jen alia afero: mi fakte ne ŝatas se homoj aŭdas ke mi estas norvego. Do mi petas vin prizorgi la babiladon. Tio ja ne ĝenos vin, ĉu?"

Ŝi ridas.

"Tio certe ne ĝenos, sed mi dubas ke la homoj en Dalekarlio malŝatas norvegojn. Precipe ne belulojn kiel vi."

"Tamen mi preferas ne esti tro rimarkata. Mi havas ankaŭ alian aferon por prizorgi, krom la turista ekskursado. Cetere, diru nenion al via amikino pri la celo, mi petas. Klarigu nur ke vi ferios kun mi en la kamparo."

Gullvi komencas kompreni, sed ŝi ne volas demandi lin. Se li volos rakonti, li rakontos.

Do, jam en la sekva vendredo ili ekiras per trajno de Stokholmo al suda Dalekarlio kaj eliras en la urbeto Hedemora. De tie ili biciklas tra belaj kampoj, arbaro kaj laŭ la granda Dalekarlia rivero ĝis la urbo Avesta. Tiuloke ili unue rigardas la Grandan torenton en la rivero, kie tamen fluas malmulte da akvo pro la apuda hidroelektra centralo. Gullvi supozas ke ĝi estis pli impona, kiam Karl Karlsson el Jularbo komponis sian valson pri la muĝado de tiu torento. Ili vizitas ankaŭ la spurojn de iama akvofalo antaŭ sep mil jaroj, kiam la rivero fluis laŭ alia vojo ol nun. Poste ili luas ĉambron por unu nokto en simpla pensiono, kaj Reidar komencas aludi la veran celon de ilia turista biciklado.

"Ĉi-vespere ni pakos ĉion kaj enlitiĝos frue. Morgaŭ ni ekiros iom post la sunleviĝo, je la tria kaj duono. Do nun ni manĝu ion kaj poste klopodu dormi, ĉar morgaŭ estos longa tago."

Por Gullvi estas ege malkutime enlitiĝi jam je la oka, do ŝi sentas nenian lacecon, nur eksciton. Dum sia vivo ŝi jam spertis dramajn kaj malfacilajn momentojn, kaj nun sendube sekvos unu plia. Tamen ŝi ne deziris forkuri; ŝi restos ĉe la flanko de sia norvega amato, kio ajn okazos. Ŝi scias ke ŝi devos dormi por havi

sufiĉan forton morgaŭ, sed dumlonge ŝi ne kapablas endormiĝi.
Ŝi ŝatus iom paroli kun li, sed li tutcerte ne volas tion, kvankam
ŝi aŭdas ke ankaŭ li ne dormas. La aero en la ĉambro estas varma
kaj ne tre freŝa. Ŝi flaras odoron de mucido el sub la lito, kaj jen kaj
jen muŝo zumas ĉe la fenestro. Ie proksime preĝeja sonorilo batas
la naŭan horon, kaj plenan eternon poste ĝi batas la dekan. Sed
iam post tio ŝi ja sinkas en dormon, ĉar la dekunuan ŝi neniam
aŭdas.

Tamen pasis nur momento, ŝajnas al ŝi, kiam terure klaktintas
la vekhorloĝo de Reidar, kaj ili ambaŭ preskaŭ salte stariĝas ĉiu
el sia lito. La tria kaj duono, kaj ekster la fenestro estas plena
matena lumo. Ili glutas tason da akvo kaj sekan bulkon de hieraŭ.
Ne indas lavi sed nur rapide vesti sin, kaj jen ili silente forlasas la
pensionon kaj malsupreniras al siaj bicikloj.

"Ĉu vi jam pagis por la ĉambro?" ŝi flustras.

"Certe. Mi pagis hieraŭ."

Ili transiras la riveron per la ponto apud la preĝejo kaj sekvas
vojeton laŭ la fluo, sudorienten. Sur la biciklo de Reidar sidas la
aparta valizeto, kies enhavon ŝi ne vidis sed ja suspektas. Post
malpli ol duonhoro ili venas al loko, kie fervoja ponto transiras
la riveron.

"Jen transe estas la stacio de Krylbo, sed unue ni trovu kaŝ-
ejon ĉi tie. Mi memoras ke ekzistas arbareto rekte kontraŭ la
stacidomo."

Do ili biciklas plu ducent metrojn kaj trovas lokon, kie eblas
trairi arbaron por atingi la bordon de la rivero.

"Jen", li diras. "Vi restos ĉi tie, dum mi transiros per la fervoj-
ponto. Do paciencu. Ne timu, mi faros mian taskon kaj poste
revenos ĉi tien. Se ĉio pasos bone, ni foriros kune de ĉi tie."

Do ŝi sidiĝas sur la tero kelkajn metrojn de la kviete preterflu-
anta akvo kaj komencas atendi, dum li reiras al la ponto. Facila
vento susurigas la foliojn de kelkaj apudaj tremoloj, la rivera
akvo lirlas kaj ie fore raŭke ridas pigoj. Transrivere videblas
konstruaĵoj kaj vagonoj en la fervoja stacio, sed ĉio ŝajnas kvieta.
Gullvi oscedas. Kiel longe ŝi devos atendi, ĝis io okazos?

Ŝi vekiĝas pro fora krako. Kie ŝi estas? Kio okazis? Evidente ŝi endormiĝis sur la tero, kaj nun io eksplodis trans la rivero. Ĉu tio estis unu el la krakboteloj de Reidar? Supozeble jes. Sed kie li mem estas?

Ŝi stariĝas kaj gvatas trans la riveron. Same kiel antaŭe videblas kelkaj vagonoj iom flanke de la stacidomo. Ĉu jen flamoj sur unu el ili? Sed kio do okazis al Reidar? Ja ne povas esti ke li krevigis sin mem per tiu botelo! Do, kio okazis al li? Ĉu oni kaptis lin?

Ŝi paŝas maltrankvile tien-reen sur la bordo. Jes, efektive unu vagono brulas. Eble eĉ du. Sed la tempo plu pasas; ŝi ne scias kion fari. Se Reidar mortis, ŝi devos sola bicikli ien por savi sin. Sed kien? Ne, ja ne eblas ke li mortis!

Nun la brulantaj vagonoj ekmoviĝas, ŝajnas al ŝi. Jes, ili ruliĝas pli foren de la stacidomo. Kiel tio eblas?

Pasas minuto. Pasas pliaj.

Subite ŝi aŭdas biciklon alproksimiĝi inter la arboj. Ĉu Reidar? Jes, estas li. Li ne mortis. Li aspektas tute same kiel antaŭe. Ŝi ĵetas sin al li kaj brakumas lin kun la bicikla stirilo inter iliaj korpoj.

"Atendu", li diras nelaŭte. "Ni vidu, kio okazos."

Li demetas la biciklon surteren, kaj ili paŝas ĝis la akvorando kaj gvatas transen. Malantaŭ ili la suno jam staras sufiĉe alte super la foraj arbustoj kaj arbetoj en oriento, ĵetante longajn ombrojn antaŭ ilin sur la riverbordo kaj akvo. Sed en okcidento, trans la rivero, la brulantaj vagonoj preskaŭ same lumigas la ĉielon kaj la konstruaĵojn de la fervojo. Ili eniras pli profunde inter la alnojn sur la bordo, por la okazo ke iu frumatena laboristo preterpasus sur la vojeto malantaŭ ili. Ili atendas. Gullvi jam komencas supozi ke li eraris pri la vagono kaj nenio plu okazos, sed Reidar metas la manon sur ŝian ŝultron kun mieno trankviliga. De temp' al tempo ŝi aŭdas klakadon kaj kriantan voĉon de la stacio, sed ŝi ne povas distingi vortojn kaj eĉ ne certas, ĉu oni krias svede aŭ germane.

Tiam okazas la eksplodo.

Damne! Ŝi neniam en sia vivo aŭdis ion eĉ duone similan. Dum momento ŝi ne scias, kio estas supre kaj kio sube. Poste ŝi retrovas sin kuŝanta inter la mirika arbustaro. Ŝi restariĝas de la tero, unue sur genuoj kaj manoj, poste surpiede. Apud ŝi Reidar forigas koton de sia vizaĝo. Sur la surfacon de la rivero antaŭ ili falas iaj pecoj de ŝi-ne-scias-kio el la vagonoj, plaŭdante kaj malaperante suben en la akvo. Ŝi vidas akvoŝprucojn sed aŭdas nenion krom ia monotona sonorado en la kapo.

Reidar tuŝas ŝian brakon kaj diras ion.

"Tempas foriri", ŝajne mimas liaj lipoj, sed la voĉon ŝi ne aŭdas.

Tamen ŝi sekvas lin tra la arbustaro dekstren, foren de la rivero. Tuj ili prenas siajn biciklojn kaj trenas ilin plu ĝis la vojeto, kie ili povas ekbicikli nordorienten, for de Krylbo kaj la eksplodego.

Tiam aŭdiĝas dua krakego fore malantaŭ ili. Ĉu la dua vagono eksplodis? Ŝi volas demandi pri tio, sed verŝajne ankaŭ Reidar ne povas diri, kaj krome ŝi ne scias, ĉu ŝi kapablas paroli pro la sonorado en ŝia kapo.

Dum duonhoro ili simple pedalas, ruliĝante antaŭen sur la gruza vojeto. Nur veninte sur pli grandan vojon, ŝi aŭdas lian voĉon kvazaŭ de tre fore, kvankam li estas tuj apud ŝi. La sonorado en ŝia kapo ja plu daŭras, tamen malpli laŭte ol antaŭe.

"Jen ili ricevis laŭmerite", li diras. "Mi vetas ke almenaŭ cento da hunoj iris al la infero. Eble pluraj centoj."

Ŝi ne respondas. Ne pro tio ke ŝi domaĝus la germanajn soldatojn, sed ŝi tro anhelas pro la peno pedali. Cetere ankaŭ ŝia propra spirado sonas tre fora.

Ili plu biciklas, li antaŭe kaj ŝi poste. Iom post iom ŝi trankviliĝas aŭ almenaŭ malpli timas ol ĵus.

"Ho, Jularbo!"

Jen la unua afero, kiun ŝi diras post ankoraŭ kelka tempo, kaj ŝia voĉo sonas tute alia ol ordinare. Ŝi simple laŭtlegas la tekston de vojtabulo, kiam ili eniras vilaĝeton. Ankoraŭ neniu homo videblas, kvankam verŝajne baldaŭ estos la sesa matene kaj laboristoj devus esti survoje al siaj laboroj. Hodiaŭ estas sabato, do labortago por preskaŭ ĉiuj homoj. Sed eble ili ferias, ŝi pensas.

"Kio do?" flustras Reidar.

Ŝi nur kapneas senvorte. Estante norvego li kredeble ne konas Karl Karlsson el Jularbo, la svedan majstron de akordiono. Do ne indas klarigi. Ŝi mem ne sciis ke lia devenvilaĝo situas ĉi tie.

Ne mirinde ke li komponis pri la proksima torento de Avesta. Ĉiuokaze ŝi ne mencius ke tiu famulo estas unu el la vagantoj, same kiel ŝi, kvankam tio ŝajne ne estas vaste konata. Cetere, por amanto de ĵazo kiel Reidar, akordiono kredeble estas nur eksmoda muzeaĵo.

Do ili plu pedalas en silento. En Folkärna ili renkontas alian biciklanton, kaj tuj poste tri piedirantojn. Ŝi diras nur mallongan "bonan matenon", rapidante preter ili. Reidar restas muta por ne malkaŝi sian norvegan akĉenton. Sed poste sekvas ilia plej kriza momento. Necesas halti por atendi la etan pramon, kiu portos ilin denove trans la riveron. Bonŝance la maljuna pramisto estas matene laca kaj ne emas babili. Ŝian "kiel bele estas ĉi tie" li reciprokas nur per oscedo.

Transirinte la riveron ili elektas arbaran vojeton. Dum kelka tempo ŝi dubas ke Reidar vere konas la vojojn de ĉi tiu regiono, sed ŝi ne volas demandi. Mapon li ne montras; tamen li ŝajne ne hezitas, kaj el la arbaro ili efektive venas sur iom pli grandan landvojon inter bienoj. Nur duonvoje al la urbeto Sala, en Möklinta, ili vidas homojn laborantajn sur la kampoj, sed poste denove estas arbaro.

Tuj norde de Sala ili lasas la biciklojn en arbareto kaj plupaŝas piede.

"Iu alia iros repreni ilin post kelkaj tagoj", diras Reidar. "Se ni nun sendus ilin trajne, eble iu fervojisto memorus nin."

Ili ne eniras la stacidomon sed atendas en eta parko ĝis dek minutojn antaŭ la ekiro de la trajno. Biletojn ŝi aĉetis en Stokholmo laŭ lia komisio jam antaŭ la tiel nomata ferio biciklado. Ili trovas kupeon kun nur maljuna virino, kiu ŝajnas dormetanta. En Upsalo la kupeo pleniĝas de familio, kiu ekscitite babilas pri sia ekskurso al la ĉefurbo, tute sen atento pri Gullvi kaj Reidar, kiuj silentas dum la tuta vojaĝo. Je la dua kaj duono posttagmeze ili disiĝas en la centra stacidomo de Stokholmo. Gullvi iras rekte al sia ĉambro por dormi dum kelkaj horoj. Bonŝance Astrid deĵoras, do nenio ĝenas ŝin krom la sonorado en la kapo, kiu tamen jam iĝis malpli forta.

Vekiĝinte en la sama vespero ŝi iras al eta kafejo trans la strato por taso da kafo kaj buterpano, ĉar ŝi malsategas, kaj en la ĉambro restas nenio manĝebla. Krom ŝi ĉeestas nur sola gasto kaj la posedantino, kiu aŭskultas la radion. Estas tempo por la vesperaj novaĵoj. Oni raportas pri la krakego en Krylbo, kiel oni nomas la eksplodon. Laŭ la novaĵelsendo oni ankoraŭ ne konas la kialon, sed kredeble ĝi estis akcidento kaŭzita de tro varmegaj radoj de unu el la vagonoj. Bonŝance – jes, la raportisto efektive uzas tiun vorton – bonŝance neniu homo mortis, dank' al tio ke kelkaj heroaj fervojistoj sukcesis malkupli la brulantan vagonon kaj konduki ĝin sur flankan trakon, antaŭ ol ĝi eksplodis. Dudek kvar personoj tamen estis vunditaj.

Gullvi estas tute konsternita. Neniu do mortis! Ĉu eblas kredi tion? Oni ne diris, ĉu la vunditoj estas germanoj aŭ svedoj, soldatoj aŭ fervojistoj. Kaj neniu vorto pri saboto. Eĉ ne unu vorto pri tio, kio efektive eksplodis – la ŝarĝo el germana municio, kiu survojis al la mondmilito per trajno tra la neŭtrala Svedio. Ŝi komprenas ke la ŝtata monopola radio ne rajtas mencii ke la trajnoj transportas germanajn armilojn kaj municion, aldone al la trupoj survoje en nordan Finnlandon por batali en la germana-finnlanda invado de Sovetunio. Oficiale la trajnoj tra Svedio ja portas nur soldatojn hejmen el Norvegio por ripoza forpermeso. Kia hipokrito!

Dimanĉe ŝi ripozas en sia ĉambro. Ŝi pretas krevi pro scivolemo pri la eksplodo, kaj pro emo rakonti ĉion al Astrid, sed ŝi scias ke necesas resti muta. Cetere la amikino demandas nur, ĉu ŝi ĝuis la bicikladon kaj ĉu la vetero estis bona, kvankam ĝi sendube estis same suna ĉi tie en la urbo kiel en la nedifinita kamparo, kie ŝi feriis kun Reidar. Do ŝi diras nur ke ĉio estis bona sed laciga, kaj tio ja estas vera.

Lunde ŝi rekomencas sian laboron, kaj tagmeze la restoracio Norma estas plena vespujo de diskutantaj gastoj. Ŝajne neniu dubas ke temas pri sabota ago, malgraŭ la raporto pri varmegaj radoj. La rusoj kompreneble faris tion. Tute ne, tio estis la angloj! Svedaj fervojistoj estas la solaj, kiuj povus realigi tian agon, konante la horaron kaj itineron de la trajnoj. La norvegoj, evidente!

Pli verŝajne faris tion svedaj soldatservantoj, kiuj devis gardi la stacion. Ne, nur la britoj disponas la rimedojn! La komunistoj, kompreneble, komisie de Stalin!

Kaj ĉu vere eblas ke neniu mortis? Tio ja ne kredindas. Certe oni kaŝas la veron por ne provoki Hitleron. Entute nenio kredindas, sed ĉio eblas.

Gullvi estas senĉese okupata prezenti malfortan bieron kaj la hodiaŭan tagmanĝan pladon, kiu estas ia napa pudingo, por kiu ne necesas porciuma kupono. Ŝi ne havus tempon enmiksiĝi en la spekulativado, eĉ se ŝi volus. Kompreneble necesas ŝajnigi sin senscia kaj nur aŭskulti ĉion per grandaj oreloj.

Posttagmeze unu gasto, norvego kies nomon ŝi ne konas, alportas la novaĵon ke oni ekzilis altan diplomaton de la brita ambasado. Do, evidente la britoj faris la sabotadon. Sed vespere la radio diras nenion pri tiu ekzilado el Svedio, do eble tio estas nur unu plia onidiro. Ŝi ŝatus renkontiĝi kun Reidar por aŭdi, ĉu li scias ion certan. Sed biciklante al Sala li admonis ŝin ke ekde nun dum kelka tempo ŝi ne rajtos kontakti lin. Eble neniam plu, ŝi subite ekpensas. Domaĝe! Ŝi vere bedaŭrus, se ilia rilato finiĝus per tia krakego. Sendube la rezista batalo pli gravas al li ol la rilato al ŝi. Tio estas memkomprenebla. Estas milito, kaj lia lando estas okupata. Tamen malfacilas akcepti ke ŝi eble perdis lin. Dum momento ŝi ekpensas ke estus pli facile, se li fakte mortus en la eksplodo. Sed poste ŝi tuj forbaras tiun stultan ideon.

Ŝi demandas sin, kio sekvos. Kiel reagos Hitler? Ĉu finfine Germanio decidos okupi ankaŭ Svedion? Sed espereble la germanoj havas plenajn manojn kun Sovetunio, kie ili ŝajne avancas rapidege. Ĉu eĉ tiu tuta landego falos en iliajn manojn? Ture sendube neus ke io tia eblus. Sed kelkfoje li evidente rifuzis vidi la realon. Kaj kie li nun estas, li eble scias nenion pri la lastaj okazaĵoj. Ŝi tute ne povas imagi, kiom li ekscias enfermite en la mallibereĵo. Supozeble tie ekzistas nek radio nek ĵurnaloj.

Ŝi atendas pluan semajnon, dum kiu ŝi devas aŭskultadi la babiladon de Astrid kaj Ville pri ilia estonta kunvivado, kiam li perlaboros sufiĉe por propra komuna loĝejo kaj ne nur por la gefiançaj ringoj sed eĉ por la geedzaj, kiam li iĝos dudekunujara. Ŝi pli-malpli volus peti ilin tuj realigi ĉion kredite, por ke ŝi havu la ĉambron por si mem. Kaj dum tiuj tagoj ŝi aŭdas nenion de Reidar. Ŝi eĉ veturas al la somerdometo por serĉi lin, sed tuj videblas ke de tie li jam forportis siajn aferojn senspure. Nur aro da vitrosplitoj surtere en la densa arbaro atestas pri liaj iamaj eksperimentoj. Restas nur kelkaj tagoj de julio, kaj li ne donis al ŝi monon por pagi la luon de aŭgusto. Ŝi ne volas preni el sia magra ŝparita mono, do ankaŭ ŝi forigas siajn aferojn kaj adiaŭas la piceojn kaj la ŝliman lageton. Pene portante sian valizon kun littukoj, vestaĵoj kaj kelkaj restantaj ladmanĝaĵoj ŝi paŝas sur la polva vojeto al la stacio de Ösmo, ĉar la biciklon ŝi ne plu havas. Ŝi eĉ ne scias, ĉu iu reportis ĝin al Stokholmo, aŭ ĝi plu kuŝas en la arbareto apud Sala. Kelkfoje ŝi devas halti survoje kaj sidiĝi sur la valizo por ripozi. Estas nuba sed preme varma julia tago, kaj la ŝvito fluas sub ŝia kotona robo.

Reveninte en la urbon ŝi lavas sin, ŝanĝas veston kaj poste tramas al Långholmsgatan por serĉi lin tie.

"Ĉu vi ne scias?" diras Odd, la ulo kun la gramofono.

"Kion do? Kio okazis?"

Ŝi ektimas ke la polico forkaptis ankoraŭ unu viron de ŝi. Kial ŝi havas tian malbonŝancon, kiam temas pri viroj?

"Hieraŭ nokte li flugis okcidenten. Verŝajne al Skotlando. Ĉu li ne avertis vin?"

Ŝi senvorte kapneas. Li rigardas ŝin kompate.

"Nu, tio kompreneble estis sekreta. Li ne rajtis rakonti ion eĉ al vi."

Ŝi ne scias kion diri aŭ eĉ pensi.

"Do", daŭrigas Odd, "li trejniĝos tie kaj estonte batalos en norvega kompanio por liberigi nian landon."

Ŝi kapjesas, kvankam mano el fero ekpremas ŝian koron. Ĉu li do iros en la militon kaj eble mortos?

"Mi komprenas. Mi ja scias ke li jam dekomence volis iri tien."

"Certe. Ni pli-malpli ĉiuj volas tion."

Gullvi kaj Odd rigardas unu la alian, starante en la vestiblo.

"Sed bonvolu enveni, je kukolo. Prenu iom da kafaĉo, mi petas. Ni povus aŭskulti la trumpetadon de Satchmo, se vi volas."

"Ne, dankon. Mi... mi reiros hejmen."

Li metas cigaredon inter la lipojn kaj proponas unu ankaŭ al ŝi. Ŝi prenas ĝin preskaŭ indiferente, kvankam lastatempe ŝi malofte fumas, ĉar Reidar ne ŝatas tion. Odd alumetas ambaŭ cigaredojn, kaj ŝi maŝine suĉas la fumon, dum ia malplenaĵo disvastiĝas en ŝia brusto.

"Nu, vi povos viziti nin ĉi tie, kiam ajn vi volos", li diras. "Aŭskulti miajn diskojn. Aŭ eĉ pli bone – iri kun mi iuloken por ĝui ĵazon kaj danci. Baldaŭ finiĝos la damnaj ferioj kaj denove malfermiĝos dancejoj kaj muzikejoj. Vi ja ŝatas ĵazon, ĉu ne?"

Denove ŝi inhalas fumon kaj rigardas lin kvazaŭ unuafoje. Li estas iom diketa, tamen ne tro, kun bluaj okuloj kaj iom infanece pufaj vangoj.

"Nu... Se diri la veron, ne tre."

"Ĉu ne? Kian muzikon vi do preferas?"

"Akordionan. Ordinaran svedan akordionan muzikon."

Li ridas.

"Bone. Do ni iru ien, kie oni ludas tion. Mi mem tamen ne imagas kie, sed vi sendube konas la lokojn, ĉu ne?"

Ŝi cerbumas. Ĉu entute en la ĉefurbo oni aŭskultas akordionon? Eble tio estas eksmoda kampara distraĵo, ludata nur en la vilaĝaj eksterdomaj dancejoj. Kaj cetere, kiel ŝi povas jam konsideri eliri kun nova viro, tuj post la foriro de Reidar? Ĉu tio ne estas iomete hontinda?

Aliflanke li forlasis ŝin, eĉ ne dirinte ion ajn. Ne ŝi rompis kun li.

Ŝi decidas ke ne indas honti. Necesas plu vivi, dum ŝi vivas.

"Fakte mi ne certas, ĉu ekzistas tiaj lokoj, sed ne gravas. Ni sendube trovos ion iuloke. Ne vere necesas akordiono. Ankaŭ saksofono estas en ordo. Prefere tiu ol trumpeto, laŭ mi."

Ili preskaŭ samtempe stumpigas siajn cigaredojn en cindrujo sur la tablo. Li mienas kontente.

"Do ni faru provon, ĉu ne? Ekzemple sabate. Aŭ ĉu vi laboros sabate?"

Ŝi pripensas dum momento por revoki en si la dejoran horaron.

"Sabate vespere mi estos libera. Kaj prefere elektu vi, kien ni iru."

"Bonege. Ĉu al Nalen?"

"En ordo. Tie estas bone. Do ĝis tiam!"

"Ĝis!"

Ŝi forlasas la loĝejon de la norvegoj ĉe la strato Lǎngholmsgatan. Paŝante laŭ ĝi al la tramhaltejo de Hornstull ŝi dum momento pensas pri Ture en la malliberejo de Lǎngholmen, kaj poste pri Reidar ie en brita kantonmento. Eble ŝi devus neniam plu ligiĝi tiel forte al viro. La viroj ja estas tro malkonstanta faktoro – almenaŭ en ŝia vivo. Kaj precipe dum okazas militoj, ne eblas fidi ilin. Verŝajne ankaŭ ne dum paco.

Tamen, ŝi pensas, kion fari? Ŝi devos plu vivi. La laboro en Norma estas tute en ordo, sed ŝi nepre bezonas ion kroman. Se Astrid edziniĝos kun Ville, ŝi verŝajne ne plu havos tempon por fari ion kun Gullvi, precipe se ŝi eble tuj naskos bebon. Kaj iom da ridado kaj dancado kun tiu Odd neniel malutilos. Povas esti ke akordiono konvenas ĉefe al maljunuloj kaj kamparanoj. Ŝi estas juna moderna virino en la ĉefurbo, do ŝi plu vivu sian vivon je akompano de blekanta saksofono!

Ne-PIVaj vortoj kaj nomoj

abituri ^{TS}

trapasi abiturientan ekzamenon

abituro ^{AC ACE LPD V}

abiturienta ekzameno

alumeti ^{WA}

ekbruligi per alumeto

bopo ^{ACE BSL EDK G NES V WC}

(angle *bop, bebop*) arta stilo de ĵazo aperinta ĉirkaŭ 1940

bugio ^{BK BSL EDK G NES V} (angle *boogie-woogie*) stilo de bluso,

precipe ludata per piano, bugivugio ^{AC} ^{ACE CM EDK MM}

Dalekarlio ^{AC ACN EDK EV EW G GW JLG LA NES V}

(Dalarna) provinco en okcidenta Svedio

Dobruĝo ^{ACN EDK V}

(rumane *Dobrogea*, bulgare *Добруджа*) regiono inter Danubo kaj la Nigra maro, Dobroĝo ^G.

Gotenburgo ^{ACN E EDK EV G JLG NES RV V}

(Göteborg) havenurbo en sudokcidenta Svedio

humanitara ^{BK G M OE RV V WC}

helpa kaj protekta al civiluloj, kiuj suferas pro mizero aŭ minaco

kveno ^V

parolanto de la finna lingvo en la plej norda Norvegio

locio ^{EDK EV FD G LPD NES} kosmetika preparaĵo, likva haŭtkremo

Norda Botnio ^{EDK EV NES} *(Norrbotten)* provinco kaj gubernio en la plej norda Svedio

Nordlando ^{EDK NES SE} *(Norrland)* norda parto de Svedio

orientiĝado ^{G NES V}

sporto, en kiu oni kuras trovante sian vojon per mapo kaj kompaso, ofte en arbaro

promiskua ^{EDK FD G NES V}

sekse aktiva kun pluraj partneroj

Skanio ^{AC ACN BSL EDK EV JLG LF NES PN V}

(Skåne) la plej suda provinco de Svedio

Smolando ᴱᴰᴷ ᴱⱽ ᴶᴸᴳ ᴺᴱˢ ⱽ

    (Småland) provinco en suda Svedio, norde de Skanio

Ŝtetino ⱽ   (germane *Stettin*, pole *Szczecin*) urbo ĉe Odro proksime de la Balta maro

vaganto   ano de grupo parte parenca kun romaoj

vepso ᴳ ⱽ   parolanto de finn-ugra lingvo plejparte sude de la Onega lago

Vermlando ᴱᴰᴷ ᴱⱽ ᴶᴸᴳ ᴺᴱˢ

    (Värmland) provinco en okcidenta Svedio

Viburgo   (svede *Viborg*, finne *Viipuri*, ruse *Выборг*) urbo en Karelio ĉe la Finna golfo

Fontoj:

AC   André Cherpillod: NePIVaj vortoj, 1988

ACE   André Cherpillod: Konciza Etimologia Vortaro, 2003

ACN   André Cherpillod: Etimologia Vortaro de la propraj nomoj, 2005

BK   Boris Kondratjev: Esperanto-rusa vortaro, 2006, http://eoru.ru/

BSL   Eckhard Bick, Jens S. Larsen: Dansk-Esperanto Ordbog, 2010

CM   Carlo Minnaja: Vocabolario italiano-esperanto, 1996

EDK   Erich-Dieter Krause: Großes Wörterbuch Esperanto-Deutsch, 1999

EV   Ebbe Vilborg: Ordbok Svenska-Esperanto, 1992

EW   E. Wüster: Esperanto-Germana Vortaro, 1920

FD   Fernando de Diego: Gran Diccionario Español-Esperanto, 2003

G   Glosbe, https://glosbe.com/

GW   Gaston Waringhien: Grand Dictionnaire Espéranto-Français, 1955/76/94

JLG   Sam Owen Jansson, Fritz Lindén, Birger Gerdman: Svensk-esperantisk ordbok, 1934

LA   Léger-Albault: Dictionnaire Français-Espéranto, 1961

LF   L. Friis: Esperanto-Dana Vortaro, 1969

LPD   J. Le Puil, J.P. Danvy k.a.: Grand Dictionnaire Français-Espéranto, 1992

M   Uzita de Monato

MM   Miyamoto Masao: Japana-Esperanto Vortaro, 1982

NES   Nätordbok Esperanto-Svenska, 2024, https://ordboken.esperanto.se/

OE   Uzita de La Ondo de Esperanto

PN   Paul Nylén: Esperanto-Sveda Vortaro, 1954

RV   Reta Vortaro, http://www.reta-vortaro.de/revo/

SE   Stellan Engholm: Homoj sur la tero, 1931

TS   Trevor Steele

V   Vikipedio

WA   William Auld: La infana raso, 1956

WC   Wang Chongfang: Sinteza Vortaro Ĉina-Esp/Esp-Ĉina, http://vortaro.cn/

Pri ĉi tiu romano

La tri protagonistoj kaj iliaj rilatoj kaj agoj en ĉi tiu romano estas plene fikciaj, same kiel plimulto de la flankaj personoj. La ĉefaj fonaj kondiĉoj kaj okazaĵoj, kiel ekzemple la eksplodoj, kiuj komencas kaj finas la romanon, tamen estas aŭtentaj, kaj mi konsultis amason da fontoj por laŭeble prezenti ĉion fidele. Mi petas pardonon pro eventualaj eraroj kaj miskomprenoj.

Fine mi volas esprimi grandajn dankojn al Ulrich Becker pro la eldono kaj al Edmund Grimley Evans, Bård Hekland kaj Jesper Lykke Jacobsen pro provlegado kaj utilaj proponoj. Pri ĉiuj restantaj fuŝoj kompreneble kulpas sole

la aŭtoro

Originala prozo aperinta ĉe la eldonejo Mondial

Originala novelaro
Miguel Fernández: *La vorto kaj la vento. Rakonta koliero*

Ĉiuj prozaĵoj de la aŭtoro verkitaj inter 1992 kaj 2015. La temoj tuŝas amon, teatron, politikon, historion, eĉ literaturhistorion... La ampleksa "Apendico" enhavas i.a. tri fragmentojn de publikigota verko, prezentata ĉi tie kiel "La Troja Milito, kiun mi rakontis al mia nepino".

Psikologia romano pri krimo
Sten Johansson: *Skabio*

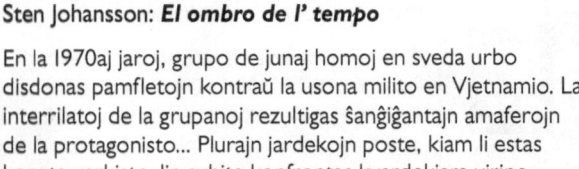

Stefan vekiĝas en prizono. De tempo al tempo, du policanoj pridemandadas lin pri krimo kaj aliaj okazintaĵoj, pri kiuj li ŝajne nenion scias. La longaj horoj en la prizono revenigas al li pasintajn renkontiĝojn, amojn, agojn – memorerojn, kiuj paŝon post paŝo prilumas terurajn sekretojn.

Saltoj tra epokoj
Sten Johansson: *El ombro de l' tempo*

En la 1970aj jaroj, grupo de junaj homoj en sveda urbo disdonas pamfletojn kontraŭ la usona milito en Vjetnamio. La interrilatoj de la grupanoj rezultigas ŝanĝiĝantajn amaferojn de la protagonisto... Plurajn jardekojn poste, kiam li estas konata verkisto, lin subite konfrontas kvardekjara virino...

Interetna familio
Sten Johansson: *Ne eblas aplaŭdi unumane*

Per elokventa priskribo de personecoj kaj interrilatoj, naturo kaj sezonoj, familiaj valoroj kaj ĉiutagaĵoj, la aŭtoro invitas nin en la personajn vivojn de homoj, kies evidentaj eksteraj kaj kulturaj diferencoj ekŝajnas malpli gravaj ol la homaj kvalitoj, ol la defioj de la ordinara vivo.

Historia romano
Sten Johansson: *Secesio*

Romano pri la tumultaj intermilitaj dek jaroj 1925 ĝis 1935 en Aŭstrio, pri la bataloj de politikaj grupiĝoj kaj la klopodoj de artistoj en tiu tempo. La libro priskribas la evoluantan rilaton kaj vivojn de du virinoj en la aŭstria ĉefurbo Vieno: unu estas aŭstra skulptistino el juda familio kaj la alia dana ĵurnalistino.

VIZITU: www.esperantoliteraturo.com

Originala prozo aperinta ĉe la eldonejo Mondial

Marina-Trilogio: la unua libro...
Sten Johansson: *Marina*

Moderna romano pri memperdo kaj memtrovo, pri Svedio de la 70aj jaroj ĝis hodiaŭ. La tekstofluo ne ĉiam kronologia efikas filmece kaj katenas la atenton. – Du svedoj kun malsamaj originoj, kun sortoj malsamaj, kies padoj jen krucas sin jen malkuniĝas; kun neatenditaj eventoj kaj revelacioj...

Marina-Trilogio: la dua libro...
Sten Johansson: *Marina ĉe la limo*

Marina vivas kun sia edzino Helle kaj la du adoptitaj gefiloj en Malmö. Ili estas moderna familio, kies kunvivadon minacas pluraj eventoj: personaj, emociaj, sociaj kaj eĉ politikaj. Marina, la centra figuro de la libro, estas devigata analizi siajn rilatojn kun la tri aliaj...

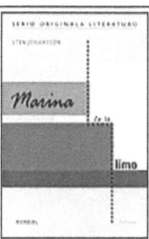

Marina-Trilogio: la tria libro...
Sten Johansson: *La nepo de Marina*

La tri romanoj estas sendependaj verkoj, kvankam multaj agantoj aperas en ĉiuj tri el ili. En ĉi tiu romano, Marina devas konfronti tute alispecajn problemojn en sia nova rolo de avino. Kiel kutime, la lingvaĵo de Sten Johansson estas modela, flua kaj kaptanta la intereson de la leganto.

Tiklaj kaj komplikaj temoj de nia tempo
Sten Johansson: *Falaflo en maco*

Juna sveda virino, Filippa, vidas sin inter du mondoj: Ŝia koramiko, Kasim, havis geavojn kiuj devis fuĝi el Palestino en Libanon. Li partoprenas manifestaciojn de palestinanoj en Svedio. La juddevena avo de Filippa, kiel infano en 1938, devis fuĝi Vienon post la alveno de la germanaj nazioj en Aŭstrio...

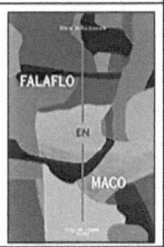

Studentoj en 1968
Sten Johansson: *Sesdek ok*

Tra la okuloj de sveda esperantisto studanta francan literaturon en Parizo, la aŭtoro prezentas la socian situacion en tiama Francio kaj interplektas siajn priskribojn kun aferoj de interhomaj rilatoj, de amo kaj amoro, kiujn li lerte uzas kiel ilustraĵojn de diversaj politikaj movadoj kaj individuaj konvinkiĝoj.

VIZITU: www.esperantoliteraturo.com